Rizzoli la scala

Antonia Arslan

La strada di Smirne

Rizzoli

ISBN 978-88-17-02799-1

Prima edizione: febbraio 2009

Il Prologo è apparso originariamente, con il titolo *Mondi e presse-papiers*, su "Avvenire" del 6 agosto 2004 ed è ripreso nell'antologia di prossima uscita, *Playstation, caffettiere e altri racconti. Gli oggetti della nostra storia*, a cura di Fulvio Panzeri e Roberto Righetto, Interlinea, Novara.

La strada di Smirne

A Yerwant,
che mi ha portato sotto i glicini

È il 1916 e la deportazione degli armeni ha come crocevia la città siriana di Aleppo: da qui riprende il filo del racconto lasciato sospeso nella *Masseria delle allodole*. La tragedia si è compiuta, ma il destino ha voluto che qualcuno si salvasse. Sembrano lontanissimi i preparativi che hanno occupato per mesi Sempad, Shushanig e tutta la famiglia per accogliere Yerwant e i suoi figli in arrivo dall'Italia. Yerwant, partito tredicenne tanti anni prima, in fuga volontaria dalla sua terra natale, dalla Piccola Città in Anatolia. Ma è scoppiata la Grande Guerra e, quando l'Italia entra nel conflitto, i telegrammi che i due fratelli si scambiano in vista del viaggio non arrivano più a destinazione. Qualcuno ha deciso che la minoranza armena debba essere eliminata, gli uomini uccisi, le donne e i bambini deportati nel deserto. Manca poco perché il campo da tennis alla Masseria sia ultimato, ma qualcuno ha deciso altrimenti e su quel terreno sono destinati a cadere i corpi mutilati di Sempad e dei suoi figli maschi.

Ma l'orrore è solo all'inizio. Ai massacri degli uomini seguono le carovane dirette al deserto di Deir-es-Zor: donne, bambini e anziani in marcia verso la morte. Shushanig, le figlie, le cognate e Nubar, l'unico figlio maschio sopravvissuto perché vestito da bambina. Con il popolo armeno d'Anatolia si mettono in cammino: molti di loro non ce la faranno e i sopravvissuti arriveranno stremati ad Aleppo, la città che secondo i piani avrebbe dovuto essere l'ultima tappa prima della fine. Il governo dei Giovani Turchi insegue il sogno di una grande Turchia, ma qualcuno si oppone allo sterminio indiscriminato: per esempio Nazim, il mendicante zoppo che, insieme alla lamentatrice greca Ismene e al prete Isacco, salverà quel che resta della famiglia di Sempad. È una fuga rocambolesca quella che i tre amici organizzano ad Aleppo: il doppio fondo di una carrozza servirà a nascondere i fuggiaschi dai gendarmi del campo. Ad attenderli ci sono Zareh, il fratello aleppino di Sempad e Yerwant, e Marie-Joséphine, la bella francese che ha dato un contributo indispensabile al piano di fuga.

La masseria delle allodole si chiude a questo punto. Il lettore che ha amato le pagine del mio primo romanzo ancora non sa come le tre ragazze, Arussiag, Nevart, Henriette, e il piccolo Nubar raggiungeranno l'Italia, dove li attendono lo zio Yerwant, e i cugini Wart e Khayël. Né il lettore sa che cosa faranno Ismene, Isacco e Nazim dopo la loro partenza. Leggendo *La strada di Smirne* scopriremo finalmente che ne è stato di loro.

a.a.

Albero genealogico

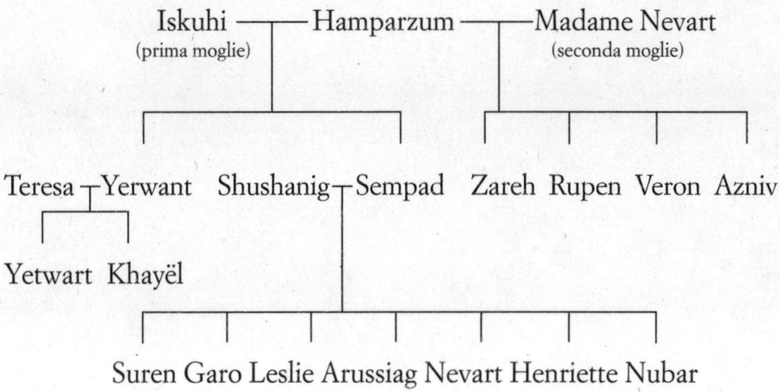

La lingua armena, come il francese, porta l'accento sull'ultima sillaba. Dunque tutti i nomi propri si pronunciano con l'accento sulla vocale finale (Arussiàg, Sempàd, Shushanìg eccetera). Lo stesso vale per i nomi turchi. La lettera "h" iniziale va pronunciata.

Prologo

«Veramente in italiano *presse-papiers* si dice "fermacarte"» sospirò la signorina Mac Arpiarian prendendomi dalle mani la pesante palla di vetro tutta piena di colori brillanti, «e non si dovrebbe dare in mano ai bambini.»

Poi la posò sulla scrivania, nel perfetto centro di una pila di lettere pronte per essere firmate da nonno Yerwant, si tirò un pochino indietro e la spostò di lato, a mia grande invidia. Lei poteva toccarla, io no. Questa era la semplice verità della dittatura degli adulti, non credevano mai che tu potessi fare le cose senza rompere qualcosa, toccare il *presse-papiers* del nonno, mangiare marmellata senza esagerare, rinunciare a fare il riposino pomeridiano ("riposino": che parola orrenda. Dormire nel pomeriggio non aveva niente di un tenero diminutivo, era noioso e pedante, oh, quella porta che si chiudeva impietosa, quel finto buio che chiudeva fuori la luce e i colori del giorno...).

La signorina Arpiarian era una profuga armena, veniva da Costantinopoli. Mi insegnava il francese e a bere caffè orientale. Poi leggeva i fondi e mi prediceva rosei e avventurosi futuri. Era piccolissima, magrissima e povera, e si spaventava facilmente. Portava stravaganti ciabatte ricamate a fiori, con la punta rivolta all'insù, in francese mi faceva leggere poesie sentimentali e brevi raccontini con resoconti di buone azioni, con un accento che lei stessa definiva "deliziosamente costantinopolitano" (imparai prima l'aggettivo che il significato, e la città di Costantino la imparai così, con torri e castelli, principesse velate e scatole di dolci e misteri, in totale familiarità con le fiabe dell'*Enciclopedia della Fiaba*).

La signorina Arpiarian aveva un nipote in Francia, un nipote importante, alto funzionario di qualche cosa, che non veniva mai a trovarla, e questo era il suo cruccio. «Vedrebbe con i suoi occhi che insegno alla Berlitz School, e ho il mio appartamento, potrei perfino ospitarlo. Vedrebbe che vengo a pranzo da voi ogni settimana, e che il tuo nonno si fida di me, che non sono mica una governante.»

Veramente, pensavo, la signorina Arpiarian era molto meno importante della mia tata. Non comandava a nessuno, e chiedeva sempre un po' d'acqua, per piacere, con una vocina bassa bassa, in francese, così la tata poteva far finta di non capirla. L'acqua gliela portavo sempre io.

Così pensai di poterla ammorbidire facilmente, una volta di più. «Il nonno me la darebbe, la palla» dissi, in perfetta malafede. «Magari si arrabbia se non me la dai.»

Allora mi fece sedere su una delle seggioline basse del salotto di paglia di Vienna che stava dietro la scrivania del nonno. Mi disse di tenere unite le gambe, e il vestito ben tirato. Poi sollevò solennemente la meravigliosa palla di vetro e me la posò sulle ginocchia. Non ho mai dimenticato quel momento. Potevo toccarlo, il *presse-pa-*

piers, seguire i colori col dito, immaginare le battaglie che si svolgevano al suo interno, far aderire il palmo della mano alla piccola base, dove il cristallo si appiattiva. Sentivo e accarezzavo il meraviglioso levigato freddo della rotondità esterna, e guardavo senza fine il gioco dei colori compressi dentro il vetro, la loro vita raggelata e costretta all'interno del lucido globo. Quei colori urlavano per essere liberati.

«Anch'io ne avevo uno, a Costantinopoli» disse nostalgica la signorina Arpiarian. «E all'interno si vedevano armoniosi intrecci di colori pastello, volute delicate come trine. Mia mamma lo teneva sul tavolino da lavoro, per fermare le gugliate di seta colorata per i cuscini che ricamava. Era un *presse-papiers* di vetro veneziano, che suo padre le aveva portato da Murano.»

Mi rannuvolai un poco alla descrizione di quella meraviglia. «Quello del nonno è molto più bello» affermai con sicurezza. «E certo è più grande del tuo, e costa molto di più. E poi questo ha dentro delle storie, forse ci si può anche entrare, con qualche incantesimo.»

La signorina Arpiarian mi guardò sbigottita. Sono sicura che in quel momento mi odiò con tutte le forze del suo povero cuore, vide in me una bambina privilegiata e petulante, e poi si detestò, vergognandosi di prendersela con una creatura piccola. E sono anche sicura che poi si domandò se davvero si poteva con qualche incantesimo entrare nel mondo dei *presse-papiers*. E penso che concluse che sì, si poteva, visto quello che poi successe.

«Sei cattiva, bambina» mi disse. «Non vale la pena di farti dei piaceri. Non ti farò entrare in quel mondo, non ascolterai quelle storie.» E si chinò per portarmi via la palla dalle mani, ma io ero pronta a resistere, e la strinsi con tutte le mie forze.

Avevo mani piccole, ma erano tanto piccole anche le sue: così nessuna delle due riuscì a tenere ben salda la palla, che scivolò atterrando sul pavimento alla veneziana, tutto a gobbe lucenti di frammenti di marmo. E tutte e due sentimmo, con orrore, un tintinnio di sinistro auspicio.

Io mi buttai per terra, la signorina Arpiarian dietro. La preziosa palla era rotolata lontano sul vecchio pavimento inclinato, fino all'angolo più basso, e si era scontrata col termosifone, ma senza spezzarsi. Ora una vistosa crepa la solcava, irradiandosi all'interno con altre crepe sottili, che seguivano i colori intrecciati, e scomparivano come nel fondo di un gorgo misterioso. L'interno del *presse-papiers* ora appariva davvero la porta di un mondo fatato, con strade, colori, paesaggi ignoti: e a tutte e due, l'ingenua signorina invecchiata e l'ingenua bambina prepotente, si rivelarono per un momento irraggiungibili mondi segreti e femminili armonie.

"Cosa diremo al nonno?" si domandò stropicciandosi nervosamente le mani la signorina Arpiarian; e "Cosa dirò al nonno?" mi domandavo io. Avevo sempre visto quella meraviglia (che ora però, essendosi incrinata, mi pareva fosse diventata quasi mia) accuratamente al centro delle carte sulla scrivania, e solo il nonno poteva maneggiarla. Mille volte l'avevo visto mentre la toccava con delicatezza e autorità, con quelle sue mani piccole e forti, rotonde; e poi se la guardava, come se seguisse i sentieri dei colori interni, come se la sua mente trovasse pace nel contemplarla, nel seguire col dito sulla superficie le linee dei colori.

Infatti, io avevo voluto imitarlo; come avrei voluto portare scarpe simili alle sue, gli scarponcini con la fila di bottoni laterali da allacciare ogni mattina, color grigio perla, o l'orologio da panciotto con la catena d'oro con le monete armene. E mi sarebbe piaciuto da morire che, invece della tata Zaira che mi pettinava ogni mattina i capelli in due trecciolini strettissimi, fosse venuto anche per me ogni due giorni il signor Decassut, detto Barbierut, come veniva per il nonno, a radermi il cranio. Si stava molto freschi senza capelli, e nessuno te li tirava.

E anche se non avessi potuto radermi i capelli (capivo che era una cosa un po' audace, per una bambina), questo avrebbe significato, intanto, che mi avrebbero pettinato ogni due giorni invece che ogni giorno, vantaggio non da poco, ragionavo; e poi, era così bello sentire i due uomini che parlavano quietamente del tempo e dei fatti del mondo. Mi sarebbe piaciuto stare sulla poltroncina, con qualcuno che si affaccendava intorno a me.

Anche la scrivania era bellissima, piena di cassettini, con piccole guglie di legno agli angoli e una ringhierina tutt'intorno, e una tazza di vetro in cui stava infilata la forbice a forma di gru, col becco smaltato che si apriva e che non ero mai riuscita a raggiungere...

La signorina Arpiarian e io, ancora sedute per terra, ci guardammo deglutendo. I passi del nonno si avvicinavano, era troppo tardi per alzarsi, per nascondere la palla, per inventare una scusa.

Lui disse in armeno una frase che, lo sapevo, preannunciava cose terribili, più o meno: «Cosa succede qui?». La disse in armeno perché si rivolgeva alla signorina Arpiarian, la ripeté poi in francese, per me. Non si dimenticò che in quel momento io stavo in teoria facendo lezione con la signorina, e tutto serviva, anche le sgridate, a familiarizzarmi con la lingua.

Ma, trovata a sedere per terra, la signorina cominciò a balbettare. Cercava insieme di rialzarsi e di scusarsi, e di nascondere la palla lucente, riuscendo solo ad attirare l'attenzione del nonno, che gliela vide fra le mani, vide che si era incrinata, pensò che fosse caduta a lei, e che io mi fossi inginocchiata a terra per aiutarla.

Entrò in una grande collera, e la fissò con aperto, sprezzante furore. «Perché ha toccato il mio *presse-papiers*? Non sa che non lo permetto a nessuno? Chi le ha detto di frugare sulla mia scrivania?» sillabò scandendo le parole. Mi pareva che uno stormo di uccelli metallici svolazzasse per la stanza, puntando contro la signorina Arpiarian, i cui occhi miopi sbattevano spaventati. Mi guardò di sfuggita; e oggi so che fu tentata di denunciare la mia colpa, ma non ne ebbe il coraggio. Non sapeva se sarebbe stata creduta, e non voleva che io fossi punita. Quel giorno capii subito, in modo molto elementare ma chiarissimo, che dovevo parlare io; che se non avessi parlato, e detto la verità, chiunque mi avrebbe potuto chiamare verme, cioè il massimo dell'oltraggio nel gergo dei fratelli Arslan; e la signorina Arpiarian a un verme non avrebbe più letto i fondi del caffè, e non avrei più visto le torri della città di Costantino.

Così mi appoggiai per terra con le mani e mi tirai su. Le mani le sentivo sporchette e sudaticce, così me le passai sul grembiule a quadretti, e poi decisi di infilarle in tasca e di stringerle a pugno per farmi coraggio. E dissi: «Nonno, l'ho rotto io il *plumepapier*» (mi pareva meno pesante metterci una piuma). «Ma non è veramente rotto, guarda.» E in quel momento la signorina cominciò a singhiozzare.

Il nonno e io ci guardammo costernati, travolti entrambi dalla vergogna. Il nonno si tolse dal taschino del gilè il fazzoletto bianco con le iniziali e glielo mise in mano quasi furtivamente, ma lei non smetteva. Io le toccai l'altra mano e poi andai a prenderle un bicchier d'acqua, ma lei non smetteva.

Guardai il nonno, perplessa. Lui sapeva sempre cosa fare; a me pareva che i bambini possono piangere, è una delle loro attività preferite, ma i grandi non dovrebbero. E il nonno guardò un'ultima volta il suo *presse-papiers* e i suoi mondi fatati, rinunciò ai suoi ricordi e disse: «Voi due ragazze, tenetevi pure questa vecchia palla di vetro. In fondo non mi interessava più. Piuttosto, fatemi sentire un po' di francese».

E la signorina Arpiarian e io intonammo insieme la canzoncina che insegna ai bambini a chiedere l'ora grazie alla topolina sapiente che indica il mezzogiorno facendo *dentelles* (pizzi) per *Mademoiselle* in una misteriosa *chapelle* (cappella).

Verso l'Italia

Ismene siede sulla riva, appoggiata a una balla di stracci pronta per essere imbarcata. È il 25 luglio del 1916, appena dopo l'alba, e Ismene si sente d'improvviso terribilmente stanca. Si sente addosso un'inerzia vuota, priva di senso.

"Shushanig e i bambini sono partiti, la mia vita è finita" rimugina, piena di angoscia. Vicino a lei, Nazim fuma in silenzio il mozzicone del sigaro che gli ha dato Djelal. Lo ha acceso e spento parecchie volte, da ieri sera.

Nazim si sente invece finalmente in pace. Shushanig, vestita da tedesca, con un libro di preghiere evangeliche in mano e una fitta veletta pendente dalla caciottina quadrata che le hanno messo in testa, gli ha sorriso, col suo buon sorriso di una volta, e gli ha detto: «Nazim, che tu sia benedetto. Sempad e io ti ringrazieremo sempre. Prendi questo per mio ricordo» e gli ha premuto nella mano una stella di turchese, la spilla che suo padre David Zacharian, il leggendario mercante, le aveva regalato per i suoi diciotto anni.

Shushanig non ha voluto destinare la stella alle sue figlie, scegliendo fra loro. Non ama più molto le due maggiori, queste ragazze spezzate e silenziose, che la seguono dovunque come ombre; ma non può privilegiare Henriette, il suo uccellino muto, né il piccolo Nubar dal nome sonoro, il maschietto che si è salvato perché vestito da femmina. E poi, Shushanig sa che la sua vita sta per finire. E decide, come in un testamento orale. Sa che Nazim se ne andrà in pace, forse verso la Mecca, come dice ogni tanto; e vuole che pensi a lei sino alla fine del suo pellegrinaggio – e della sua vita.

Ma cosa dare a Ismene? Shushanig ha sentito la sua angoscia, e la sua fierezza, e non vorrebbe lasciarla. "A chi affidare i bambini meglio che a Ismene?" sussurra dentro di lei una voce persuasiva. Ma ingannevole. Può Shushanig aver salvato i bambini per lasciarli nelle mani di una che fa la professione di lamentatrice? E che è greca, poi. Negare ai bambini l'eredità familiare e la cultura armena non sarebbe quasi come averli lasciati morire nel deserto?

In verità Shushanig non si è neppure posta la questione. Yerwant, a Padova, e Rupen, laggiù a Boston, sono pronti ad accoglierli, questi orfani un po' selvaggi che portano con sé solo la vita, e hanno perso tutto, cultura, linguaggio, integrità fisica, buone maniere.

Shushanig sorride all'idea della cognata, la contessa italiana vestita di viola, alle prese col suo piccolo popolo, che ha lasciato dietro di sé ogni cosa, ha visto ciò che nessuno dovrebbe vedere, e sta per perdere anche lei. Ma la sua fiducia in Sempad, Sempad che l'ha protetta e guidata, è intatta; e poi, dall'alto veglieranno insieme, assiduamente, concretamente.

Così Shushanig ha abbracciato Ismene per l'ultima volta, senza dirle niente, per non angosciarla con l'idea che stavolta si lasciano davvero – e per sempre. Le ha solo promesso di farla venire in Italia, appena sistemati. Ma entrambe sanno che questa è una pietosa bugia.

A lei ha dato la famosa scatolina di smalto ricuperata, che tabacchi in pace, e un abbraccio a metà tra frettoloso e furtivo: perché dovrebbe una distinta signora tedesca abbracciare una stracciona greca che sembra trovarsi lì per caso?

La notte sta per finire quando si sono imbarcati, e tutti hanno fretta. Il capitano della piccola nave da carico, ben pagato, ha ripulito la sua cabina e si è messo a dormire coi marinai. Tutti, d'altronde, sono stati pagati assai bene, e anche i bambini, infagottati in pesanti panni germanici, si sono comportati benissimo.

Frau Sieglinde Hoffmann e i suoi quattro figli, dagli occhi immensi e dall'improbabile colorito anatolico, sono scesi velocemente sottocoperta, e sono scomparsi. E questo sembra a Ismene la fine di tutto. Prende il mozzicone di Nazim e dà un tiro anche lei. «Vecchio balordo» sussurra, «lo hai masticato tutto.»

Ma questo è anche il momento di Isacco. Per tutto il lungo inverno del 1916 il prete Isacco ha pregato tanto. Per abitudine, per tenersi compagnia, e perché non vedeva la strada. E tuttavia, la solitudine di Isacco è screziata dei colori puri e brillanti del rito bizantino, e la sua pena è alleviata perché può cantare.

In una piccola cappella vicino all'entrata della Cittadella, Isacco canta per ore a gola spiegata. Ripassa gli innari, rinfresca il canto dei morti, prova, riprova, gorgheggia. Meticolosamente porta la sua voce a una purezza mai raggiunta, e dedica nel suo semplice cuore ogni timbro e ogni semitono riuscito alla gloria di Dio e al ricordo dei suoi cari scomparsi.

Il suo altarino privato ora comprende, oltre a Katerina e a Dimitraki, il suo bambino e la sua dolcissima moglie, anche la faccia bonaria di Sempad, il piccolo Garo col suo testone incolto, Veron e Azniv sorridenti, vestite di bianco, che si tengono per mano davanti al fotografo.

Cosa fare dopo la partenza dei bambini, Isacco non se l'è mai chiesto. Ci penserà Ismene. Ma oggi, oggi che davvero sono partiti, che la sottile tessitura di mesi si è completata, Isacco improvvisamente sa. Sa di dover prendere per mano Ismene, la forte, l'ingegnosa, che ha avuto il cuore spezzato. Ce n'è voluto, per spezzarle il cuore, e non ci sono riusciti né indiani né colonnelli, né la morte di Sempad né quella di Azniv. Ma ora Ismene non ha più nulla da fare, e si è troppo coinvolta nelle angosce umane per tornare al mestiere di lamentatrice, a prendere in braccio i morti, a curarli, a cullarli per l'ultimo sonno. Non c'è più tempo per la scienza del lutto. Non ci sono più donne, né madri, solo orrore dappertutto.

Così, Isacco ha pensato che lui e Ismene a questo punto possono mettersi insieme e occuparsi dei bambini orfani che vagano, affamate bestioline senza pace, in questa Aleppo notturna che li circonda.

Perché Isacco ora capisce. Ci sono altri bambini, ci sono dovunque piccoli scheletri dagli occhi immensi che frugano nella polvere delle strade e dei vicoli della città. E le loro grida inarticolate pesano sul cuore di tutti. Così, quando Ismene ritorna cupa, sull'asino condotto da Nazim, e i tre si guardano infine negli occhi, è Isacco, che si sente di nuovo un vero prete, il primo a parlare, con improvvisa autorevolezza:

«Qui» dice, «la nostra compagnia si scioglie. Tu, Nazim, hai in questa città un ricco pascolo. Non ti mancheranno le elemosine, ad Aleppo; anzi faranno a gara, arabi armeni e greci, perché sei diventato un eroe. Ti dedicheranno una ballata, hai meritato il riposo.

«Tu, Ismene, verrai con me all'orfanotrofio aperto da Fräulein Nussbaum. Mancano di tutto, hanno bisogno di braccia e di pane, di preghiere e di canti. Noi due possiamo dare tutto questo, e raccogliere altri bambini, vedere in ognuno di loro le faccette dei nostri cari lontani – e così, aiutarli. Ismene, abbiamo tanto da fare.»

Nazim assente gravemente, Ismene protesta. Ma entrambi capiscono di aver contratto un debito, e di doverlo onorare. Sicché Nazim dice:

«Però io non voglio più fare il mendicante girovago. Avrei già trovato un buon posto fisso, come occhio-che-spia presso il bordello di Madame Dandalakis. Madame si fida di me, e mi passa qualche buon piattino della mensa delle ragazze».

Madame Irene Dandalakis, provetta *maîtresse* di bordello, conosce infatti il mondo. E pensa che avere Nazim al suo servizio dia lustro al locale, gli dia un'aria di piccola fronda verso i capi, quelli che hanno cacciato l'Impero nella morsa mortale di questa guerra, servendosi appunto di un turco, che ha salvato una famiglia di armeni e ha preso in giro il governo (tutta Aleppo lo sa, compresi molti turchi, perfino ufficiali, e tutti sono deliziati del tiro giocato al terribile duo di Costantinopoli, Talaat ed Enver).

Nei sussurri della città, provata e incupita da queste carovane della morte che continuano ad approdare esauste, come un fiume che si va estinguendo, accampandosi per morire nei dintorni, a rischio di epidemie e di contagi, l'impresa di Isacco Ismene e Nazim ha presto raggiunto contorni di favola. Zareh e Marie-Joséphine, alleati e complici nella fuga e nella salvezza di Shushanig e dei bambini, e anche il tenente Djelal, per opposti ed evidenti motivi, hanno voluto – e dovuto – rimanere nell'ombra. Così, tutti parlano dell'improbabile, ma efficientissimo trio di creature della notte che ha operato il miracolo, credendo che Isacco sia solo un pastore, il compagno di Ismene.

E Ismene dice: «Stai bene in un bordello tu. È il posto giusto per te. E così potrai informarti se è vero quello che ho sentito, che Madame Gayané Kassabian e sua figlia Susie la bionda, quella che sembrava un'inglese, stanno entrambe nel bordello di Aïsha, e lavorano insieme per i marinai. Io dopotutto seguirò Isacco».

Così, è deciso. Isacco Ismene e Nazim, per l'ultima volta insieme, dividono pane formaggio e olive, e bevono allegramente dal bottiglione di vino rosso che la cuoca normanna di Marie-Joséphine riempie ogni giorno con cura.

Non ha dimenticato, Isabelle, i giorni frenetici di un anno fa; nel suo grosso corpo di madre che nutre c'è un'animuccia romantica, che palpita per la sua signora e il bel medico armeno. Jean-Philippe il cocchiere è il suo fedele alleato, e per tutto l'anno lei, Isabelle, ha cucinato di nascosto per Shushanig e per il suo piccolo popolo: Zareh sarebbe apparso sospetto, se si fosse messo improvvisamente a comprare più cibo, lui che – tutti lo sanno – vive da scapolo elegante e cena quasi sempre fuori.

Sono tutti fieri, Isabelle, Jean-Philippe, la dolce padrona Marie-Joséphine, Isacco Ismene e Nazim, per come hanno lavorato insieme per nutrire e far star bene i bambini, consolare Shushanig, rassicurare Zareh continuamente in preda agli incubi. E portare alle ragazze lavoretti di cucito e libri edificanti, a Henriette e Nubar giochi e dolci, e ore di compagnia rasserenante. I bambini adorano Isabelle, che ha sempre le tasche piene di biscotti, di briciole saporite, ed è così bello annusarle. L'odore della cuoca Isabelle: è con lei, e attraverso di lei, che pian piano Shushanig e i suoi figli si sono riattaccati alla vita, sono ritornati a dire "domani", si fidano a staccarsi dal pane, a risollevare gli occhi dal suolo.

Isabelle è la terra e la vita, è la forza possente che si è messa in mezzo fra questi armeni e il loro destino. Come Ismene, che tutti già conoscevano. Se Ismene è l'astuzia sottile, è colei che sa tutte le strade e gli inganni, quella che ti porta alla salvezza, Isabelle è colei che accoglie, una cucina calda piena di odori, l'energia misteriosa del cibo che ti restituisce l'anima perduta.

E anche l'anima irrigidita e ammalata di Shushanig si nutrirà a questa fonte, e per un momento penserà a sopravvivere, a seguire Isabelle nella sua cascina in Normandia, a una nuova Masseria delle Allodole. Allevare i suoi figli da sola, laggiù. Il francese lo sa bene, il lavoro non la spaventa, Arussiag è già grande e può aiutarla, il cognato Yerwant può prestarle i soldi per cominciare.

Solo che, di notte, Sempad ritorna. E Shushanig sa che non potrà lasciarlo solo ancora a lungo, perché Sempad diventa triste, quando è solo: e lui la chiama, mentre la cortina di buio che li divide sembra assottigliarsi ogni giorno di più.

Così, l'indomani Nazim va al bordello, e Ismene con Isacco si danno una ripulita e vanno all'orfanotrofio. Isacco però non si veste ancora da prete, anche se si sta facendo ricrescere il codino. (*Ah Isacco, Ismene, ora Smirne vi chiama: e là davvero sarete benedetti.*)

All'orfanotrofio veramente non c'è niente, o quasi.

Un grande cortile vuoto dove sono sparsi, senza nessun ordine, gli orfani rapati, infagottati in camiciole grigie tutte uguali, che guardano con bramosia la cesta del pane appena arrivato. Un piccolo frigna in un angolo, un lamento acuto, instancabile. Nessuno sembra badargli, fra i bambini; e d'altronde non c'è nessuno.

Ismene e Isacco si avanzano, spaventati da quella desolazione. I bambini sono apatici, non muovono che gli occhi, ma solo se c'è cibo. Gli adulti non li interessano: mamme, nonne, zii, sorelle, papà sono finiti in un limbo nero, che brucia a pensarci. Una solitudine ottusa li circonda, che a loro pare l'unica difesa. Dai grossi crani rapati salgono lenti gli sguardi ostili e diffidenti – ma ponderati: non si sa mai chi possa darti un pezzo di pane. Non guardano negli occhi, guardano le mani, cercano il cibo.

C'è fame, negli orfanotrofi di Aleppo, c'è disperazione e penuria. Le linde infermiere straniere, le affaccendate mogli dei missionari evangelici si sono trasformate in patetiche Madri Coraggio. Ricattate dai loro cuori così pieni di buoni sentimenti, credendo nel Bene, sono piombate inesperte nell'abisso del Male, e hanno dovuto imparare a difendersi.

Fräulein Nussbaum è comparsa improvvisa dal fondo del cortile. È scarmigliata ed esausta. Il suo grembiule è di un bianco molto dubbio. Si mette le mani sui fianchi e – dal fondo – grida, scambiandoli per mendicanti: «Voi due, cosa volete? Qui non c'è nulla, oggi non abbiamo neanche la minestra». Isacco e Ismene si guardano, e si frugano nelle tasche. Isacco, come al solito, non trova niente. Qualche centesimo, qualche briciola, un vecchio paio di occhiali. E neppure Ismene. Ahimè. Il suo tesoretto è finito, usato per nutrire Shushanig e i bambini nel lungo anno di Aleppo; le poche monete d'oro che ancora restano a Shushanig sono con lei, gelosamente custodite nella sua tasca segreta. Ismene improvvisamente ride a se stessa, e decide. Ricorre alla sua ultima risorsa, le monete americane che tiene in un fazzoletto bianco rosso e blu, con su scritto *United We Stand*. L'eredità del suo marito cherokee, cucita da tempo immemorabile sotto il seno sinistro, vicina al cuore.

«Siamo qui per aiutarvi, signora» dice Isacco con fare sottomesso, «sappiamo fare un po' di tutto. E poi io sono anche prete.»

Ismene a questa uscita sorride, e Fräulein Nussbaum lo squadra con aria molto scettica, e per fortuna decide di non credergli. "Questi orientali per scroccare un pasto sono capaci di tutto" pensa; e il suo rigido cristianesimo luterano non è adatto a contaminarsi con le approssimazioni canore di Isacco. Non sa, la brava signorina, che i preti orientali sono allevati a pane e dispute teologiche, non sa la precisione affascinante dei loro riti e dei loro canti; e Isacco è troppo umile per provare a illuminarla.

Così li prende per una coppia di disperati, come i tanti che girano per Aleppo di questi tempi calamitosi; e dice:

«Mi potreste far comodo, voi due. Ma non vi posso pagare, solo darvi alloggio. E dividerete il nostro cibo, che non è davvero un granché».

Ismene nel frattempo ha scucito il fazzoletto e pescato un dollaro d'oro.

«Noi vogliamo aiutarvi davvero» dice, mettendo la moneta in mano alla Fräulein, «noi vogliamo aiutare gli armeni. Abbiamo fatto un voto, siamo greci.»

Affiora in Fräulein Nussbaum in questo momento

una strana consapevolezza, come l'eco di un avvertimento, di una meditazione infantile, chissà. "Sono gli angeli che ho invocato stamattina, pregando" pensa. "Ma come ci si comporta con i Visitatori Celesti? Non posso offrirgli che quello che ho, pane e cipolle; e forse l'ultimo caffè, quello che tenevo per il Pastore. O forse non mangiano niente?"

Isacco e Ismene accettano invece con gioia. E masticando e bevendo il magro caffè che gli viene offerto, si intendono a meraviglia con Fräulein Nussbaum.

Enormemente sollevata, la ragazza di Brema si affida alle loro mani esperte, gli confida la sua angoscia e il suo sbigottimento, la paura, che si rinnova in lei ogni giorno, di non riuscire a nutrire i bambini. E poi si lamenta che gli orfani non parlano, sono dispettosi e cattivi, portano via il pane ai più deboli, e ogni tanto gridano senza perché. E le bambine si tirano su le sottanine ogni momento, e fanno la pipì dappertutto, senza vergogna.

«Io glielo dico, glielo dico» piange esasperata la Fräulein, «ma non mi ascoltano e non vogliono stare in fila, e i più grandi mi portano via il pane dalle mani. Così quando arrivo ai piccoli non ho quasi più niente» piange, sollevata di potersi spiegare, riconoscente, guardandoli come la bambina che in fondo è ancora, lacerata però di fronte al suo stesso governo, che fa cose che lei non capisce; e non risponde ai messaggi, e non le manda il cibo che ha chiesto, e insomma la lascia sola.

Ismene e Isacco si intendono fra loro a meraviglia. «Ci siamo noi, adesso» dicono insieme, «e ti procureremo tutto quello che serve.» Sono passati al tu con tranquilla autorevolezza. «Faremo un putiferio davanti al consolato. L'onore della Germania è in gioco eccetera eccetera. Fidati di noi.» «Io» dice Ismene, «vado a spendere bene questa moneta d'oro.»

«Io» dice Isacco, «vado a occuparmi dei bambini.»

Per prima cosa, Ismene però va da Zareh. Anche Zareh è molto triste stamattina, e si sente abbandonato. Gli incontri furtivi con Djelal, le incessanti ansie per procurare il cibo e ogni necessità ai bambini nascosti in cantina, le ultime raccomandazioni a Shushanig prima della partenza (lui non poteva certo essere presente), lo hanno temprato; e l'alleanza con Marie-Joséphine e con i mendicanti, con Ismene e Isacco lo ha esaltato e confortato.

Ma oggi, anche per lui, il fine è raggiunto, e si sente come svuotato, e ha paura di trovarsi armeno, solo, inoperoso, in una città che lo rinnega. Non è più tempo, gli sembra, di belle imprese, di audacia coraggiosa. La guerra continua, e dappertutto c'è grigiore, penuria, miseria. Miseria dei cuori, prima di tutto. Nessuno qui crede veramente alla vittoria tedesca. Cortei di soldati turchi incattiviti e nervosi arrivano dal fronte, e nessuno racconta vittorie.

E tuttavia, ciò che preoccupa diplomatici e ufficiali è il fronte lontano, dove il conflitto in corso si sta trasformando in una guerra nuova, mostruosa, dai confini incerti, che coinvolge tutti: la Grande Guerra.

Zareh vorrebbe essere là, fare il medico al fronte, come un francese fra tanti, ma non lo può dire a nessuno. Perché è laggiù, lontano lontano, che si decidono davvero le sorti. Qui, l'angoscia dilaga, i residenti stranieri leggono delle trincee e dei pantani, degli eroismi inutili che si spengono in rituali raccapriccianti, delle battaglie infinite per prendere e riprendere un colle, una postazione, la riva di un fiume. Là, tutti respirano a fatica nell'immensa prigione in cui sembra spegnersi per sempre la vita garbata e gradevole dell'Europa ottocentesca.

Aleppo sembra lontana. La Siria, provincia. Ma qui c'è in verità uno dei nuclei profondi del Male che sta sommergendo la terra. Aleppo è il laboratorio dove si fanno le prove operative del vero scenario, profondo dietro la cortina, dell'abisso dei cuori dove le piccole malignità, i rancori meschini, le maldicenze della gente comune si cementano in desiderio di dominio, si trasformano in bramosia di massacro, e l'odio di razza diventa volontà di sterminio a tutti i costi, sopra e contro ogni ragione.

Ad Aleppo si esplorano i confini dell'orrore umano, e la città è in bilico. Una misteriosa bilancia del fato è sospesa sopra di lei, e le forze del Bene sembrano disperse, inermi, prive di fiducia. Sembrano in rotta di fronte a una malvagità organizzata e moderna, che sposta popolazioni intere con ordini dati a tavolino, e fa avanzare mostri di ferro dai confini del mondo. Lo scalpitio di generosi cavalli contro il sordo ritmico clangore di carri armati, pensa Zareh, che ha letto di questi nuovi spaventosi arnesi di guerra: ed è convinto che questi, come la grande Berta, il mitico cannone dei Krupp, possano essere inventati solo dai tedeschi.

Il suo cuore palpita, ovviamente, per francesi e inglesi (gli americani sono ancora dietro l'orizzonte). E sente la morte del suo mondo, e pensa con orrore, come a un simbolo, all'affondamento del Titanic.

I pochi armeni sopravvissuti delle carovane arrivate dal Nord, è l'ordine, devono venir spediti più oltre, nel deserto siriano, fino a Deir-es-Zor, fino alla morte. Tutti gli armeni di Aleppo, compreso Zareh, aspettano trepidanti, nascosti come talpe cieche, sudando paura.

Ismene, che è sempre molto prudente quando va da Zareh, oggi raddoppia le precauzioni; ma sa che deve parlargli. Entra guizzante dalla porticina sul retro, scansa il gatto di casa, e lo trova seduto a fumare meditabondo, con la zimarra a quadri che indossa solo in casa, e indica solitudine e malinconia. Marie-Joséphine non l'ha infatti mai visto, il camicione sotto cui si nasconde Zareh quando si ricorda di essere armeno, e per niente francese, e di essere in pericolo quanto qualsiasi altro pastore d'Anatolia.

«*Le docteur*» dice Ismene, convinta che questa sia una formula molto rispettosa e molto elegante, «*le docteur*, vieni con me. Devo farti vedere una cosa importante.»

«Non ho tempo» risponde Zareh con tono ansioso, «non vedi che sto pensando? Devo decidere tante cose.»

«*Le docteur*, niente devi decidere» risponde sibillina Ismene. «È già tutto deciso.»

Spaventato, Zareh la fissa. "Deportazione? Anch'io? Hanno scoperto Shushanig?" si agitano i pensieri nella sua mente, come frutti velenosi della paura.

Ismene capisce tutto, ma quando ha uno scopo, diventa spietata: «Vieni con me, e vedrai» ripete. Ma non gli dice di non avere paura.

Così Zareh si guarda intorno, patetico; afferra la sua borsa di medico, poi ci ripensa, e cerca il sacchetto con un po' di pane e di cibo, sempre pronto nel vano della finestra che dà sul cortile.

Ismene a questo punto capisce che ha esagerato, perché vuole lavorare ancora con lui, le è simpatico, e poi è fratello di Sempad. Così gli dice: «Non è successo niente, *le docteur*, non aver paura, vieni soltanto con me» e gli mostra il dollaro d'oro, «dobbiamo comprare del cibo e andare all'orfanotrofio tedesco».

Quando Fräulein Nussbaum vede arrivare Zareh con Ismene, che le dice: «Ho portato un medico; il cibo arriverà tra poco», sempre più si convince che la sua preghiera è stata ascoltata, e che questi sono angeli. Ma quando vede arrivare un facchino con un asino e due casse di pane e di frutta, allora si mette a piangere quietamente in tedesco; e sempre poi racconterà, durante la sua lunga vita operosa di infermiera e caposala, che quello è stato il momento più felice della sua vita, e che il facchino era certamente un Arcangelo.

Lontano, nella verde Italia, è la seconda estate di guerra. Il tempo si trascina fra un attacco e l'altro, avanti e indietro nelle trincee; le fortune sembrano oscillare, si percepisce soltanto che l'incertezza durerà a lungo.

"L'Italia ha scelto. Ma ha scelto bene?" si domanda Yerwant, ansioso, ferito, che non può parlare con nessuno. Ma di fronte all'orrore di un'alleanza coi turchi...

Dopo l'azione fulminea che ha salvato Shushanig e i bambini, Zareh gli ha scritto per via diplomatica una lettera piena di informazioni, e gli ha chiesto consiglio, e riflessione. Yerwant è il maggiore, ma sono rimasti soltanto in tre, e bisogna consultare anche Rupen, laggiù a Boston.

Lettere nervose si incrociano, e Yerwant si sente investito di un'angosciosa responsabilità. In quell'anno terribile si trova a reimparare la pazienza e le astuzie orientali, a giocare sulle scacchiere misteriose dove ogni mossa può essere fatale.

Cosa fare dei bambini, e di Shushanig? Dove farli approdare, per ricostruirgli una vita decente? Shushanig, consultata, non ha deciso niente. La sua forza sembra essersi spezzata; ha incaricato Zareh di dire a Yerwant che non si offenda, lei andrebbe volentieri in America. Anzi, più lontano possibile, in California.

California, il paese sognato; o l'Italia, il paese di Yerwant? E tuttavia nessun progetto le appare concreto; Shushanig sa, dentro di sé, che nessun progetto la riguarda più – e non può dirlo forte. Sa che deve stringere i denti ancora per poco, finché Zareh riuscirà alla fine a organizzare il viaggio, e che devono passare questi lenti mesi in cantina. Occupa tutto il tempo con le figlie ritrose, con Henriette silenziosa, a insegnarle a leggere, con Nubar, inventando giochi con l'aiuto di Ismene. Il suo bel viso sciupato non si arrotonda più, e le sue tasche pendono sguarnite come malinconiche saccocce svuotate.

Lontano, nella verde Italia, Teresa dei conti Sartena sta in trepidante attesa delle decisioni di Yerwant, che non sa decidere. Per parte sua, li manderebbe tutti in America: non è contraria, certo, ad aiutare i nipoti orfani e Shushanig; vorrebbe solo tenerli lontani, collocarli da qualche parte, ma altrove. E se proprio dovesse accettare una delle ragazze, mandarla subito in collegio, a sgrezzarsi e imparare le buone maniere.

Rupen da parte sua allarga le braccia di là dal mare. Lui vorrebbe tutti, fare famiglia. Non lo spaventano le bocche in più, anzi pregusta già le sere al caldo in casa, a contarsela all'armena coi piedi sotto la coperta, invece delle salsicce fredde sulla carta oleata che mangia nella sua stanza in affitto. Il lavoro non manca in America, e i giornali parlano tutti i giorni degli *starving Armenians.* Rupen vorrebbe sposarsi, tra poco, e gli piacerebbe che la saggia cognata Shushanig vivesse con lui e la giovane moglie, trasferendole i costumi e i cibi del Vecchio Paese, che lui sogna ogni notte.

Da quando ha saputo della barbara morte di Sempad, il fratello maggiore che gli ha insegnato tante cose, e che lo ha spinto ad andare in America, Rupen soffre e si prepara. Ha sempre avuto scarsi rapporti col mitico Yerwant, che è tanto più vecchio di lui, e ha studiato tanto. È ingenuo e sportivo, Rupen: si è appassionato del gioco nuovo che ha visto a Boston, il baseball, va con un gruppo di amici a tutte le partite dei Red Sox ed è diventato, crede lui, un esperto.

Rupen crede anche che il suo inglese sia perfetto, e spera di insegnarlo per bene ai nipoti in arrivo. Ma intanto, tutti e due i fratelli mandano un po' di soldi a Zareh, e aspettano.

Sulla nave dove si sono imbarcati Shushanig e i ragazzi, intanto passano le ore. Nessuno sembra aver fretta: i marinai si muovono con strana indolenza e il capitano pipa tranquillo in coperta.

Improvvisamente, una barca piccola e veloce spunta da dietro un'insenatura. Il capitano lascia cadere la pipa, i marinai si avvicinano al bordo, palpando veloci i coltelli che portano, tutti, infilati alla cintura.

Un pacco voluminoso viene issato, due mani si stringono, una rapida toccata al berretto, ed è tutto.

Il pacco scompare sottocoperta, e la nave di colpo si sveglia. La famigliola vestita in panni tedeschi, riunita in un angolo del ponte, in ansiosa attesa forse di un'imboscata, un tradimento, che l'aria di sorniona allerta dell'equipaggio faceva temere, finalmente respira. È la prima volta, da un anno, che sono tutti insieme all'aria aperta, che la luce li bagna di nuovo. E un senso di cauta allegria per la prima volta li tocca davvero, e l'eco di un sorriso, e la luce di luglio.

"Dopotutto, siamo ancora vivi, e siamo insieme" riflette la timida Arussiag; e sebbene il ricordo della violenza subita non la abbandoni mai, per la prima volta, guardando un giovane marinaio che le sorride, pensa a se stessa come a una donna giovane, in età da marito; e pensa che un ragazzo, uno sposo gentile, potrebbe forse con dita leggere cancellare i suoi incubi.

In quel momento la nave prende veloce l'abbrivio, come sollevata, verso il Nord, verso l'Italia benedetta dove troveranno lo zio Yerwant.

Ma Shushanig è sola. Sola nel cuore, sola fra i suoi figli. Ismene è lontana, Nazim è lontano, la sua vita è lontana.

Shushanig lascia le figlie e Nubar in coperta, a vedere finalmente il mare, a respirare all'aperto, e scende cautamente in cabina. Si stende senza spogliarsi sul lettino del capitano, vicino ai materassi preparati a terra per i suoi figli. È stretto, e le dà un po' di ansia, un po' di capogiro. Poi passa, e una sonnolenza improvvisa la coglie, sicché si addormenta pesantemente, di un sonno senza sogni e senza pensieri, con le braccia in croce sul petto e il viso placido e disteso.

Un battito fresco di ali la circonda, a questo punto.

(*Ah Shushanig, dolce signora, morire è così semplice, qualche volta. Lasciati condurre per i sentieri dell'ombra, non salutare, non pensare. Lasciati portare intatta alla barca dei morti.*)

Nubar il quieto, il buffo bambino che sorride sempre, oggi ha fatto un capriccio. Un marinaio greco ha portato a tutti un piatto di uva, quella coi grani piccini che viene fatta seccare a Creta. Tutti conoscono l'uva sultanina, e ne sono ghiottissimi. Mangiano in silenzio, con reverenza, ma Nubar improvvisamente grida che ne vuole dare alla mamma, la sua *Mayrig*.

«*Mayrig* dorme, è tanto stanca» dice assennata Arussiag, e Nevart gli minaccia uno schiaffo. Ma Nubar corre via tra le gambe del marinaio, che gentilmente dice alle ragazze: «Lo accompagno io» e lo porta giù, e gli apre la porta della cabina del capitano.

«Vedi? La tua *Mayrig* dorme, è tanto stanca» dice il marinaio di Creta, che si chiama Christòs.

Ma Nubar è travolto da un'urgenza e da un ricordo misterioso, e corre col suo grappolino verso la madre che sembra dormire, col viso solenne di una Madonna rustica.

«*Mayrig*, vuoi l'uva?» chiede Nubar, ripetendo senza saperlo i gesti che tanto tempo fa, nel Paese Perduto, salvarono il cuore di nonno Hamparzum.

Shushanig lo sente, ma non può più aprire gli occhi, sta traghettando il suo cuore, e Sempad è sull'altra sponda del Paese Oscuro dei Morti.

"Troppo tardi, mio caro, mio bambino adorato" pensa con l'ultimo pensiero Shushanig, e vola via. Nubar piange, masticando l'uva.

Il marinaio Christòs sta per chiudere piano la porta dietro Nubar, quando una scintilla di luce dall'oblò cade obliqua sul viso di Shushanig.

"Com'è bella. Sembra di marmo" pensa Christòs; e subito dopo capisce. «Ma è di marmo. È morta, accidenti» sibila fra i denti, e si precipita ad avvertire il capitano.

La nave sta filando allegramente attraverso il Mediterraneo, immersa in un vento fresco e nel sole scintillante. La rotta prevista non è proprio diretta, verso Venezia, la meta: oltre alle merci lecite, ordinatamente impilate nella stiva, c'è tutto un traffico di soste serali o notturne in vari porti delle isole e di barche misteriose che accostano in silenzio. Come il pacco per cui hanno indugiato alla partenza, che deve venir recapitato in una discreta caletta della vicina Cipro. L'isola è in mano inglese, al momento; ma a nessuno realmente importa di certi andari e veniri: le piccole navi da carico che solcano il Mediterraneo, coi loro misteriosi traffici, compiono in verità un servizio utilissimo, portano merci rare, sigari e bottiglie, primizie e notizie. Tutti si servono dei piccoli, agili equipaggi da corsa. "Siamo in guerra, e tutto aiuta" è il motto neanche tanto celato dei turchi, arabi, siriani, greci e levantini di ogni razza che affollano i porti, commerciano in tutto e con tutti, e smistano le preziose notizie; ma è il motto anche dei capi militari che di loro continuamente si servono.

La tragedia armena è malvista da tutta questa gente. Un boccone troppo grosso di malvagità inutile, che la sconcerta; un crimine immenso e senza causa comprensibile, che turba ogni coscienza mercantile, abituata a fare i propri conti spietatamente, se si vuole, ma con un preciso riscontro di utilità. È un crimine insensato, che rende tutti insicuri, incerti sul futuro: l'esplodere del fanatismo nazionalista, ciò che di più estraneo esiste per l'anima mediorientale e levantina, come è stata forgiata in tanti secoli di guerre e di tregue mediterranee.

Il capitano è uno di questi. Contattato da Nazim e Ismene, ha velocemente stabilito i termini dell'accordo e ha imbarcato, con gran divertimento suo e dei suoi uomini, la presunta famigliola tedesca. Né Frau Sieglinde né i suoi figli sanno una parola di tedesco, ma il doganiere che ha esaminato e timbrato i loro passaporti nuovissimi, ben istruito, non ha avuto l'ombra di un dubbio e ha perfino accarezzato la bambina piccola (che è sempre Nubar).

Ma ora, appena avvertito, il capitano dà un pugno sul tavolo, fa sobbalzare le pedine del tric-trac, e contemporaneamente bestemmia e invoca santa Paraskevi, la benevola scioglitrice di inganni. Dall'altra parte della nave, il gruppo delle ragazze armene non si scuote: sedute composte, con gli occhi chiusi, si lasciano accarezzare dal sole. Il piccolo Nubar non è in vista.

Il capitano le guarda, con rabbia mista a pietà. Il viaggio è pagato. Ma chissà se hanno soldi per il cibo? E qualcuno li aspetta poi, a Venezia? Non toccherà mica a lui riportarli indietro? E dove, in caso? Quei due mendicanti con cui ha preso accordi chissà dove saranno, al tempo del suo ritorno. Poi arriva un pensiero più urgente, di immediata necessità: il cadavere. Cosa fare del corpo? E come dirlo a quei poveri sorcetti vestiti di grigio, laggiù nell'angolo?

Il capitano non è abituato a riflettere sui sentimenti, né a farsi domande a cui non sa trovare immediata risposta. Imbarazzato e a disagio, capisce però che a quelle poverette non può porre il problema di dove cacciare il cadavere della loro madre; e non ci sono donne a bordo a cui affidare il pietoso ufficio.

Si consulta allora con l'equipaggio. Mezzi pirati, avanzi dei porti, due libanesi, due greci, un turco mezzo veneziano e lui, Suleyman, uomo dai molti cognomi e dall'incerta origine cretese, formidabile ballerino e formidabile mentitore. Ma leale a chi lo paga per primo.

Discutono sottovoce per un po', bevono un litro scacciapensieri, perché la morte in mare è sempre una compagnia cattiva – e malaugurante.

Chi suggerisce di buttarla in mare subito, la povera donna, chi di sbarcarla in un sacco a Famagosta di Cipro, dove è prevista la prima sosta: il compare a cui è destinato il primo pacco imbarcato saprà certo dove scaricare un cadavere.

Ma Suleyman sente, nel fondo dell'anima, un rintocco, un affanno. Sente il bisogno di rendere decenti onori funebri alla donna coraggiosa che ha salvato quelle sue povere creature; e di dare ai figli di lei il ricordo di un omaggio, l'inchino degli uomini del mare.

E fu così che diresse la nave verso Creta, la sua incerta patria, l'isola che amava: e fu così che – con largo gesto protettivo, tenendo per mano Nubar racconsolato con un altro grappolo d'uva – il capitano Suleyman e tutti i suoi uomini andarono dalle ragazze ignare, e il capitano disse:

«Signorine, la vostra mamma, la *Validé Hanum*, è morta improvvisamente, in pace. Il suo cuore si è spezzato, e lei è andata da vostro padre, nella Patria Celeste, e ora vi accompagna di lassù.

«Che il Cristo Pantocratore e la sua Santa Madre vi proteggano nell'afflizione. Seppelliremo vostra madre nel luogo più bello di Creta».

Due giorni dopo, la nave accostò quietamente, verso sera, alla ben nota caletta vicino alla punta orientale di Creta. Due marinai scesero subito a terra per avvisare le donne del paesino di Itanos, l'Abbandonata. Salmodiando funebri preci, esse si recarono alla spiaggia, ognuna con un lumino in mano. Dalla nave discesero gli uomini dell'equipaggio, in abiti onorevoli, sostenendo una robusta porta di legno su cui avevano collocato il cadavere di Shushanig, col suo bel vestito in stile tedesco, il cappellino, la veletta, e le mani incrociate sul petto. Dietro, camminavano le sue figlie, e Nubar. In testa, apriva il corteo un magnifico Suleyman, addobbato nel costume cretese, intonando canti.

E quando furono tutti sbarcati sulla lingua di terra sabbiosa che costituisce l'estremo lembo orientale di Creta, sotto le altissime palme di Vai, lì piansero insieme, all'aperto, le vite perdute di Sempad e Shushanig, la pena degli armeni e di tutti gli esseri viventi, e la seppellirono profondamente sotto le palme maestose che frusciavano nel vento caldo del Sud, forti e vigorose sulla città abbandonata.

Non misero né segni né croci su quella sepoltura proibita; solo Irini, la donna più vecchia del villaggio, piantò nel luogo della testa un rametto di rosmarino. E poi tutti mangiarono in compagnia sotto le palme, raccontandosi storie, la grande frittata cretese col pesante vino rosso dell'isola: e nella notte stellata e materna, il capitano e i marinai danzarono e danzarono col fazzoletto in mano, componendo la lunga fila dello *tsakonikos*, il Ballo degli Uomini, quello del Labirinto Cretese.

E poi tutti, silenziosamente, ritornarono a bordo.

In effetti, il capitano Suleyman stava avviluppandosi in un suo privato labirinto di pensieri, e non trovava il filo bianco che gli indicasse l'uscita. Perplesso, osservava le ragazze armene e il bambino, non sapendo decidere se proseguire il viaggio o tornare indietro, tenersi i soldi e ripartire, liberato dal fardello imprevisto. Loro non avevano niente e non sapevano niente; parlavano un po' di francese, giusto per ringraziare del cibo, tentando timidi sorrisi. E ogni tanto sussurravano tra loro, nascondendosi la bocca con la mano. Non hanno pianto la morte della madre, sembra quasi che non abbiano capito.

Quando Christòs il marinaio e il capitano hanno preparato Shushanig per la sepoltura, nel profondo di una tasca segreta legata intorno alla vita hanno trovato un po' di vecchie monete d'oro, sterline di Vittoria Regina e zecchini veneziani, gli ultimi resti del suo tesoretto. Ora Suleyman e Christòs si guardano di sfuggita, perché si sono divisi le monete ("Loro non ne sanno niente... Anche il funerale costerà... Gli compreremo qualcosa ad Aghios Nikolaos": perché è là, nel piccolo, riparato porto sulla costa nordorientale dell'isola che in teoria sono diretti). Si domandano pure se non allungare sino a Heraklion, dove certamente troverebbero dei preti greci, o armeni, con i quali consigliarsi.

Ma la nave fila che è un piacere; nell'azzurro cobalto del cielo filamenti di nuvole sembrano una decorazione di glassa bianca. Baffi densi di schiuma scivolano allegri lungo le fiancate, e un marinaio canta la vecchia canzone dell'isola di Samo:

«Samiotissa, Samiotissa / quando ritornerai a Samo...».

Un odore stuzzicante di pesce fritto sale dalla cambusa. E improvvisamente una vocina prima incerta, poi robustamente intonata, risponde:

«Marinaio, oh marinaio / ritornerò con la bella stagione, / ritornerò con le rose rosse / e il meleto in fiore...».

Gagliardo, il marinaio inizia la seconda strofa, e la voce sonora della timida, incolore Arussiag risponde a tono nella canzone, e poi entrambi cantano insieme il ritornello, e passano ad altre canzoni, il repertorio è infinito (ma Arussiag attentamente evita la canzone di Azniv, *Ov sirun sirun...*).

Un altro marinaio svuota la pipa in mare e attacca *Iliovassilèmata*, la canzone dei tramonti. *Jemata anamnìsis*, pieni di ricordi, riprende Arussiag, e la nave va nell'azzurro, traboccante di canti.

Insieme, il capitano e il marinaio Christòs vanno verso le ragazze, tirano fuori di tasca le monete e le ficcano, prima di pentirsi, nelle mani di Arussiag, dicendo a voce bassissima: «Le abbiamo trovate nelle tasche di vostra madre. Prendetele, vi serviranno». E poi Suleyman guarda i suoi uomini, guarda le ragazze, mette una mano sulla spalla di Nubar e dice a voce altissima:

«Ascoltatemi, tutti. Dio ci ha dato un compito, qui. Ci ha affidato gli orfani; e noi, perdio, li porteremo a destinazione. E speriamo che la nostra buona azione, come per fortuna qualche volta succede, sia ricompensata in questa terra, e non nell'altra!». Ride, il buon Suleyman, e gli pare che il sole al tramonto illumini in modo specialissimo la sua nave fedele, la *Eikaterini* dalle alte fiancate, fabbricata a Plymouth, Inghilterra, troppi anni fa.

Sente che ha ricevuto un comando a cui non può sottrarsi, una sfida che vale la pena di accettare. Si sente l'ultimo dei gloriosi pirati del Mediterraneo, accetta la bandiera degli Onorevoli Furfanti, e si diverte un mondo.

«Ragazzi, facciamo scalo a Gherolimin, a mangiare il *bacalao* nella taverna dell'Orso Dimitri?» propone, e un urlo possente si leva. Baccalà e brave ragazze sono sempre pronti in quell'angolo del Mani, con la famosa parete di roccia nera a strapiombo e il porto ben protetto, uno dei luoghi più sicuri dell'Egeo per i filibustieri di qualsiasi tipo, e per qualsiasi traffico.

Dimitri, soprannominato l'Orso, è per parte sua uomo fidatissimo, discendente di quei Manioti feroci che gli Ottomani non sono mai riusciti a sottomettere. Da lui si cena e si dorme in pace, anche in questi tempi di guerra, ma si fa pagare parecchio, e così Suleyman non sempre accetta di fermarsi. Dipende dai soldi e dalla fretta che ha. Ma oggi è un giorno speciale.

E così l'indomani, nel tacito pomeriggio prima del tramonto, sbarcarono a Gherolimin nel Mani sei marinai, tre ragazze e un bambino, tutti determinati a divertirsi.

«Volete davvero abbandonarci, e andare in Italia?» chiede Yussuf il libanese, un piccolissimo agile che si arrampica dappertutto in un lampo. «Perché non venite in Libano da noi? Ci sono tanti cristiani, ed è una terra benedetta» esclama.

«Oh no» sospira Nevart, la seconda figlia di Shushanig, dodicenne, rotondetta, ancora più timida di Arussiag, «noi andremo fino a Venezia, e anche più lontano, dove nessun turco potrà più raggiungerci. Noi vogliamo andare in America.»

Arussiag fa cenno di sì, gravemente. «A noi, nessuno ci difende. Noi siamo una razza maledetta» sussurra, così piano che nessuno sembra sentirla. Ma tutti hanno sentito, e mangiando il baccalà di Dimitri col suo vino generoso, le lingue si sciolgono, e chiedono, e Arussiag finalmente risponde, e indica Henriette, e racconta della vita nella Piccola Città, della morte del padre, e di come la sua testa staccata dal busto, lanciata nel grembo della madre, abbia inondato di sangue la piccola Henriette, che da allora non parla più. Nella taverna si è fatto silenzio; tutti ascoltano assorti, come forse ascoltarono Ulisse i Feaci.

E tutti provano vergogna, ma anche la felicità di essere riuniti, al caldo, ascoltando. Felicità di sentire una storia, ma di non essere dentro quella storia; e il brivido sottile al pensiero che, forse, a noi toccherà un'altra volta. Ascoltano e si scrutano, tutti quegli uomini seduti ai tavoli di Dimitri e, quasi come per un accordo segreto, prima l'uno e poi l'altro, cominciano a dire le frasi antiche della *xenìa*, dell'accoglienza dell'ospite:

«Venite da noi, restate qui. Vi troveremo cibo e lavoro».

«La mia casa è grande, ci stiamo tutti, e Mamma Elefteria vi troverà qualcosa da fare senz'altro.»

«Aiuterete nei campi, e tu, piccolo, verrai a pescare con me.»

«Il paese vi accoglie, tutti quanti: greci e armeni sono fratelli.»

(*Non sanno quanto fratelli saranno nella sventura, qualche anno dopo, nelle pianure d'Anatolia e nel martirio di Smirne.*)

Compaiono bicchieri di dolce-del-cucchiaio, pistacchi, biscotti. E le ragazze sentono chiudersi la porta della loro vita trascorsa: ricordi, sentimenti, odori e colori, attese e rimpianti del Paese Perduto si sigillano dentro di loro, come in un'esatta anestesia del cuore.

Ora possono finalmente lasciare in pace i loro morti; Sempad e Shushanig sono di nuovo insieme, e si bastano. Ai sopravvissuti ritorna il gusto della vita, la curiosità, la speranza. Sanno bene che questa brava gente di Gherolimin, se si fermassero, domani magari si pentirebbe, ma non importa: l'offerta è stata fatta, ed è stata gradita.

Il balsamo ha agito, e sta chiudendo le ferite aperte, cicatrizzando le piaghe, restituendo la gioia. Le ragazze sorridono, e pensano all'America di là del mare, ai nuovi paesi, al mondo che le aspetta.

L'indomani, si imbarcarono di umore allegro, colme le mani di doni augurali, e la piccola nave si allontanò quasi con uno sforzo dal porto di Gherolimin.

Costeggiarono le isole Ionie, Corfù la bella e la pietrosa Itaca, ma non pensavano a Omero e alle favole antiche, si lasciavano cullare e guarire dal mare favorevole, dalle onde accoglienti.

Le città della Dalmazia sfilarono quietamente, e tutto sembrava immerso in un sogno benefico di luce e colori. Pastelli veneziani, tiepide acque, verdi insenature, isolette bianche e rosa, odore di pesce e cibo fresco. Qualche volta la *Eikaterini* accostava, per comprare pane e pesce, frutta fresca e verdura: così il piccolo popolo di Shushanig si abituava a sapori più blandi, e l'Italia si avvicinava.

Arrivarono a Venezia con un viaggio veloce e sicuro. Nessuno soffrì il mare, nessuno si annoiò. Ancora trent'anni dopo, Arussiag e Nevart pensavano a quella traversata, e a Suleyman il capitano, con affettuosa allegria: ed era una delle poche storie del passato che amavano raccontare.

La rosadina

I mesi passano. Ismene, Isacco e Zareh sono ormai di casa all'orfanotrofio tedesco. Aspettano con ansia notizie del viaggio di Shushanig e dei suoi figli, ma intanto lavorano accanitamente.

Un giorno, Fräulein Nussbaum appare inquieta e turbata. Si chiude nel suo studio, una cameretta spoglia dove conserva il suo bene più prezioso, un fonografo un po' stridulo che avverte i bambini dell'ora del pasto con una marcetta militare ormai consumata sulle note alte.

Ismene va da lei, bussa appena ed entra. Appoggiata coi gomiti al tavolino, la Fräulein piange desolatamente, cincischiando un fazzoletto sporco. Lavarsi in quei giorni ad Aleppo non è facile.

Ismene le appoggia una mano nodosa sulla nuca, all'attaccatura del collo, e la carezza lentamente. Non parla, aspetta, con l'altra mano stretta a pugno sul fianco. E la Fräulein dice: «È arrivato un ordine, capisci, un altro ordine. Dobbiamo spostare l'orfanotrofio a Smirne, con tutti i bambini. E dobbiamo andarci subito. Il console tedesco ci accompagnerà. Ma io sono confusa. Come faccio ad andar via da qui? Qualche bambino ha ancora la mamma, e come faccio a portarle con noi?».

Ma Ismene sa che la disperazione e le lagrime della Fräulein sono dovute anche alla snella figura di Hanna l'assiro, il contabile che viene tutti i giorni nel pomeriggio per aiutarla a fare i conti.

Il suo elastico passo, il suo sorriso grande arricciato agli angoli della bocca l'hanno conquistata, a sua insaputa. La Fräulein crede di essere ancora fidanzata al suo caro Helmut, lassù nel villaggio vicino a Brema. Ma i colori e la vita d'Oriente ormai l'hanno conquistata, anche se lei non lo sa.

Nelle sere aleppine, che odorano di gelsomini e di morte, Fräulein Nussbaum siede di solito sulla porta, su una seggiolina bassa, le mani stanche abbandonate in grembo, e si gode il fresco, come ogni brava donna d'Oriente, lasciando vagare i pensieri, che sempre più spesso sono riempiti dall'immagine in movimento di Hanna l'assiro.

Ismene naturalmente ha capito, ma non si entra così facilmente nella mente delle fanciulle tedesche. Bisogna fare le cose con accortezza, e dipingerle a colori pastello. Fräulein Nussbaum porta al collo una catenina con un cuoricino di filigrana d'argento, con dentro il ritratto di Helmut: e finché ce l'avrà al collo, Helmut sarà lì di guardia.

Ma Ismene non è scontenta che l'orfanotrofio si trasferisca a Smirne, la città greca, col suo grande porto. Tanti affari, tanti amici, tante chiese. Allora dà un'ultima affettuosa stretta alla nuca della Fräulein, poi corre via a cercare Isacco, che certamente a quest'ora del pomeriggio sta cantando in chiesa.

Piccoli mercati furtivi, mendicanti in agguato, bambini cenciosi ed estenuati dalla fame si aggirano dappertutto: e in mezzo a loro, ufficiali tedeschi e ottomani vanno di passo marziale per le loro faccende, spesso femminili. Ragazze e fanciulle di coscia leggera sono arrivate ad Aleppo da tutte le parti dell'Impero, cercando cibo, allegra compagnia, effimera libertà. Nei bordelli, le ragazze sono di prima scelta e, se qualcuno vuole una vergine armena, sarà prontamente accontentato.

Ma Djemal Pascià, il terzo uomo del triumvirato che controlla in quel momento l'Impero, ed è a capo dell'Armata di Siria, di stanza nella città, è scontento e inquieto. Cosa tramano contro di lui Talaat ed Enver, lassù nella capitale? Si sente fuori gioco, confinato in questo posto che trasuda morte, circondato dai resti delle carovane degli armeni.

Si sente infiacchito, non più determinato ad ammazzarli proprio tutti, questi disgraziati: qualcuno, gli è stato suggerito, potrebbe pure far comodo, tanto le province orientali sono già state svuotate.

E mentre Djemal rimugina (e poi va a cenare all'Hotel Baron, quello degli armeni Mazloumian), tutta la città è percorsa da misteriosi fermenti, da traffici oscuri e disperati, dall'angoscia senza nome di chi non riesce, nonostante tutto, a trovare una mano amica, e salvarsi.

Aleppo è diventata molto pericolosa. Ma Ismene, come un agile pesce, va dove vuole. Trova Isacco, gli parla. E insieme decidono che seguiranno Fräulein Nussbaum e l'orfanotrofio, perché da sola la ragazza tedesca non sa far molto, e ormai loro sono bravi con i bambini.

«Pensa, Isacco, una città tutta greca» sospira Ismene, e ricorda in un lampo che Smirne è di fronte alla sua isola di Chio, e in un momento vede il castello genovese, le strade tortuose, le belle case dei raccoglitori di *masticha*.

"E se portassimo gli orfani a Chio?" pensa poi, persa nel sogno di un mondo d'infanzia, senza vicoli oscuri in agguato e senza la maledizione degli armeni.

«Andiamo a cercare Nazim» suggerisce allora Isacco, interrompendo le sue fantasticherie. «Sentiamo cosa ci consiglia.»

L'umiltà di Isacco ormai è totale. Curiosamente, pensa a se stesso sempre più come a un sacerdote gregario, uno a cui sono gli altri a dover dare ordini. "Mi piacerebbe" rimugina spesso fra sé, "diventare monaco ortolano, o frate portinaio. Quello che sta discreto in un angolo, a cui nessuno bada, e spazza per terra. Ma Cristo e la Vergine Panaghia proteggono anche lui."

Le piccole scope greche, quelle col manico corto, gli sono familiari. La posizione china, quasi rispettosa, che esigono, la vicinanza al pavimento e il flessibile piegarsi del polso lo affascinano. Scopare un convento sembra una preghiera, si dice, e così spingere le briciole raccolte fuori, verso le bestioline, uccellini o topi o formiche, con quel ritmico, lento movimento circolare. Spazzare il convento e cantare nel coro, e così far tacere i fantasmi, questo sembra il pacifico sogno di Isacco.

(*Ma nei fuochi di Smirne, povero Isacco, ti toccherà consigliare, confessare, mostrare saggezza, essere il prete che aiuta i disperati, e condividere la loro sorte.*)

E così, si avvia con Ismene verso il *suk*. Nazim adesso è sempre là. La tranquillità sontuosa e i buoni pranzi del bordello non gli sono bastati. Col pretesto dell'elemosina, e dell'esperienza accumulata, è diventato un rispettato mediatore. Contratta, discute, sputa per terra, seppellisce oggetti nelle sue capaci tasche, e poi li ritira fuori al momento opportuno.

La piccola tabacchiera di Sempad è sempre con lui,

ma nascosta in fondo a una tasca. La usa solo quando è solo. Per gli affari, ora ne ha un'altra, una lucida scatola d'oro sbalzato che raffigura san Nerses Shnorhali, il Grazioso, un famoso mistico armeno del XII secolo.

La tabacchiera col santo serve coi turchi, a dimostrazione del fatto che Nazim è un buon suddito, e ha avuto la sua parte del bottino degli armeni; e serve coi cristiani, ai quali dice che l'ha presa per rispetto, per evitare che il prezioso oggetto venisse profanato.

«Spero di trovare il proprietario» dice in queste occasioni con aria contrita.

«Dovrai scavare a lungo, per trovarlo» gli ha detto Ismene acidamente.

Non è d'accordo, Ismene, su tante cose che fa Nazim; ma poi, ogni volta che si vedono, lui le infila nelle tasche grossi involti arrotolati di banconote, le regala gioielli da vendere per i suoi bambini. E Ismene sospira e tace.

Un mese fa non ha però resistito alla tentazione di aggiustarsi al collo una collana scintillante, colorata, che Nazim le ha messo in mano e che le ha ricordato, improvvisamente, Madame Sesostris, l'amica del colonnello nella Piccola Città.

«Quanto tempo è passato» sospira Ismene, «chissà dove sarà la bella egiziana. Solo i disgraziati come noi restano in questo fetido posto, e gli armeni che si nascondono come topi.»

Pavoneggiandosi nella sua collana, e vestita come al solito di colori sgargianti, Ismene, seguita da Isacco, insaccato in una palandrana terrosa, che si confonde con l'ombra dei vicoli, pesca Nazim durante una strenua contrattazione, e aspetta, appoggiata a una pila di tappeti.

Il *suk* di Aleppo non offre molto, in quel terzo inverno di guerra. Soldati malmessi e miserabili, mutilati, con la barba lunga e le occhiaie infossate dei disperati, sono accovacciati dappertutto. L'odore dolciastro di fondo non viene mascherato dai profumi forti delle spezie e della lana accatastata, dai friggitori di polpettine che invitano i clienti con un gesto regale, dai venditori d'acqua odorosa e di pistacchi. La disperazione aleggia e si appiccica tenace dovunque.

Ismene Isacco e Nazim si guardano e si capiscono in un lampo. Ma li vede anche un altro mendicante, Yussuf lo sciancato, che zoppica verso di loro con un ghigno allettante.

«Avete altri armeni da nascondere?» sibila, riuscendo a farsi capire da tutti. «Perché, in questo caso, ci sto dentro anch'io.»

Nazim conclude allora rapidamente il suo affare, scosta un tappeto pendente all'ingresso di una bottega, e sussurra al padrone qualcosa. Il venditore di tappeti sguscia via veloce.

«Prego, entrate tutti» dice poi. E Ismene Isacco e Yussuf sgattaiolano svelti dentro.

Il tappeto ricade. All'interno della bottega c'è un buio morbido, e tutti si lasciano andare sui tappeti.

«Andiamo a Smirne, noi, Nazim» dice Ismene, «con l'orfanotrofio di Fräulein Nussbaum. Tu vuoi venire con noi?»

Ismene non sa bene perché ha fatto l'invito. Non pensa che Nazim sarebbe ben accolto nella città greca, dove il quartiere turco c'è, ma è piuttosto miserabile. A Smirne sono gli orgogliosi greci a controllare tutto, e migliaia di armeni vi si sono rifugiati.

Nazim è sorpreso e infastidito. Questa improvvisa decisione di Ismene e di Isacco lo costringe a pensare, a scegliere. A capire che in realtà fare il mediatore, o qualsiasi altra cosa, fa a pugni con quello che è diventato dentro.

«Abbiamo attraversato l'inferno, insieme» dice riflessivo. «E ora?»

Per un momento, Nazim è tentato. Smirne, la bella. Smirne, una delle sette città. Il golfo, il porto. Nazim ha visto una cartolina di Smirne, e sentito tanti racconti. Ma lui non è uomo di mare. Il mare non gli piace, gli fa diffidenza e angoscia, gli sembra la rauca voce di un Dio che in continuazione rimbrotta, e a cui non puoi rispondere, perché continuamente cambia: ora sembra un padre terribile, ora una madre lamentosa, ora l'urlo di un figlio assassinato.

Il mare assomiglia al Dio dei cristiani, sottopensa Nazim ogni tanto, un Dio difficile e pieno di esigenze strane. Meglio Maometto, meglio Allah. Semplice e facile, crede Nazim. Ma un verme insidioso gli rode continuamente il cuore. Troppo sangue ha visto, troppo dolore. E la sua *Validé Hanum* se n'è andata per sempre, è andata a morire, e lui non sa scrivere.

Può affidare a un pubblico scrivano la sua incerta, dolorosa nostalgia, la fitta che prova allo stomaco ogni volta che pesca una presa di tabacco dalla tabacchiera che fu di Sempad? Può dirgli di scrivere ai figli di lui, così lontani ormai: "Non dimenticatelo, quell'uomo buono che fu vostro padre, e che io ho tradito. Non dimenticate Azniv dagli occhi splendenti e dalla treccia viva giù per le spalle, che morì decapitata per salvarvi, e che io ho tradito"?

Eppure in un suo confuso modo Nazim l'illetterato vagabondo, il mendicante esperto, vorrebbe farlo. Perché, nel suo modo bislacco, conosce meglio di ogni altro il pericolo che si apre davanti alle tre ragazze e al piccolo Nubar. Chi si prenderà cura delle loro anime impaurite, chi gli racconterà le storie del Paese Perduto? Chi gli canterà le preghiere dei padri nell'antica lingua? E chi li nutrirà, saprà cancellare le ferite senza cancellare i ricordi, e la visione della Piccola Città?

(*Ora sei tu, papà, che mi guardi da una fotografia del 1921: serissimo, non fosse per quel guizzo morbinoso all'angolo della bocca, fiero della tua brillante maturità a diciassette anni e della bella cravatta con la spilla d'oro, elegante sull'alto colletto bianco, con una mano appoggiata alla spalliera della sedia del fotografo e l'altra abbandonata sul fianco. Le tue mani, papà. Le piccole mani rotonde e grassocce che io ho ereditato, con le unghie quadrate e le dita un po' storte.*

Come parlavi coi tuoi cugini esiliati, coi profughi d'Armenia che ti trovasti in casa? Quale fonda paura, irrimediabile, ti hanno trasmesso, come hanno – con la loro sola presenza – quelle povere ragazze resa fragile la tua sicurezza di giovane occidentale ben nato, ben allevato, ben parlante?

"Cosa ho a che fare io con questi sventurati?" ti sarai chiesto con un moto di stizza e di pietà. Ma loro erano lì, e non se ne andavano, portando nella bella casa di Padova l'odore acido della sventura.

Ragazze pesanti e dall'aria inselvatichita, le cugine, sempre avide di cibo, così diverse dalle graziose fanciulle italiane, figlie dei nobili amici di tua madre Teresa. Come nasconderle, come presentarle?

E intanto giorno dopo giorno si approfondiva in te – e in tuo fratello – la consapevolezza di quella diversità irrimediabile, di quell'antica colpa che nessuna maschera avrebbe più potuto davvero coprire. Il marchio del sangue, del padre e del nome.)

Così, Nazim si rassegna. Dio Misericordioso sa, per noi tutti. E l'antico sogno di concludere la sua vita mal spesa alla Mecca si ripresenta allettante. "Devo abbandonare anche questi compagni" riflette pensieroso. "Mi secca, molto di più che non rivedere le due mogli e i figli che ho lasciato, senza un pensiero al mondo, nella Piccola Città. Quelli erano noiosi; Ismene, qui, è irritante ma animosa, è sempre una forte compagna." (Nazim non si permette più di pensare altrimenti, dopo il secco rifiuto che Ismene gli ha dato, sghignazzando, un anno fa.) Su Isacco, Nazim sta attento a non pronunciarsi.

«Sicché, amici, ho deciso. Io non verrò a Smirne con voi» pronuncia infine con voce chiara. «È destino. Moriremo lontani, ma io, alla Mecca, vi assicuro una preghiera.»

«Detta da te, farà più male che bene» borbotta Ismene, commossa suo malgrado. «Io invece pregherò per te a Smirne una santa speciale, Pelagia di Tarso, che è troppo buona, e per te chiuderà un occhio.»

«Sacrilega come al solito» bofonchia Isacco, giusto per parlare; ma nessuno, come al solito, lo ascolta.

In quel momento, Yussuf lo sciancato, che aveva rispettosamente aspettato che Nazim, più importante di lui nella gerarchia dei mendicanti, si pronunciasse, esplode contento:

«Si deve essere in tre, per queste cose, per questi viaggi. Un mendicante vale l'altro, e anch'io sono quasi zoppo, se è questo che volete. E vi servirò lealmente, sono stufo di girare da solo. Voglio una zuppa e un rifugio, e ogni tanto una ragazza docile».

Né Ismene né Isacco si formalizzano a questa richiesta. Nazim garantisce per Yussuf, suo vecchio compare, ed è più contento se i due cristiani non se ne vanno in giro da soli.

"Dove andremo" si chiede Zareh, "dove finiremo?" E si torce le mani. L'autunno dorato invita alle gite sulle colline, magari a fare un viaggetto a Beirut, o sulle fresche montagne del Libano maronita, a Bsciarrè, fra i cedri... Ma Zareh non ha il coraggio di muoversi, vorrebbe solo scomparire in un muro, come una lucertola, e coltivare il suo cruccio, e la sua melanconia, e la sua paura. Dov'è più la Aleppo dei suoi sogni, la città cosmopolita? Chi può più andare a contemplare il tramonto dall'alto della Cittadella?

"Razza di topi, siamo" rimugina Zareh, "anche se sappiamo il francese; e finiremo come topi."

Nel suo cattivo umore, dimentica come si sentiva un eroe quando hanno salvato Shushanig e i bambini. La verità è che Marie-Joséphine sta per andarsene. Ritorna in Francia, e Zareh non può seguirla, e si mangia le mani.

Dopo la partenza di Shushanig, Marie-Joséphine si è fatta evasiva. Nei suoi brillanti vestitini estivi, prima la si vedeva correre lesta, provvedere, consultarsi con Isabelle, la cuoca normanna. Adorava il piccolo Nubar, ma con Shushanig e le sue figlie non ha mai veramente parlato; le osservava solo ogni tanto, con un brivido, domandandosi, con sincerità brutale, che cosa avrebbe fatto al loro posto.

"Ma non esiste, essere al loro posto" si diceva poi. "Io sono francese del Périgord, la mia famiglia ha centinaia di anni di storia", e si raddrizzava sulla schiena, e si guardava i piccoli piedi ben fatti, fasciati nelle scarpine squisite che crea per lei Setrak Boyakgian, il calzolaio alla moda fra le signore di Aleppo.

"Anche lui è armeno" riflette ora, non per la prima volta, "meglio farsi fare qualche paio di scarpe, prima che sia troppo tardi. Così, anche, lo aiuto." Setrak è un omone mite dai baffi possenti, che maneggia le sue raffinate pezze di cuoio con dita leggere, e ha un'immensa famiglia da mantenere (anche lui nasconde da qualche parte un sacco di parenti).

La sua storia con Zareh, in fondo, Marie-Joséphine se l'è ormai lasciata alle spalle. È stato bello, abbastanza esotico, con un vago profumo d'Oriente e molta avventura; ma adesso Zareh la sta un po' annoiando. Vorrebbe certo fare qualcosa per lui, perfino portarselo dietro, ma poi, una volta sistemato in un bel gabinetto medico, tenerselo come confidente e amico, non di più.

Marie-Joséphine conosce benissimo la differenza fra un'allegra avventura e una relazione seria, e non vuole fare questo passo, non ne vale la pena. Suo marito Benoît è terribilmente simpatico, e si fa voler bene; è elegante, divertente, sicuro di sé. Si somigliano. Marie-Joséphine è perfino un poco pentita, anche se non gli racconterà mai niente.

E Zareh da parte sua sta faticosamente accettando che la differenza c'è, che lui non è, e non sarà mai, un occidentale.

"Se questa guerra finisce, e noi armeni di qui sopravviviamo" si dice per consolarsi, "mi trovo una brava ragazza, armena, o assira, o maronita, beneducata e carina, con una grossa treccia, e che sorrida sempre" (l'immagine stessa di Azniv, povero Zareh). "La sposo, e avremo un bel po' di figli" (e qui la fantasia di Zareh si ferma, e una lama improvvisa di dolore gli penetra nel cuore. Non c'è più nessuno, nella Piccola Città, a cui presentare orgogliosamente la sposa: loro, i sopravvissuti, sono in verità tutti orfani).

Così Zareh e Marie-Joséphine si dicono addio. In un pomeriggio di fine agosto, con la scusa di ritirare il vasellame, le pentole e le coperte che gli ha prestato durante il periodo in cui Shushanig e i bambini vivevano nascosti in cantina, Marie-Joséphine arriva con Isabelle a casa di Zareh. Le imposte sono accostate per la gran calura: lui apre cerimoniosamente la porta, e poi non sa dove mettere le mani.

Isabelle, la normanna, lo guarda con infinita solidale pietà. Lei sa bene che Marie-Joséphine è buona ma capricciosa, e che inoltre la coscienza le rimorde un pochino; e lei stessa, Isabelle, l'ha aiutata a capire, le ha parlato e le ha tenuto le mani.

Ma ora vorrebbe abbracciarlo, questo grosso armeno dagli occhi vellutati e spauriti, che non sa come contrastare il colpo che sta per arrivargli. Così gli appoggia una delle sue grandi mani sulle spalle, e le stringe con la fraternità di un compagno di lavoro. E Zareh capisce, e si sente racconsolato.

E allora, quando Isabelle se ne va dopo un po', carica di pentole e tegami, e Marie-Joséphine comincia a dire qualcosa balbettando, lui semplicemente le mette una mano sulla bocca, e le dice: «Ssh, silenzio, silenzio», come a un bambino. E poi la prende fra le braccia, come una bambina, si siede sullo scomodo divano del salotto (con appena uno sguardo nostalgico alla camera da letto nella penombra) e le carezza lentamente i capelli e le guance. Lei appoggia fiduciosa la testa sulle sue braccia, e restano così per un tempo infinito, ciascuno ricordando a suo modo, ciascuno celebrando a suo modo. Non si rivedranno mai più.

Una settimana dopo, tutti gli addii sono compiuti. Marie-Joséphine sta facendo un ultimo giro di compere, tappeti e pezze di seta di Damasco. Zareh è tornato a giocare a bridge coi vecchi amici dell'Hotel Baron. E Ismene Isacco e Yussuf si sono trasferiti in pianta stabile all'orfanotrofio, per aiutare a modo loro, visto che Fräulein Nussbaum è totalmente sperduta, e si aggira "come una gallina decapitata", suggerisce Yussuf, che si è rivelato un compagno efficiente.

Yussuf sembra avere un tocco speciale con i bambini più piccoli. Ma gli orfani non vogliono andarsene. In un loro confuso modo, non vogliono lasciare Aleppo. Alcuni hanno ancora un parente, o due, in città, gli altri vogliono stare il più vicino possibile a dove sono stati abbandonati, nella speranza – chissà – che delle madri, delle sorelle, dei parenti dispersi riemerga, in qualche modo, qualche traccia. Nelle loro notti agitate (hanno passato mesi e mesi dormendo appena, raggomitolati per terra, sperando di non sentire l'urlo predatorio dei gendarmi a caccia di ragazze e di bambini), fanno sogni confusi, ma qualche volta, in sogno, ricompare la gioia dimenticata, le immagini del Paese Perduto, una nonna che parla sapiente (e non è più il vecchio rudere cencioso che si abbandonò sul bordo della strada in una sera qualunque di quell'estate interminabile del 1915).

Sentono, ma solo in sogno, di nuovo i sapori e gli odori familiari, e la luce speciale delle loro piccole città, e la loro mente orientale, educata alle lunghe fiabe invernali, sogna, almeno di notte, movimento e riscatto, il padre che arriva a cavallo, la madre lampeggiante di gioia, le sorelle, i fratelli, tutti quelli che sono scomparsi.

«A Smirne, ma perché» gemono gli orfani alla mattina, risvegliandosi da questi sogni selvaggi, che li isolano dalla realtà, «così lontano...» Nessuno li troverà mai, così lontano, è il loro pensiero segreto.

Per non farli soffrire ancora di più, allora Fräulein Nussbaum e Ismene cercano rifugio in città, per qualcuno dei più grandi e dei più ribelli. Silenziosi sotto gli stracci grigi che indossano, gli orfani adolescenti si lasciano trascinare in giro, mostrare in altri orfanotrofi, in qualche famiglia araba o siriana che cerca un giovane servitore.

Ma dopo una giornata di estenuanti pellegrinaggi, Hagop e Sylvia, due dodicenni dello stesso paese che stanno sempre appiccicati, immersi in una loro fitta nuvola di pena, e che pure avrebbero trovato asilo in due famiglie di brava gente, si inginocchiano insieme ai piedi di Ismene e dicono, insieme:

«Abbiamo cambiato idea. Non ci separate. Quando saremo più grandi, ci sposeremo, ma intanto, lasciateci insieme. Non possiamo tradirli. I nostri morti non sono morti del tutto, se noi due possiamo parlare con loro, e raccontargli la vita».

Allora Ismene li fa rialzare, e dice: «Certo che vi sposerete. Sembrate fatti l'uno per l'altra. E io vi farò da testimone, e vi farò ridere con i miei fazzoletti colorati, e i giochi di prestigio. Sono bravissima, sapete?».

Hagop e Sylvia la guardano incantati. Sono piccoli e brutti, con le faccette un po' gonfie ("Troppe patate" pensa Ismene, "ma come fare?"). La ragazzina è grassa, di quel grasso malaticcio di chi mangia improvvisamente a sazietà dopo mesi di fatica e di digiuno; il ragazzo ha un grosso testone rapato da cui emergono due occhi infossati e tristi, che sembra non sorrideranno mai più.

Ma oggi fa uno sforzo, e si comporta da uomo: «Nessuno ti toccherà più, Sylvia cara» pronuncia solennemente, e le mette una mano sotto il braccio, come un fidanzato vero. Vengono da Erzerum, da un convoglio di deportati dei più miserabili, dove il numero dei morti è stato altissimo.

Se Hagop parlasse, e raccontasse come per salvarsi, con una zia, ha dovuto sciogliersi dalla mano del suo fratellino più piccolo, e lasciarlo indietro, nel deserto, da solo, che gridava il suo nome; e se Sylvia, che sembra aver misteriosamente dimenticato tutto, ricordasse l'odore e il peso su di lei della guardia che l'ha violentata, forse non penserebbero che a morire, come tanti hanno fatto; ma le grosse, abili mani di Ismene e il suo sorriso misterioso e antico li hanno confortati.

(*Si attaccheranno a lei come agnellini; e moriranno insieme nel fuoco e nelle fiamme di Smirne.*)

In una settimana, è deciso, dovranno andarsene. Il comando tedesco fornirà dei mezzi militari per il trasporto, e garantisce una sistemazione decorosa a Smirne: il fatto è che molti tedeschi si sentono assai a disagio, nell'avere a che fare con la catastrofe degli armeni e con le sue conseguenze. Potendo, non vogliono altri morti, soprattutto non tra i bambini già salvati; e spedirli nella grande città, abitata in maggioranza da cristiani, è sembrata un'ottima soluzione.

«Così ci leviamo di torno Fräulein Nussbaum, quella noiosa zitelluccia, sempre a protestare, incapace e stolida, e anche quella terribile strega della greca» sibila fra i denti il capitano Ziegler, responsabile della logistica, perseguitato tutti i giorni dalla Fräulein, che si lamenta, con la cuffietta da infermiera di traverso, e dalla sbrigativa Ismene, che invece di lamentarsi grida con voce possente le sue ricche maledizioni.

Nella lontana Italia, la morsa della guerra si fa sentire. Tanti soldati muoiono, le trincee si riempiono di sempre nuove reclute, ma la linea del fronte sembra essersi immobilizzata. Le cime alpine sono traforate di camminamenti e di rifugi, austriaci e italiani si scannano metodicamente, senza fare un passo avanti. Così sembra, almeno.

Yerwant è solo. Licenziati i due autisti, che gli ricordano troppo la fallita impresa d'Oriente, ne ha assunto un terzo, Simone Bortolon, meccanico provetto e anima lesta, che non è riluttante a farsi scivolare in tasca ogni tanto qualcosa.

Simone è un po' ladro, in sostanza. Ma è bravo anche come cameriere, a servire in tavola, benché ogni volta bisogna fargli infilare i guanti bianchi quasi a forza.

«Mi no go le man onte» è il suo ritornello a ogni pranzo: e senza discutere, la cuoca Letizia o Maria, la piccola tredicenne che è al suo primo servizio, gli infilano un paio di guanti di cotone bianco, dalla scatola di legno che sta dietro la porta della cucina, e gli mettono in mano la zuppiera bianca e oro. Ma è affezionato al vecchio, Simone, tanto quanto detesta i due figli. Conosce le sue malinconie, e il bisogno che ha, ogni tanto, di farsi portare in giro silenziosamente, lungo una delle bianche strade polverose della campagna veneta.

Va per i campi, Yerwant, seduto dietro, nella macchina lucente, mentre Simone fischia tranquillo fra i denti un suo ritornello. E pensa alla perduta Masseria delle Allodole, la casa antica sulle colline, là nel Vecchio Paese, dove suo fratello Sempad è sepolto, in compagnia dei suoi figli maschi e degli amici di sempre. E non c'è croce sulla loro tomba. Sente acutamente che quella casa è distrutta, che tutto là è scomparso. Dalle lettere che fortunosamente gli sono arrivate da Zareh, ha saputo i fatti. I nudi fatti: Sempad decapitato, Veron morta di fame, e anche Azniv decapitata, all'ultimo momento, quando la carrozza della salvezza era già all'interno del campo.

Ma come può credere che tutto sia davvero scomparso? Un popolo intero che si dissolve nella polvere? Le case abbattute, i frutteti distrutti, i campi abbandonati, le chiese bruciate?

Gran parte della sicurezza e dell'equilibrio interiore di Yerwant è sempre stata basata sul fatto che, laggiù, la Piccola Città esisteva. Che, laggiù, c'era chi si ricordava di lui, e lo ammirava. Che la cupola della chiesa di Surp Asdvadzadzin era tutta d'oro, e che là si era svolto il funerale di suo padre, il patriarca Hamparzum. E che lui, Yerwant, era il primogenito, il figlio maggiore di Iskuhi la principessina.

Ora Yerwant deve fare i conti – amari conti personali. Ecco chi sono gli armeni: non esotici rampolli di grandi famiglie, nobili origini e aria distaccata, ma poveri profughi con tutti i loro beni sulle spalle, cenciosi disgraziati alla ricerca di un asilo, ridotti ad arrangiarsi per sopravvivere, facendo tutti i mestieri. A chi importa chi erano prima? E lui, Yerwant, sta per ricevere la cognata e i suoi figli, i sopravvissuti, che con la loro sola, nuda presenza, susciteranno pietà, riveleranno la vera essenza di un popolo miserabile; e lui non sembrerà più, come per anni si è sforzato di apparire, un raffinato gentiluomo orientale, circondato da un'aura da Orient-Express che fa sognare, ma un poveraccio come tanti, appena un po' più fortunato. Yerwant si vergogna davanti ai suoi figli. La moglie tace e lo osserva, come sopraffatta dalla sventura – e aspetta. Va spesso a trovare i suoi fratelli, e beve il tè con le cognate, con aria riflessiva, e racconta appena qualche cosa in sussurri.

Nel suo piccolo cuore devoto, Teresa combatte la sua battaglia fra la pietà e l'orrore. Suo marito le ha sempre evitato il contatto diretto con la famigliona lontana: qualche distinto zio che faceva sosta a Padova, in viaggio verso Parigi, una cuginetta che andava a studiare al collegio delle Dame di Sion a Trieste, le immagini di una mamma morta e di un padre autoritario, fissate come icone lontane in un cielo dorato: questo – o poco più – è tutto quello che Teresa ha conosciuto, in quasi venti anni di matrimonio. Yerwant l'ha sempre risparmiata.

Ora d'improvviso, quei parenti lontani gridano, piangono, chiamano. Nelle sue notti fragili di cardiopatica, Teresa sente echi terribili e strani, e sa che sarà in primo piano, ormai. Sente certo una pietà infinita per quei poveri cristiani vittime del Turco. Ma questi vengono in casa. Di fronte alla cognata in arrivo e al suo piccolo popolo disperato, sarà lei, Teresa, la padrona di casa, la contessa, a dover provvedere, aiutare, vivere insieme, giorno dopo giorno. E nessuno la aiuterà, perché Teresa, la posata figlia maggiore di un nobiluomo idealista e sventato, che scriveva romanzi d'appendice di parte cattolica e andò a combattere a Porta Pia con il Papa, ha tutto quell'orgoglio puntuto e un po' ottuso delle vecchie famiglie, non vuole chiedere aiuto, né raccontare la sua pena.

Sa che farà fronte: ma non riesce a non provare un po' di silenzioso rancore verso Yerwant, che non ha saputo proteggerla.

«Va' più lontano» dice Yerwant a Simone. Sempre più lontano, ai confini della provincia, sulle bianche strade napoleoniche fiancheggiate dai grandi platani. Yerwant si calma solo contemplando la terra, la grassa terra veneta che in quel mese di luglio è in pieno raccolto. Il grano trebbiato spande dovunque le sue sottili polveri bionde, la gente festeggia sulle aie. E Yerwant cerca di affezionarsi a questa terra, a questa gente, di parlare la loro lingua, di attenuare le roche gutturali della sua parlata natia.

E loro ricambiano. Abituati da sempre ai *foresti* che vanno a Venezia e poi girano per le grandi ville del territorio, i veneti sanno "fare un trattamento", come si dice, essere ospitali: e insieme anche tener conto della loro convenienza. Ricambiano le faticose cordialità di quel piccolo signore dal pizzetto a due punte, le sue occhiate sagaci e benevole. Si trovano a parlare, a far due conti, a chiedere un consiglio medico (perché, beninteso, tutti sanno che Yerwant è un medico, e bravo, e non c'è niente di male a chiedere).

Così Simone lo porta di paese in paese, di osteria in osteria, e tutti si abituano alla bella automobile, all'autista furbo e ossequioso, al Professore scaltro e gentile. E pian piano per loro Yerwant diventa davvero uno di casa, s'interessa di campi e di coltivazioni, di frumento di riso di vino, e comincia a comprare campagne: ogni settimana, fino allo scoppio della Seconda guerra mondiale, la sua piccola figura rotonda, con le ghette a righe e gli stivaletti alti, sarà popolare in tutta la provincia.

Così pian piano i suoi fantasmi arretrano. Ma lo stesso lui non osa parlare ai suoi figli. Sono entrambi bravissimi a scuola: Khayël, il secondo, salterà un anno al liceo, ed entrerà all'università a diciassette anni; Yetwart, il maggiore, che tutti chiamano Wart per non confonderlo con il padre, ha scelto, caparbiamente, di studiare storia dell'arte. Ironici, svelti di lingua, religiosissimi. La madre li ha forgiati; Yerwant non capisce molto dell'austera e ossequiosa religiosità veneta, delle sue sottigliezze e delle sue morbide arrendevolezze.

La sua religione, quando ci pensa, è tutta in difesa: non cedere a chi ti vuol strappare Cristo e la sua Santa Madre dal cuore, portare le candele agli altari, commerciare onestamente, cantare a voce spiegata, sperare che la Santa Madre stenda il suo mantello di cielo sul povero popolo armeno, sulla sua terra, sul suo frumento dorato – e lo difenda. Le scintillanti rotonde chiese della sua infanzia gli appaiono come tende mosse dal vento di Dio, con al centro la sua viva presenza, e i riti magnifici permettono a tutti di inginocchiarsi e di essere perdonati – tutti insieme.

Ma Wart e Khayël sono stati affidati a guide spirituali occidentali, ai padri di Einsiedeln e ai gesuiti del collegio di Mondragone presso Roma. E Khayël è figlio di mamma. Per sempre, parlandone, chiamerà Teresa "la mia santa mamma" (o anche, ricorda la bambina, la "vostra santa nonna". Quando è morta, si ricorda, lei ha saputo arrivare a cento *Requiem aeternam*, la preghiera che aveva appena imparato). I due fratelli hanno il senso sottile del peccato carnale, le loro piccole ambiguità, precetti precisi. E sentiranno la necessità tutta occidentale di impegnarsi attivamente, di modernizzare la Chiesa, di fare un po' di politica. Nessuno gli ha insegnato che la religione può essere un pericolo, che qualcuno sopra di te può importi la scelta fra rinnegare o morire.

Così Yerwant non può realmente parlare con loro. Non vuole trasmettere un'eredità pericolosa, li vuole salvi, sicuri di sé, confidenti. Al momento dell'arrivo dei cugini di Siria, Wart è diciottenne, ed è già entrato in conflitto col padre; ma neppure ama molto la madre, che lo ha messo in collegio a cinque anni, quando è nato il secondo figlio, l'amato, e lo ha lasciato lontano da casa per tutto il lungo tempo della scuola. Wart è emotivo, ombroso, studiosissimo. Adesso che è ritornato a casa, vuole il suo posto di primogenito, e soprattutto non vuole fare il medico.

A questo punto, Yerwant deve fare i conti con una volontà inflessibile, pari alla sua, che non si addolcisce per niente ai richiami del sentimento: Wart vuole occuparsi di arte. Si è accorto di avere occhio e fiuto, ma non gli interessa mettere a frutto – economicamente – queste qualità. Vuole solo studiare, contemplare i suoi pittori, fare carriera accademica: i soldi non gli interessano, perché tanto il padre ha fatto abbastanza fortuna anche per lui. Si oppone al desiderio del padre con fermezza inscalfibile e tranquilla.

Yerwant un giorno lo porta con sé a osservare un'autopsia, e Wart sviene lungo disteso, creando imbarazzo e sconcerto. Disperato, Yerwant si rivolge allora ai cognati Sartena, a cui di solito si guarda bene dal chiedere qualsiasi cosa: ma Wart li incontra e li elude, li prende in giro sornione, e poi li pianta al caffè, dopo aver bevuto in un sorso il suo aperitivo.

Khayël, che ha tredici anni, è sconvolto dalla burrasca che c'è in casa. Oltre all'incubo dei parenti in arrivo, delle lettere di Zareh e di Rupen, che Yerwant nasconde subito dopo averle lette, e non mostra a nessuno, la lite fra il padre e l'ammirato fratello maggiore lo agita molto. Corre da Teresa, che si nasconde e prega. Khayël ha il cuore dolce e pieno dei buoni sentimenti che gli sono stati instillati. Una sera, mentre sta andando a letto, si ferma davanti alla porta chiusa del grande studio del padre, da cui filtrano luci e voci.

Sono Yerwant e Wart che stanno litigando. Khayël si appoggia alla porta, scosso da un pianto silenzioso. La mamma non gli è stata di nessun aiuto: non prende le parti di nessuno, e Khayël vorrebbe una guida, vorrebbe che si schierasse, perché lui ama tutti, dolorosamente.

E improvvisamente sente Wart gridare: «Farò quello che voglio. Tocca a Khayël, il vostro prediletto, di ubbidirvi, a te e alla mamma. Dato che lui, lo amate, sarà felice di ricambiare».

Schiacciato dal senso opprimente di aver deluso il fratello, l'ammirato fratello maggiore, Khayël corre in camera e si sprofonda in un libro. Ma non dimenticherà più quella voce carica di risentimento, e sempre proverà verso il fratello un oscuro senso di inferiorità. Studierà medicina, lui: ma spesso racconterà alla bambina quanto avrebbe voluto essere anche lui un umanista, un letterato o un critico d'arte come il fratello.

«Ma vedi» concludeva poi, «papà era proprio un tiranno. Siccome Wart lo aveva sfidato, io ho dovuto obbedirgli.» Questo alla bambina era davvero poco chiaro. L'idea di svenire durante un'autopsia le sembrava però fantastica, anche perché lei non è mai svenuta, è troppo robusta, e le parrebbe tanto elegante riuscire a farlo.

Deciso a fargliela vedere a suo padre, Wart si iscrive all'università e comincia a studiare. Intelligente, metodico, accurato, ma poco incline al sorriso e permalosissimo, trasferisce nella lettura e nell'analisi delle opere d'arte lo stesso fulmineo colpo d'occhio e la leggendaria precisione che il padre ha sempre dimostrato nelle diagnosi mediche e nella sua attività di chirurgo. Gli somiglia molto più di quel che vorrebbe. Intuisce i quadri come il padre intuisce le malattie, studiando, catalogando, memorizzando con passione feroce, e questo affina le sue intuizioni, sempre perspicaci. Delle origini armene si ricorda solo in termini familiari, o parentali: mai Wart studierà l'arte armena, mai si occuperà delle splendide chiese medievali del suo retaggio di sangue. L'arte sarà per lui cosa del tutto occidentale, basata sulle dolci chiese di Francia e di Germania, sulle aguzze cuspidi gotiche, sul mirabile Rinascimento veneziano, su schede e schede compilate con inesausta passione, assorbendo ogni piega di manto di Madonna, ogni sfumatura di cielo o di paesaggio, ogni postura di Santo nei mille scomparti della sua lucida mente.

Ma farci soldi, no. Wart non vuole sporcarsi le mani con la mercatura, non vuole essere o sembrare armeno. "I soldi rendono sicura la vita, e papà mi deve tanto, per l'affetto che non mi ha dato" rimugina tetro, quando ci pensa. Ma per fortuna ci pensa di rado; viaggiare gli piace, gli piace studiare dal vivo le cose, percorre tutta l'Europa col suo sguardo febbricitante e meticoloso: e intanto cerca un'amica del cuore.

Wart diffida del padre e della madre, ma nel suo cuore più segreto ancora è nascosto il bambino che fu esiliato da casa; e cercherà una donna che gli sia anche un po' madre, che lo accudisca e lo consoli nelle sue malinconie, nei suoi umori crucciosi, e gli costruisca intorno un muro impenetrabile e soffice: Renata la triestina, bionda bella e morbida.

«I musi di Wart e i musi di mio padre!» esclama Khayël quando è di umore gioioso, il che gli capita spesso, «io non li sopportavo, e la mia santa mamma soffriva, ed era sempre triste.»

«Che casa uggiosa!» aggiunge una volta, «con le porte nere e i mobili neri, sembrava un nido di pipistrelli. Ho ancora l'incubo del salottino nero e oro di paglia di Vienna con tutte le zie sedute in cerchio attorno al camino, col velo nero del lutto stretto che rialzavano solo per chiacchierare. Nella mia casa, ho voluto solo mobili modernissimi, librerie di legno biondo e i dipinti allegri di Fasan, il panettiere-pittore.»

Khayël infatti ha preso dai Sartena, la famiglia di Teresa, la tendenza a un'ironia sarcastica e ai famosi sorrisetti a mezza bocca, di cui Yerwant continuerà a offendersi per tutta la vita.

In una fotografia del 1916, i due ragazzi sono ai fianchi del padre, correttamente vestiti con divise da collegiali. Sono ancora, entrambi, slanciati. Wart si tiene diritto, imitando la posa austera e studiatissima di Yerwant; Khayël, alla sinistra, gli si appoggia invece nell'atto di scappare via, con un berrettino sui riccioli neri, e sorride malizioso: ma il padre, in mezzo, è come staccato da tutti e due, chiuso in un suo mondo privato, estraneo.

Una misteriosa bambina vestita di bianco gioca ai loro piedi. Tutto è pace campestre: sono su uno sfondo verde, in un giardino, è primavera. Ma i cugini stanno per arrivare dalla Siria, e un pensiero disturbante aleggia sulla quiete del bel giardino.

E sarà Wart che il padre designerà per andarli a prendere all'arrivo a Venezia. Lui resterà ad aspettarli a casa. A Khayël, che voleva andare anche lui, è stato invece proibito, da entrambi i genitori, questa volta concordi. Wart andrà da solo, con l'autista e la grande automobile, la famosa Isotta Fraschini.

Con un telegramma di due giorni prima, Yerwant è stato avvertito all'ultimo momento della morte di Shushanig, e che le ragazze e Nubar stanno bene, e stanno per arrivare. Il capitano lo ha spedito da Ragusa, dove tutta la comitiva ha fatto un'ultima sosta, una bevuta d'addio, e anche Nubar ha avuto il suo bicchierino di liquore dal dolce sapore di noce. «Questa città» dice Suleyman alle ragazze, attentissime, «è già una piccola Venezia, così non vi spaventerete davanti a quella vera, quando sbarcheremo, dopodomani.»

Un tempo infinito, pensano le ragazze, che non vogliono immaginare il futuro, e si sono freneticamente affezionate a Suleyman e al suo variopinto equipaggio. Ognuna ha scelto il suo marinaio, e ha condiviso con lui i suoi poveri segreti, e i ricordi del Paese Perduto (ma il segreto più grande è sepolto bene a fondo nei loro piccoli cuori, anche se tutti i marinai, ovviamente, sanno che cosa è accaduto alle due maggiori).

Così la sosta a Ragusa, all'Osteria dei Greci, diventa l'ultimo capitolo delle loro comuni avventure. Ma ormai i sorrisi e le battute si tingono di malinconia, e il futuro italiano incombe. Allora, vedendosi intorno quei musi lunghi, Suleyman improvvisa una gara di polpette al pomodoro, e tutti dimenticano i pensieri ingozzandosi di grossi *sutzukakia* ovali, di pistacchi e di olive, e la cena finisce con le ragazze accaldate, che ridono troppo forte, e tentano invano di sputare i noccioli più lontano dei marinai.

È il giorno dopo la festa del quindici agosto, Venezia è immersa in una densa calura estiva. Le cupole d'oro rifulgono nella distanza. Vestito di tutto punto, come si conviene a un'occasione importante, col suo primo panama in testa, Wart è sul molo, agitato e furioso, rimuginando fra sé: "Perché papà non è venuto? Come pensa che possa parlare con loro, io che non so l'armeno? Sapranno almeno un po' di francese? E come mi riconosceranno?".

Stringe in mano un foglietto col nome della nave e del capitano, e non può proprio credere che il padre l'abbia abbandonato da solo a far fronte all'arrivo delle misteriose cugine d'Anatolia. Si immagina delle Erinni dal volto scavato, delle Cassandre lugubri, vestite di stracci – ma imperiose. Le tragedie greche che ha letto tumultuano nella sua mente, e dietro tutto, sottile e minacciosa, dilaga in lui, come una timidezza inguaribile, proprio la negata eredità armena.

"A parte l'educazione, sono anch'io come loro? Potrei essere come loro. Magari gli somiglio, e tutti se ne accorgeranno", martellano in lui i pensieri ansiosi, la vergogna del sangue negato, la tentazione dell'oblio. "Che i morti seppelliscano i morti, e che noi viviamo in pace" sussurra una voce dentro di lui, morbidamente. "Rinnegare la famigliona, rinnegare l'Anatolia": ma anche di questo Wart si vergogna, e ricorda le stragi, lo zio Sempad massacrato, le vite perdute...

Ma quando la piccola nave di Suleyman, la *Eikaterini* dalle alte fiancate, scivola leggera nel porto di Venezia, e si arresta, con una perfetta manovra, sul molo, tutti a bordo sono pronti, e in ordine, le ragazze e Nubar e il capitano e i sei marinai, come se dovessero partecipare a una rivista, vestiti di tutto punto, col ponte spazzato e lustro. La campanella di bordo squilla vivace nell'aria ferma.

E come in un sogno Wart, che stava andando nervosamente su e giù per il molo, si ferma e guarda incantato la nave che sfila davanti a lui, le cugine vestite alla tedesca in piedi col piccolo accanto, il capitano che saluta con un largo sorriso, i bagagli ordinatamente ammucchiati vicino a loro, e perfino, nelle mani della più grande, Arussiag, una squisita *lorgnette* attraverso cui la ragazza lo fissa.

Si guardano, come in un sogno. E Wart in un lampo

capisce: la pena, la miseria, l'orgoglio di quelle quattro creature, che arrivano dall'aldilà del mare, e hanno solo lui cui aggrapparsi. Comprende l'esilio che dovranno affrontare, così simile – pensa – al suo, lontano per tanti anni dal padre, dalla casa profumata, dalle rose del giardino segreto. E per un momento intuisce anche lo strazio del padre, e si sente vicino a lui come non accadrà mai più in seguito. È un peccato che Yerwant non abbia avuto il coraggio di accompagnarlo, e che l'intuizione di Wart si spenga rapidamente, nello sfoggio dell'elaborata cortesia da gentiluomo che gli è stata così bene insegnata.

La sera del 16 agosto 1916 le porte del palazzo di Padova si chiuderanno su ciò che resta del piccolo popolo di Shushanig, sui cuori provati e fedeli, sulle memorie lontane. E la Piccola Città si allontanerà in una distanza di favola.

(*E ora, paziente lettore, si apre per loro un'altra vita, la misteriosa* metànoia*, il mutamento dell'esiliato: ma insieme alle ragazze di Shushanig muteranno anche gli altri, gli ospiti alteri.*)

Stivati nell'automobile i pochi bagagli delle cugine, offerte le doverose condoglianze in francese (che, si è accorto Wart con meraviglia, parlano bene, con accenti appropriati e il lieve timbro musicale proprio dei levantini), Wart è pervaso da un raro impulso sorridente e giocoso.

«Sarete stanche, indolenzite dal viaggio» dice cerimoniosamente, «e allora partiamo subito. Ci fermeremo a prendere qualcosa al Caffè Commercio del Dolo, a metà strada. È un bel posto, nuovo e fresco.»

Fa caldo, e tutti tacciono. La strada è bianca di polvere sotto i grandi platani. La macchina va silenziosamente, con i finestrini abbassati, lungo la Riviera del Brenta. Le ville magiche sfilano, e Wart vorrebbe raccontarle, mostrare alle cugine che lui le conosce ad una ad una, conosce i proprietari, e va alle festine dei giovani aristocratici, alla Malcontenta, a Mira e Mirano, a Stra, a Fiesso d'Artico; e far loro sapere che anche lui ogni tanto apre la villa del Dolo ai suoi amici, e giocano al biliardo fumando come gli adulti, e suonano i ballabili col nuovissimo fonografo a tromba.

Ma un profondo imbarazzo gli impedisce di parlare. Da qualche parte, dentro di lui, affiora invece un sentimento di furiosa empatia, e si sente il fratello maggiore che le cugine hanno perduto. In un soprassalto di panico, si domanda cosa farebbe lui, cosa potrebbe fare se suo padre morisse improvvisamente. "Non so nulla dei suoi affari, chiunque mi potrebbe imbrogliare" riflette ansioso, "eppure sono il maggiore. Dopo tutto, toccherebbe a me, e a me solo, agire e disporre."

Si crogiola per un momento in questi pensieri di libertà, ma presto si accorge che sarebbe terribile, che gli farebbe una paura terribile. E allora Wart decide – in quel momento e per sempre: "Non mi preoccuperò mai del denaro. Io farò il professore, e quello che mi manca lo chiederò a mio padre. Gli farò onore, sarò un grande maestro e un professore esemplare, ma non ho la forza di occuparmi di soldi. Questo l'ha già fatto lui per noi".

Allegrissimo, e in pace con se stesso, a questo punto Wart si accorge che sono al Dolo, e stanno passando davanti alla chiesa. Batte sul vetro divisorio e fa fermare la splendida automobile, che si arresta proprio di fronte al Caffè Commercio, con i tavolini all'aperto sotto la veranda di ghisa traforata.

L'autista scende e apre le portiere, le ragazze intimidite, tenendo per mano Nubar, scendono a loro volta e guardano ansiose Wart, guardano il nuovo fratello maggiore e aspettano ordini.

Con un largo gesto, Wart – che si sta godendo l'ammirazione e i sussurri dei clienti seduti al caffè e della gente del paese che si ferma in contemplazione dell'Isotta Fraschini – invita il gruppetto a sedersi, e ordina gelati all'amarena e limonata per tutti.

E fu là al Dolo, nella quiete della controra, che i sopravvissuti a così diversi esilii si riconobbero, e fecero famiglia.

Perché non è possibile tornare indietro, né ai sopravvissuti dell'esilio feroce e brutale della famiglia d'Anatolia né al superstite del crudele esilio del cuore della famiglia d'Italia. Ma possono riconoscersi, e guardare avanti insieme, e scambiarsi i doni d'amore. Mangiando il gelato alla fragola e al limone con panna e amarena nell'alta coppa di vetro, alle ragazze si allenta il groppo alla gola, e si mettono a piangere, senza singhiozzi, beatamente e silenziosamente. Nessuno infatti se ne accorge.

E Wart dall'altra parte del tavolino rotondo di ghisa, con la gamba a stelo, del Caffè Commercio per la prima volta si vede rispettato come onorato fratello maggiore, i cui consigli sono preziosi, e per la prima volta sente la forza tutta orientale del legame di sangue fra suo padre Yerwant e il farmacista dal semplice cuore, lo zio Sempad.

E insieme percepisce l'orrore, la violenza, la morte come qualcosa che ferisce anche lui, perché anche lui dopo tutto è armeno, ha quel sangue, quella faccia, quel nome, e avrebbe potuto facilmente trovarsi insieme a

Sempad, nella Piccola Città, nel terribile mese di maggio del 1915.

Sicché anche Wart si mette a piangere, senza vergogna, in silenzio come le cugine di fronte a lui: e poi cominciano tutti a ridere, convulsamente, quando Nubar, che ha intanto finito il suo gelato, infila lesto il cucchiaino in quello di Wart e poi, velocissimo, nelle coppe delle sue sorelle. E gli ridono gli occhi, contenti, nel faccino rotondo.

Nel palazzo di Padova, Teresa si torce le mani. L'attesa è finita. Stanno per arrivare i nipoti, e ormai di armeni si sentirà parlare spesso. E chissà quanti altri parenti sconosciuti ci sono, in giro per il vasto mondo, a quanta gente stravagante toccherà offrire ospitalità.

Il cuore comincia ad accelerare sordamente nel petto, e Teresa si accascia su una poltroncina del suo salottino. La fida Dolores accorre, e le bagna le tempie con acqua e aceto.

«Si calmi, signora contessa» sussurra piano, perché sa bene che Teresa non vuole che si parli dei suoi malori, e soprattutto che se ne accorga Yerwant, «vuole le goccette di valeriana?»

Teresa fa cenno di no, e sospira. Dolores non capisce bene perché stia tanto male, e non voglia parlarne. Infine, il Professore è un medico così bravo...

Ma stavolta le vede un alone blu intorno alle labbra, e gli occhi chiusi, e si spaventa (ma non tanto da disobbedire, e chiamare Yerwant). E allora comincia a sussurrarle nell'orecchio: «La se chieta, signora contessa. Le xe tute tose, quele che riva, la le manda in convento e tuto se sistema. E dopo, la ghe trovarà un marìo...». Ripete e ripete queste frasi come salmodiando, persuasiva, soccorrevole, una vera "dona de sesto".

Dolores è veneziana del sestiere di Cannaregio, e sta con Teresa da sempre: è più che una cameriera o una confidente, è la spalla robusta indispensabile all'incerto, lagrimoso romanticismo di Teresa, al suo cuore timoroso. È l'allegro sussurro che si spande dietro le persiane socchiuse, da casa a casa, da campo a campo, da calle a calle; è la spia devota che la contessa manda in giro per trovare il marito quando si assenta da casa improvvisamente, ma è anche la voce della coscienza che le ricorda che infine se l'è sposato, quell'armeno, e come ne era innamorata!

«O lui o il convento, si ricorda, signora contessa? Quanti rosari, quanti fioretti perché tornasse di Francia, perché non si andasse a prendere in moglie una francese! E adesso, se lui si accorge che lei sta male perché arrivano le sue nipoti, allora sì che nascerà qualcosa di brutto... Ci sono tante donne che se lo prenderebbero volentieri...» ammicca, furba, Dolores.

Teresa è possessiva e gelosa, questo è il problema. Ha amato Yerwant proprio per la sua aria esotica, la sua orgogliosa virilità orientale: ma è proprio l'Oriente in lui che le fa paura, con cui pensa di non poter competere, che – lei teme – glielo potrebbe portare via; ed è la parte orientale che sente nei suoi figli lontana – e che combatte.

Ma oggi, oggi anche lei prende una decisione. Dolores ha ragione, saprà comandare, in una questione che è in fondo cosa di donne. Teresa non vuole ammalarsi, e men che meno perdere il marito. È debole di cuore, certo, ma il cuore si può proteggere. Non vale la pena di affaticarlo per le nipoti armene, bisogna conservarlo per Yerwant e i ragazzi, per Khayël soprattutto, che è così affettuoso e le somiglia tanto.

E le ragazze mandarle in un buon educandato, a imparare le buone maniere italiane. E poi, magari, spedirle più lontano, in America...

«Presto, Dolores, ordina in cucina una rosadina» dice alla fine Teresa, alzandosi svelta. E fu così che, in quella sera di mezz'agosto, la casa intera si dispose al sorriso.

Per la celebre rosadina di Teresa, secondo la vecchia ricetta di Casa Zaborra, occorrevano subito ventiquattro uova fresche. La cuoca Letizia trotterellò fuori, dalla venditrice di uova sotto il Salone, l'unica capace di fare il miracolo. E il grande tegame rotondo di rame presto cominciò a sobbollire, per il bagnomaria.

Khayël, infrattato nella sua stanza, venne celermente avvisato; e così pure Yerwant, chiuso nel suo studio. E presto l'anello dorato della mistica crema prese a colorarsi e a spandere profumi maliosi per tutta la casa. La rosadina era un segno benigno, un sole d'oro che tutti immediatamente riconoscevano come il simbolo del raro buonumore di Teresa. La crema tremolante e compatta, con lo zucchero caramellato sopra, aveva negli anni sanato molti malumori, e – non essendo un dolce trasportabile – non era l'ultimo motivo del profondo dispetto di Wart.

«Lui, Khayël, la mangia sempre, io mai» aveva piagnucolato Wart decenne con uno zio Sartena, e ancora se lo ricorda con un brivido, perché fu preso in giro per questo mille volte.

Ma comunque tutti sono felici quando viene preparata la rosadina, perché Letizia ne fa sempre due, di ruote dorate, nel timore che il dolce non si sforni perfettamente: e con quello meno riuscito, anche in cucina tutti possono festeggiare.

Quando decide per la rosadina, Teresa si sente perdonata e accolta da quell'oscuro Dio che è stata istruita a temere; si sente, per un momento, una benefattrice solare, la generosa signora che qualche volta sogna di essere. La fitta foresta di precetti e di divieti che la imprigiona per un momento si apre, e aldilà brilla l'occhio sorridente di un Dio paterno, che la approva.

(*Solo tanti anni dopo, alla fine della sua vita, malata di cuore ormai senza speranza, mentre attende di andarsene, Teresa riuscirà a ritrovare quella luce e quel calore dorato; e nei bisbigli affaticati che riverserà nelle orecchie della bambina, nei quieti tè del pomeriggio, più e più volte ritornerà un volto di Dio generoso e gioioso, che la bambina imparerà a pregare con allegria.*)

Ma già stasera, la rosadina ha fatto il miracolo. Alacri e sorridenti, tutti attendono il ritorno di Wart con le ragazze: la grande ombrosa camera gialla foderata di seta è pronta, con i suoi tre letti grandi allineati, due comodini scompagnati in mezzo e un lettino piccolo per Nubar; sopra i candidi copriletti di picchè c'è una pila di asciugamani bianchi, odorosi di lavanda, e il grande armadio nell'angolo aspetta, aperto.

Appena l'automobile si annuncia con tre poderosi squilli di tromba, il portinaio Demetrio si affretta a spalancare il grande portone. Dietro di lui occhieggia curiosissima la moglie Nives, che non vede l'ora di sapere se le "marocchine" che arrivano hanno mai assaggiato la polenta: e rimarrà sorpresissima, perché a Gherolimin hanno proprio mangiato e gustato baccalà e polenta.

Tutti si affollano in cima allo scalone, aspettando. Ma Yerwant esce velocissimo dal suo studio e li precede. L'auto è nell'atrio, ferma, e Wart si appresta a scendere per primo, per aprire lui la portiera alle ragazze. Ma Yerwant, nervosissimo, lo anticipa, le strattona fuori, tutte e tre, prende per mano Nubar, e senza far caso al figlio li spinge su per le scale, verso la porta aperta del suo studio. Rimarrà chiuso lì dentro con loro per due ore.

E nessuno seppe mai che cosa si dissero, che cosa raccontarono le ragazze, che cosa lo zio, e come piansero insieme i loro morti.

Un lutto privato, da non spartire con nessuno, un elenco di nomi, di quartieri, di strade, la storia vera della fine della Masseria delle Allodole. Le ragazze parlarono, nella fluida lingua dei padri, lo zio rispose, e il morbido, colorato linguaggio per l'ultima volta fu scambiato con innocenza e semplicità, come l'unica degna forma in cui certe cose potevano essere raccontate.

Due, tre volte Yerwant si fa ripetere il racconto della strage alla Masseria, della morte di Veron, di Azniv, e infine di Shushanig. Stringe i pugni, e si fa sempre più cupo.

Le ragazze invece piano piano si distendono e con fervore si appassionano a raccontare, si sentono protagoniste di fatti memorabili, come l'eroe che tira in lungo la sua storia accanto al fuoco, alla fine di lunghe avventure. Abituate a essere le vittime, sballottate da un uomo all'altro, passivamente, colpevoli di esistere, prede disprezzate e votate a una qualsiasi morte banale, finalmente ora, di fronte allo strazio dello zio, accasciato con le mani sulle tempie, mentre intorno a lui si affollano quieti fantasmi e angeli lievi, le due sorelle maggiori sentono rinascere in sé una forza cocciuta, la sprezzante volontà di abbandonare il vecchio mondo crudele e di andarsene in America.

«Lo faremo, appena possibile» sussurrano insieme, e le loro mani si toccano. È in quel momento che il loro destino misteriosamente si distacca da quello dei due piccoli, come se un angelo forte le avesse spinte sull'altra sponda di un fiume rapinoso, obbedendo al cenno di Shushanig e Sempad, riuniti, che ora finalmente possono guidarle insieme.

«Noi andremo lontano da tutti, andremo in California» bisbiglia Nevart, «neanche da zio Rupen a Boston potremo fermarci. Laggiù niente potrà più toccarci. Io e te insieme, in un posto dove tutti capiscono l'armeno, ci pensi?» Arussiag dice di sì con la testa, convinta. Sapranno aspettare, e poi laggiù sapranno guadagnarsi la vita. «Come voleva fare la zia Veron coi suoi cappellini, ricordi?» dice ancora Arussiag: ed entrambe sorridono, ed è come un raggio di luce che irrompe nella stanza buia, in cui è sceso un lento crepuscolo.

Henriette e Nubar, intimiditi, tacciono, e anzi Nubar si è addormentato pacificamente, di colpo, come fa sempre; ma in quel momento Yerwant alza gli occhi, padroneggiandosi a stento, e quel sorriso lo illumina, e gli sembra il sorriso di Iskuhi dalle gote di pesca, la sua mamma principessina.

«Voi sorridete, bambine» ride allora tra le lagrime, «voi m'insegnate, voi mi ricordate. Preghiamo insieme, bambine, per i morti e per i viventi, per tutti quelli che hanno perso la vita sulle strade d'Anatolia, e per quelli che sono sopravvissuti e portano sulle spalle il fardello delle memorie, per me e per voi, preghiamo.» E dalle labbra gli esce l'antica preghiera, dimenticata da tanti anni: «*Der voghormià*, Dio abbi pietà, Cristo Salvatore abbi pietà di noi», quella che tanti anni dopo insegnerà alla bambina nella sua prima visita alla Basilica del Santo.

Si tengono per mano, lo zio e le nipoti, intorno a Nubar addormentato, e s'incantano un po', ciascuno seguendo il filo dei suoi pensieri. E Arussiag dice:

«Noi andremo presto in America, zio, se tu ce lo permetti. Dobbiamo. Nostro padre avrebbe voluto così. Ma ti lasceremo i due piccoli, non possiamo prenderli con noi».

Sentendosi un po' vigliacco, Yerwant è però infinitamente sollevato da questo discorso. Pensa ai bronci di Teresa, pensa ai suoi figli. È sempre più determinato a renderli del tutto italiani. Ma prima che lui risponda, si sente battere alla porta, è la voce compassata dell'autista Simone che dice:

«Professore, è pronto in tavola». E poi, in un sussurro: «C'è la rosadina».

Simone ha parlato a nome di tutti. Sono tutti fuori dalla porta, in attesa, circondando Teresa, seduta sulla sua poltroncina gialla: la cuoca Letizia con uno straccio in mano, Dolores in piedi dietro Teresa, che tiene la mano di Khayël accoccolato vicino a lei, la piccola Maria a occhi sgranati, Simone stesso con la mano sulla porta, e in fondo Demetrio e Nives in punta di piedi. Manca solo Wart.

Ma la rosadina ha emanato il suo benigno fulgore. E Yerwant apre la porta sorridendo, e dice:

«C'è un pranzo speciale per voi. La *crème versée* fatta da zia Teresa, che vi dà il benvenuto. *Mes enfants*, adesso salutatela e poi andate a lavarvi le mani».

Così nella grande, severa sala da pranzo che dà sul giardino, coi vetri a piombo romboidali e i pesanti tendaggi di broccato giallo, si ricostituisce un'immagine familiare; e mentre Simone, inappuntabile nei suoi guanti bianchi, che per una volta ha calzati da solo, tende le orecchie curioso (lui che si vanta sempre di sapere il francese, che ha imparato nel suo precedente servizio in una villa sul lago di Ginevra), quiete conversazioni casuali si intrecciano, come se tutto ormai fosse stato detto.

Nessuno reggerebbe in quel momento altre emozioni: Teresa aspetta il resoconto che Yerwant le farà la sera, passeggiando su e giù dietro di lei mentre, seduta quasi immobile al suo tavolino da toilette, si toglie la lunga collana di coralli, la *lorgnette* e gli orecchini; Wart sa già tutto, e rimugina; Khayël sorride, felice di avere due nuovi compagni di gioco da istruire, più piccoli di lui; le ragazze mangiano di buon appetito, e raccontano con garbo il viaggio, la sosta nel Mani, le città della Dalmazia, l'arrivo a Venezia, bellissimo. E ringraziano più volte lo zio e la zia di averle accolte, e Wart del gelato al Dolo.

Si fanno programmi per i prossimi giorni, si parla di scuole, ma molto future: è tempo di vacanze. E tutti concordi evitano il passato, e anche l'oscuro presente di guerra: su questo tace saggiamente perfino Wart, che pure, a volte, quando si sente particolarmente irritabile, è tentato di sorprendere tutti e di arruolarsi volontario appena gli sarà possibile.

E quando la rosadina compare, profumata, morbidamente oscillante sul grande piatto, ecco, una gioia lieve si diffonde in tutti, come se la luce del lampadario rotondo, riverberando sul dolce, li isolasse in una tenera, precaria felicità.

Hagop e Sylvia

Ismene sogna di rado, e di solito non ricorda quello che ha sognato, se non per un'impercettibile traccia mattutina, di buonumore o di malinconia. Il suo umore reale, di solito, dipende dall'andamento concreto della giornata.

La mattina dopo il suo arrivo a Smirne, con Isacco piagnucoloso, Fräulein Nussbaum lamentosa e i bambini inquieti, dopo essere caduta, tardi nella notte, in un sonno di piombo, Ismene si sveglia molto presto, poco dopo l'alba, beve un sorso d'acqua che le gocciola in parte giù per il mento, dandole un senso di frescura profonda, che misteriosamente la fa riaddormentare.

E sogna. Sogna una lattescente immagine della sua isola natia, Chio dalle belle montagne, come immersa in un'acqua limpidissima. Dal fondo emerge un poco alla volta il castello genovese, le sue mura possenti e gli anditi diroccati, dove con gli altri bambini di strada andava a giocare e a nascondersi. Vede il fico gigantesco le cui radici, insinuandosi, avevano fatto crollare una volta, e vede emergere una scala che sprofonda nell'oscurità.

Nel sogno, Ismene ha paura. Sa che deve scendere quella scala, ma non vorrebbe farlo. C'è qualche cosa di ignoto che la aspetta là sotto, una visione del suo destino, una persona che non vuole vedere, chissà. Nel sogno, Ismene si sente anche lei piagnucolosa e sconfitta, rivive la sua vita faticosa e i suoi poveri amori, mentre scende controvoglia la scala, che è umida e lunga. Scende e, come succede nei sogni, la scala sprofonda davanti a lei, e le pareti si restringono, mentre occhi minacciosi sembrano seguirla dappertutto.

A questo punto, Ismene si irrigidisce, e facendo uno sforzo immenso all'interno del sogno, riesce a deviarlo, fermandosi e sedendosi su un gradino. Appena si è seduta, la pressione si allenta, le pareti tornano al loro posto, l'incubo retrocede. E Ismene sente una voce, e sa che è quella della sua nonna di Chio, lamentatrice e raccoglitrice di *masticha*, che raccontava sempre la storia della Guerra d'indipendenza greca, e sapeva a memoria la famosa poesia di Victor Hugo sui massacri di Chio del 1822.

Si sente invadere da una grande pace, e ascolta la nonna recitare i primi celebri versi: "*Les Turcs ont passé là. Tout est ruine et deuil. / Chios, l'île des vins, n'est plus qu'un sombre écueil...*".

Che importa se, come sempre ripeteva la nonna, Chio non è proprio l'isola dei vini? E se il bambino che viene dopo, nella poesia, è ben difficile che sia, come dice il poeta, "*un enfant aux yeux bleus*", e biondo, per di più?

Ma la nonna prosegue, e come ispirata recita tutta la poesia, e poi dice a Ismene: «Nipote, ricordati, c'è tutto in questa poesia. Tutto. Ricordati dei bambini, ricordati dei "*murs noircis*", di "*ruine et deuil*"; ricordati, piccola Ismene, preparati, perché non avrai molto tempo». E sta agitando un indice nodoso, e aprendo la bocca per parlare di nuovo, quando Ismene si sveglia, d'improvviso, e si trova a pensare, come continuando un discorso:

"Le ho fatto un bellissimo scherzo, alla nonna, svegliandomi, così smetterà di darmi istruzioni. Non sono più la piccola Ismene, oh di quanti secoli fa...". Ma subito dopo è il sogno intero che le torna in mente, lucidissimo, e Ismene lo ripercorre ansiosa, ma non c'è più niente da fare, è finito.

Bisognerà accontentarsi di quello che la nonna ha effettivamente detto. "Ma perché turbarsi?" pensa Ismene. "La nonna recitava sempre quella poesia, e Chio mi è tornata in mente perché è vicina, a poche miglia di qui."

Così, provvisoriamente, Ismene dimentica.

Ma non del tutto. Rimane in lei del sogno di Chio, come si mette a chiamarlo fra sé e sé, una traccia di memoria e di profezia, come se in verità la nonna le avesse detto che presto tutto sarà finito (Chio o Smirne, che importa), che lei non deve pensare aldilà della città, che oltre questa città per lei c'è il vuoto.

Perché Ismene in fondo al cuore lo sa già. Sa, Ismene, che Smirne è il suo termine ultimo, e che sarà salva finché resta entro i confini della città; e sa che Isacco condividerà il suo destino. E in una notte d'inverno, qualche mese dopo, una notte gelida, con i venti che sibilano fuori dal muro di cinta dell'orfanotrofio, e penetrano in brividi freddi dalle finestre strette e mal chiuse, Ismene uscirà dalla sua stanza e silenziosamente entrerà in quella di Isacco, gli si coricherà a fianco e semplicemente lo abbraccerà.

«Non è notte da star soli, questa» dirà soltanto, a mezza voce; e Isacco, grato e confuso, accetterà questo dono inaspettato con altrettanta silenziosa allegria. Gli pare una novità meravigliosa, segno che Dio lo ha perdonato, che Katerina da lassù lo guarda benigna, e gli manda consolazione.

La settimana dopo, all'alba, Isacco e Ismene si sposeranno davanti al parroco della chiesetta vicina, dove Isacco già da mesi fa i suoi esercizi di canto, e sta istruendo un piccolo coro.

A Fräulein Nussbaum lo dicono la sera, e nella sua animuccia romantica lei si rallegra, e vuole fare una piccola festa per loro, l'indomani, con tutti i ragazzi dell'orfanotrofio. Hagop e Sylvia intrecciano una corona di buon augurio, e trovano, misteriosamente, certi polverosi confetti rosa e celesti, duri come sassi, che tutti succhiano con impegno.

I bambini si sentono protetti, ora, da una madre e un padre: un'immagine, quasi un riflesso, di famiglia, che di rimbalzo investe anche Ismene e Isacco, che si domandano perché hanno aspettato tanto.

E Ismene racconta a Isacco il suo sogno di Chio. Lo ha fatto di nuovo, ma ancora è riuscita ad arrestarsi a metà della scala misteriosa.

«No» le dice Isacco, «non è così. Non è così che ci si comporta coi sogni che Dio ci manda. La prossima volta devi andare fino in fondo. Devi avere il coraggio, mia cara Ismene, di lasciare che il sogno si compia come deve, devi andare a vedere cosa c'è in fondo alla scala.»

Ismene si convince, e aspetta con trepidazione la prossima notte, e pensa quasi con desiderio – adesso che ha Isacco a riscaldarla – a quello che troverà in fondo alla scala. Magari è una sorpresa piacevole, chissà: Ismene è tornata ottimista.

Ma il sogno non si ripete, e un po' alla volta diventa per lei quasi un'ossessione. Invano cerca di mangiare le stesse cose alla sera, di fare gli stessi discorsi, si spreme la memoria, ma non c'è niente da fare. Il calore di un altro corpo vicino, la consuetudine di un semplice affetto hanno cacciato i fantasmi e le premonizioni, le hanno tolto la sua aura di zingara e strega. Così Ismene, accecata e contenta, alla fine dimentica, e si immerge serena nel destino di Smirne.

Della posizione dell'orfanotrofio, sono tutti molto contenti. È ai margini del quartiere armeno, di fronte alle prime case del quartiere greco. È un angolo quieto.

Il grande edificio affittato dai tedeschi occupa un po' di sbieco un lato di una piazzetta dove si trova una fonte antica, con un alto muro irregolare, su cui si affacciano molte piccole finestre munite di grosse inferriate. Doveva ospitare un collegio, ma i benefattori svizzeri hanno interrotto i finanziamenti a causa della guerra, e così si è avuto per poco. La costruzione è stata progettata con cura. Il portone d'ingresso dà su una stretta viuzza laterale, più facile da controllare in caso d'emergenza: gli orfanotrofi cristiani devono sempre tener conto delle emergenze. Altre comode uscite secondarie si aprono nella parte posteriore dell'edificio, che dà sull'ampia strada che conduce alla Cattedrale e alle case più belle della zona. Ci sono luce e verde dappertutto, ma nella piccola piazza il fermento vivace del quartiere si smorza. Tutto intorno alla fontana e alla sua vasca rotonda corre una panca di marmo, levigata da centinaia d'anni d'uso, dove le donne greche e armene si incontrano da sempre, infilano due chiacchiere, si scambiano le notizie.

Non sempre vanno d'accordo. Le due grandi minoranze cristiane dell'Impero hanno spesso avuto motivi di rivalità e di conflitto, religiosi, economici, politici; hanno gareggiato fra loro per diventare dignitari del Sultano, fiduciari del commercio genovese o veneziano, e – più di recente – azionisti del Canale di Suez, agenti delle compagnie di assicurazione, o delle grandi industrie occidentali. Ma le donne hanno sempre filtrato le ostilità in più domestiche forme: pettegolezzi, battibecchi, dispetti. Cose quotidiane, come l'acqua freschissima della fontana.

E tuttavia oggi, nel terzo anno di questa guerra terribile di cui non si vede la fine, dopo la catastrofe degli armeni in tutto l'Impero, in tutto l'Impero anche i greci cominciano a temere, camminano con passi felpati, si guardano le spalle. A chi toccherà dopo gli armeni? Segretamente, davanti alle icone le donne greche pregano per la sconfitta dell'Impero; e soprattutto a Smirne, dove sono tanti, forti, ricchi, arroganti, i greci si ritrovano a guardare alla Grecia come alla madrepatria, a sognare una mitica liberazione.

Ma gli armeni di Smirne non hanno subito la deportazione. Sono stati salvati all'ultimo momento dal veto del generale tedesco Liman von Sanders, il comandante della piazza della città. I primi convogli diretti a sud sono stati fermati e la gente rimandata indietro, alle sue case. La cosa si è risaputa, sussurrata di bocca in bocca, e ora da tutto l'Impero convergono a Smirne, folli di angoscia e di paura, i pochi scampati alle carovane della morte, accolti con apparente disinvoltura dai greci, con ansiosa preoccupazione dagli armeni della città.

Ismene e Isacco diventano in un momento di casa nella piazzetta. Per la prima volta nella sua vita, Ismene si sente una donna come tutte, la moglie di un povero prete approdato nella grande città, che deve implorare dal vescovo di essere collocato a sua discrezione come ausiliario in una chiesa. Divertendosi un mondo a fare inchini, Ismene si cala nella parte, provvisoriamente. Si rilassa e si acquieta, pericolosamente.

La confusione di Aleppo è lontana. A Smirne si fanno affari, e la guerra è ancora là fuori; solo le navi e la munitissima difesa del porto ricordano che sono tempi d'emergenza. A Smirne si fanno ricevimenti nei consolati, le scuole funzionano, le feste religiose sono celebrate con fasto e grandiosità, i turchi sono poveracci, confinati nel loro quartiere, e quelli di loro che sono al potere, i dignitari dell'amministrazione imperiale, i gendarmi, gli impiegati e qualche uomo d'affari, si muovono con cautela nella città cosmopolita – e cristiana da sempre.

Anche Fräulein Nussbaum riprende tono e umore. Hanna l'assiro, confinato in un suo limbo dorato, non fa più male, Helmut è lontano, un'immagine nel cuoricino di filigrana, e a Smirne ci sono tanti giovani ufficiali tedeschi, i professori americani, la gente del consolato; ci sono picnic e feste campestri, ricevimenti eleganti e serate all'aperto.

La moglie del console tedesco ascolta con cuore materno i confusi sfoghi della Fräulein, le dà vestiti e scarpette nuove, la invita a pranzo. E si prende a cuore anche gli orfani. Ogni giorno pane e verdura fresca vengono portati con abbondanza. Segretamente, il console favorisce questo gesto di umanità, anche se è sua moglie che compare in prima persona. Lui non s'inganna sulla sorte degli armeni, e prova un riluttante fastidio. Sicché piano piano l'orfanotrofio e i suoi cinquanta bambini male in arnese scivolano via dalle spalle della ragazza di

Brema, che sempre più spesso va a farsi coccolare dalla consolessa e lascia tutto nelle mani di Isacco Ismene e Yussuf.

Yussuf si è rivelato prezioso, e non solo con i bambini. Non ci ha messo molto a mettersi in contatto con la Confraternita dei Mendicanti di Smirne, e ne ha subito ammirato l'impeccabile coordinamento. Nessuno, per nessun motivo, deve sconfinare dalla zona che gli è stata assegnata, né attaccar briga con i compagni di zona.

Il personaggio misterioso che sta a capo di tutta la Confraternita di Smirne compare sempre velato; nessuno conosce il suo nome, vederlo in faccia è pericoloso. Si sussurra che riveli il suo volto solo ai condannati, perché lo portino con sé come unico bagaglio nell'aldilà, così che Allah non abbia misericordia.

Yussuf si è presentato, ha messo una moneta d'argento nella grande ciotola decorata vicino alla porta e si è inchinato profondamente.

«Sono Yussuf lo sciancato, e vengo da Aleppo» dice con tono umile, «e desidero stabilirmi nella vostra grande città, Smirne la gloriosa. Te ne chiedo il permesso, e ascolterò con gratitudine i tuoi suggerimenti.»

La figura velata sembra non aver ascoltato. Ma poi dice:

«Tu sei qui con due cristiani, coi quali hai diviso il viaggio e il pane. Perché? E ho saputo anche che proteggi dei bambini armeni. Perché? Bada a come rispondi».

Yussuf si mostra impaurito, come dev'essere. Ed esita prima di parlare, in segno di grande rispetto. Ma poi, con fervore, si lancia nel racconto delle imprese di Nazim, che Dio lo protegga, il mendicante zoppo che veniva dalla Piccola Città ma era furbo come i grandi capi di

Costantinopoli, e ha saputo salvare la sua Signora, la *Validé Hanum*, e insieme portare ricchezza a tutti loro ad Aleppo. E i due greci che sono oggi con lui, Yussuf, erano i suoi compagni nella grande impresa: una è una lamentatrice dell'isola di Chio, l'altro è un prete sfuggito miracolosamente al massacro degli armeni.

Yussuf sorvola un po' in fretta sul miracolo capitato a Isacco; ma il capo velato è un uomo di mondo, e inoltre sa già tutto. Sta solo verificando l'onestà di Yussuf. La storia di Sempad, Shushanig e dei sui figli è già arrivata a Smirne, portata dai cantastorie, col titolo: *La ballata del farmacista*, e ora tutti sono curiosi di conoscerne i protagonisti.

Così Yussuf viene accolto, e riceve il permesso di mendicare nella piazzetta della fontana vecchia e nella viuzza adiacente, come pare meglio a lui, perché il capo ha approvato la sua missione, che proprio a Smirne può rendere molto bene. E inoltre – ma questo non deve interessare a Yussuf, e ancora meno ai suoi due compagni cristiani – ci sono tante cose che bollono in pentola, Smirne è un crocevia di spie, c'è gente da pagare, farabutti e manolesta che stanno arrivando da tutte le parti: ma la città, la preziosa città, deve essere preservata a tutti i costi, e arrivare al termine della guerra che – tutti lo sospettano – finirà male, con il minimo danno possibile. Così un'impalpabile rete che proviene dalla Città Sotterranea avvolge e preserva la Città Solare alla superficie: e chi crede di dare gli ordini in realtà esibisce solo le insegne di un comando vero che è altrove.

Vivere a Smirne è eccitante e pericoloso, in quegli anni di guerra, e Yussuf in un momento si immerge in quella atmosfera, la respira a pieni polmoni, e ci si muove come un pesce nell'acqua.

Fa lunghe, misteriose spedizioni nel miserabile quartiere turco, portando notizie alle donne cenciose che hanno figli al fronte, alle giovani spose che non vedono da anni i loro mariti. Per loro fa lo scrivano, il messaggero, l'angelo custode. E spesso consegna altri messaggi, molto più pericolosi.

L'esercito turco, lasciato a se stesso, sarebbe in realtà vicino al collasso: ma i potenti alleati germanici prendono in mano le redini, suggeriscono le strategie, silenziosamente mortificano gli ufficiali dell'esercito regolare, quelli della vecchia guardia, per dare spazio, dovunque, ai figurini tirati a lucido dei membri del partito: tutti, beninteso, loquacissimi e spietati, addestrati nei corridoi del potere, ma guerrieri mediocrissimi, digiuni di strategia e di ogni militare buonsenso.

Con Yussuf a badare alle strade e alle provvigioni, Ismene e Isacco si accasano quietamente in un angolo del palazzo a pianterreno. Il sogno di Isacco sembra compiersi, e per qualche anno lui si dà da fare volentieri negli umili mestieri di portinaio e uomo tuttofare; piano piano, un passo alla volta, torna a sembrare – e a sentirsi – anche un prete: la zimarra blu scura, il cappello a tubo di stufa, il codino stretto sulla nuca e una barba fluente.

È molto fiero della sua rinnovata barba, Isacco, e del servizio che gli è stato affidato nella chiesetta di Aghia Irini vicino all'orfanotrofio, dove sta allevando un bel coro; e anche a Ismene piace, come le piacciono l'umiltà tranquilla e la bella voce di questo imprevisto e gradito marito. Comincia a lasciarsi andare, Ismene, la sua fiera corazza spavalda comincia a mostrare le prime crepe, e riaffiora in lei con energia la madre che non ha potuto essere, e che ora ha cinquanta figli, come la mitica Ecuba.

Sa, Ismene, la storia di Ecuba, ma non ne ricava funesti presagi, quanto piuttosto un'idea di abbondanza e di giovialità familiare, come quella che si sforza di instaurare con i ragazzi. Ma è difficile. Questi bambini, questi adolescenti dagli immensi occhi spenti, maschi e femmine, obbediscono agli ordini, hanno imparato di nuovo a lavarsi e a non gettarsi sul cibo, ma non sorridono mai, sono litigiosi e cattivi fra di loro, e appena sono soli si lasciano andare per terra come bambole abbandonate. Non giocano volentieri, e i loro visetti chiusi trasudano immobile ostilità.

Fräulein Nussbaum non serve a niente, ormai. Tutta la sua bella energia teutonica si è esaurita, a suo tempo, ad Aleppo, nel reagire bellicosamente alla vista dei bambini abbandonati e moribondi, e nel decidere di porsi fra loro e il loro destino, coraggiosamente, approfittando del fatto di essere tedesca, e dunque un'alleata intoccabile dalle autorità.

Ma lei è un'infermiera, in fondo, una giovane e graziosa infermiera. Non sa curare i mali dei suoi bambini, non li capisce, e allora li affida volentieri alle capaci mani dei suoi angeli, che riescono a mettere qualcosa in tavola ogni giorno, si occupano delle cucine e del guardaroba e della pulizia, hanno assunto (così lei crede) Yussuf, quel turco così gentile che sa procurare di tutto.

E a questo punto è Ismene che, ragionando da madre, capisce che è immediatamente necessario, per i suoi bambini, essere occupati in qualcosa, studiare e lavorare e dimenticare. E potrebbe anche essere utile: i sussidi dei tedeschi sono piuttosto scarsi, e le famiglie armene di Smirne si stanno già caricando del peso di un sacco di profughi.

Così, con l'aiuto prezioso di Yussuf e della Confraternita, mette in piedi una scuola e un laboratorio. Recluta come maestra Mademoiselle Nuritsa Nazarian, la mite, volonterosa zitella sui quaranta che abita con la madre sopra la chiesa. In cambio del suo lavoro, lei e la madre, la signora Berdjouhi, ricevono i pasti, mangiando con i bambini; e così sopravvivono un po' meglio, e anche gli insegnano con garbo un po' di buone maniere.

Hagop e Sylvia, che seguono sempre Ismene dappresso, e sono un po' gelosi di Isacco, fanno a gara per aiutarla, per mostrarsi utili e affidabili. Sono loro che danno una mano per il laboratorio di tessitura che viene installato al pianterreno, vicino agli stanzoni dove si fa scuola, in un'ampia zona coperta: là, nel progetto originario dei benefattori svizzeri, era prevista la palestra. I telai sono stati prestati, le istruttrici pure, e nessuno indaga sul modo in cui sono state persuase.

Il fatto è che, nati laboriosi, lavorando e studiando i bambini ritrovano la pace. E perfino una sorta di cupa allegria, qual è quella di chi canta in coro, a gola spiegata, le malinconiche canzoni dei villaggi. Cantano lavorando, prima l'uno e poi l'altro, goffi, dimenticando le parole: e allora tutti mormorano a bocca chiusa una specie di straziante melopea.

Isacco a questo punto non si tiene più. Va bene che prima viene il cibo, e il lavoro pure, ma il canto irrobustisce le gole e fa rivivere la speranza. Lui ci crede. A lui è servito tanto, nel cupo inverno di Aleppo. E poi è la sua specialità. Così tutte le voci dei bambini vengono provate: le migliori sono scelte come soliste, e gli altri sono arruolati per seguire e far massa.

In pochi mesi, Isacco porta il suo coro a una bella fusione, e intanto pensa a un repertorio, a un programma vero, a un concerto. Nella piazzetta, vicino alla fontana, due vecchietti, una di quelle coppie che, invecchiando insieme, cominciano ad assomigliarsi, crocchietta grigia e bastoncino lei, baffetti grigi e bastoncino lui, gestiscono una specie di merceria dove si trova di tutto, e si può chiedere di tutto. È un negozio buio e ombroso, dove luccicano le scatole di bottoni e di aghi inglesi e, in un angolo riparato, i lustrini di un provocante busto da *chanteuse* sotto un manifesto malizioso. Tutti si servono da loro, perché Zosimo e Lina hanno tutto, e quello che non hanno se lo procurano velocemente.

Lei, con le sue mani asciutte e un cuscinetto di spilli al collo, il collarino di pizzo bianco sempre in ordine, vende alle belle mantenute degli ufficiali, le dolci amanti di un mese o di un anno, bustini e reggicalze, scarpette dorate e sciarpe leggerissime di frusciante *crêpe de chine*, e perfino frustini, se è il caso; lui, con la bella perla grigia infilata nella cravatta, tratta gli affari più seri, compra e vende con la stessa puntigliosa serietà rocchetti e polsini, fucili, pistole e coltelli ben affilati.

La Confraternita dei Mendicanti, che sa tutto, e si occupa di tutto, ha in Zosimo uno dei suoi più solidi appoggi, e tiene sempre qualcuno dei suoi di vedetta sulla panchetta di marmo a destra dell'ingresso della bottega. Quando arriva il caffettiere col vassoietto rotondo per i clienti di riguardo, c'è sempre un caffè anche per il mendicante all'entrata; e le signore che comprano le matassine di seta per i cuscini a punto croce lodano la generosità dei due, Zosimo e Lina, verso l'infelice che mendica alla porta. Ma qualche volta poi, uscendo, capita che indugino un momento: e allora, nel fissare quegli occhi insondabili, sentono un disagio strano e un crescente malessere, e non sanno più dove posare lo sguardo. E quindi largheggiano in elemosine.

Col suo migliore accento, Isacco un giorno, verso sera, entra e chiede a Zosimo e Lina, con l'aria umile che gli è propria, ma con inconsueta decisione, se lo aiuterebbero in un grande progetto benefico. Non è così ingenuo come sembra, Isacco: ha scelto dopo essersi consultato a lungo con Yussuf, che ha fatto la sua parte, zelante come al solito.

Così Isacco trova sorrisi e buona accoglienza. Zosimo e Lina si raddrizzano sul busto, posano tutto ciò che hanno in mano e dicono cerimoniosamente:

«Che Dio sia con te, padre nostro. Certo che ti aiuteremo. È nostro dovere».

Gli offrono un caffè e un bicchiere d'acqua freschissima, che appanna il vetro, col suo bel cucchiaio di marmellata di cotogne dentro, gli accendono una sigaretta, che Isacco fuma con gesti sospettosi e maldestri, e poi si mettono a sedere anche loro. Dal salottino dove si sono appartati si intravede la porta d'ingresso della bottega, con le tende di perline e il campanello sullo stipite: nessuno può entrare senza essere visto e sentito (e inoltre, fuori, c'è il mendicante di guardia, ma questo Zosimo e Lina non lo dicono certo ad alta voce).

Estraendo un immenso fazzoletto da una tasca, Isacco si asciuga la barba e i baffi tutto racconsolato e parla:

«Con i bambini armeni, quelli della casa svizzera, là, siamo riusciti a mettere insieme un coro. E sono proprio bravi, sapete?». E poi precipita le parole, quasi incredulo di essere lui a parlare, a fare proposte:

«Vorrei fare un concerto, vorrei. Sono così bravi, e stanno lavorando tanto, e proviamo ogni giorno. E sì, insomma, io gli ho già detto che faremo un concerto».

Poi si zittisce di colpo, arrossendo sotto la barba. Le mani posate in grembo non sembrano proprio quelle di un musicista: piuttosto di un contadino, e infatti Isacco ha anche piantato l'orto, nel giardino degli svizzeri, e ci bada eccome: è per lui la pupilla dell'altro occhio.

Zosimo e Lina si lanciano distrattamente un'occhiata; poi Zosimo dice:

«Ma sicuro che faremo un concerto. E troveremo una sala bellissima, di quelle dove vanno le persone importanti, e le signore della buona società, le patronesse della Croce Rossa, i consoli stranieri. Ma siamo in guerra» osserva poi, «e bisogna stare attenti. Qui ci vuole la sala della Legazione tedesca. E poi potremo vendere i biglietti all'asta, se il concerto è per gli orfani».

Isacco è sopraffatto dalla gioia, ma anche dalla preoccupazione. Si sente, come sempre, inadeguato:

«E come faremo, noi, che non ci conosce nessuno, a vendere i biglietti? Ci sono tanti altri poveracci in città».

Ma Zosimo e Lina sorridono finemente; Zosimo gli dà un'affettuosa pacca sulla spalla, e lo manda con Dio:

«Ci occuperemo noi di tutto» dice sbrigativamente, «tu pensa al tuo coro».

Un po' sbalestrato, ma felice, Isacco si ritrova in strada, e trotta via, a raccontare tutto a Ismene e a Yussuf, che lo ascolta anche lui con un mezzo sorriso, gli dà una pacca sull'altra spalla, e dice:

«Ci scommetto che sono stati gentili, i due vecchi furbacchioni».

Isacco non gli bada più di tanto; vuole solo correre a raccontare tutto anche ai suoi bambini.

E così sei mesi dopo, nella grande sala della Legazione tedesca, tutta velluti rossi e sedie in stile, il Piccolo coro armeno finalmente si esibisce.

La folla è tanta e partecipe. I capi della comunità greca e armena sono presenti, ci sono monsignori e vescovi, dame e gentiluomini, c'è un'aria di festa e di sottile rivincita. La guerra va male per la Turchia, ma nessuno dei presenti veramente se ne dispiace.

Tuttavia, l'esibizione incomincia con un inno patriottico di lode al Sultano, e il colonnello turco che rappresenta l'armata, in prima fila, applaude decorosamente.

Un fiacco applauso di convenienza gli fa eco da tutta la sala. Ma poi Isacco, con un vestito nuovo, e i cinquanta orfani, anche loro tutti vestiti di nuovo, in sargia blu con un fiocco rosso al collo, e un berrettino alla marinara, sciolgono le vele e cantano a gola spiegata, ma con stupefacente armonia. Isacco dirige e intona con loro, e tutti insieme si divertono pazzamente.

Le canzoni tradizionali e le arie si susseguono come prendendo forza una dall'altra, la nostalgica canzone armena della gru dopo la scandita forza corale di *Patria nostra*. Isacco ha preparato anche alcune canzoni greche dei *palikari* e della Guerra d'indipendenza, che la sala riecheggia a gran voce.

Sembra che tutti impazziscano di gioia, che attraverso il canto osino dire quello che usualmente tacciono, da sudditi fedeli del Sultano.

Ma oggi non ci sono né funzionari o impiegati dell'amministrazione ottomana, né spie, né uomini del partito; c'è solo il colonnello Hassan, un brav'uomo che tutti conoscono e rispettano. Sicché la sala in delirio balza in piedi cantando a gran voce i ritornelli più bellicosi, le canzoni dei ribelli clefti, le arie di guerra. Gli a-solo malinconici che Isacco ha accuratamente inserito nel programma, la fresca melodiosissima voce di Sylvia che quando canta si trasforma, diventa quasi bella, e cesella meravigliosamente la famosa *Canzone dell'usignolo*, vengono ascoltati a malapena, con impazienza.

E un subisso di richieste di bis travolge Isacco e il suo piccolo coro, che non possono credere a tanto successo. Tutta la sala resta a lungo in piedi, battendo le mani; le signore, non avendo fiori, lanciano i loro cappellini, i manicotti, i guanti. Molti piangono, soprattutto gli armeni, resi più sensibili dalla sventura: oggi si sentono difesi dai fratelli greci, quei greci superbi di Smirne che hanno in mano la grande città, da secoli, e che li hanno sempre trattati con un certo altezzoso distacco.

Negli ultimi due anni il quartiere armeno si è riempito di scampati, e trabocca. Giù al porto la cuoca Araxy lavora da Elefteria, l'ostessa greca che le ha salvato la vita, e vorrebbe sapere cosa ne è stato della famiglia, se qualcuno si è salvato; e vede ogni notte, quando si addormenta, gli occhi del piccolino che amava, di Nubar.

Ma i destini di Ismene e di Araxy, le due donne che tanto lo hanno amato, misteriosamente si eludono: Araxy parte da Smirne, seguendo il veloce sorriso e i baffi sottili di Stavros, fratello della sua padrona, e va a lavorare in un bordello di Alessandria. Ismene parte da Aleppo e approda a Smirne, e diventa la sposa di Isacco.

A Smirne, Isacco e Ismene vivono quieti questi ultimi anni di guerra. Sembrerebbe una piccola felicità, la loro; e i bambini crescono, vanno a scuola, continuano a cantare. A quel concerto memorabile ne sono seguiti altri, li hanno voluti un po' dappertutto, e Isacco ringrazia fervidamente per questa ricompensa che non crede di meritare. Se la gode tutta, tuttavia; e a sera, riposando insieme a Ismene, con le mani sulle ginocchia, su due basse seggiolette impagliate davanti alla porta di casa, si produce in sentenze riflessive di cui Ismene ride un po' sotto i baffi. Lei sa, in qualche suo strano modo, che tutto quello che sta succedendo è come un sogno provvisorio, come la quinta bucolica di un teatro dove si svolge una rappresentazione sconosciuta. E siccome ogni tanto le torna in mente il sogno di Chio, un giorno saluta Isacco, si imbarca su un caicco che fa un po' di contrabbando e sbarca di nuovo sull'isola natia.

Ma sul castello è proibito andare, e per le viuzze miserabili non si vedono che donne in faccende e bambini, con qualche prete in zimarra blu che se ne va per i fatti suoi. Le belle case della nobiltà chiota sono in rovina.

Allora, improvvisamente Ismene ricorda. E presa da un irrefrenabile senso di fretta corre al mercato, trova un uomo che ha finito di vendere le sue verdure e i suoi fiori, e contratta una bella somma perché la porti sul suo somaro al monastero della Nea Moni, sui monti, dove ricorda di essere stata da bambina.

Ora, un possente richiamo la spinge là, verso gli anfratti bui e il fruscio dei serpenti della grande cisterna, e i mosaici bizantini con gli occhi sgranati, la Vergine e Sant'Anna.

Corre, Ismene, sul somaro, col padrone che la insegue scongiurandola di non trattare male la sua bestia, agitando faticosamente il bastone. Corre, spinta da un assillo violento, e intanto risponde alle maledizioni del vecchio.

Trova in una sacca della sella una fiaschetta piena di *ouzo*, e lo tracanna a gran sorsi, suscitando nuove ire nell'uomo.

Ma infine arriva. E il monastero nella conca verde al centro della grande pineta la accoglie. Un monaco si affaccia subito al rumore che fanno Ismene e il vecchio, ferma l'asino e aiuta Ismene a scendere. E tranquillizza il padrone, offrendogli un bicchierino di liquore di *masticha* e un piattino di dolci.

«Vergognati, vecchio» aggiunge poi, «questa donna viene a venerare la Vergine Miracolosa, la tutta santa di Chio, e viene proprio qui, perché sa che qui sarà ascoltata. Che idea dell'isola, e dell'ospitalità dei suoi abitanti, si farà questa straniera?»

Il proprietario del somaro bofonchia qualcosa, e beve il liquore, e anche l'acqua freschissima nel bicchiere scintillante. Ed è Ismene a rispondere:

«Ma io sono di Chio. E ritorno, dopo tanti anni, a questa casa di Dio dove venivo da bambina».

Così il vecchio monaco si quieta, e alla fine stanno tutti e tre a masticare insieme, nell'ombra del portico antico. E Ismene si assopisce, cullata dalle voci sussurranti dei due uomini, e dal calore del primo pomeriggio. L'asino è legato vicino, all'ombra di un fico, e mastica anche lui le sue erbette.

Ismene si addormenta volentieri. Pensa, spera che sia il momento giusto perché il suo sogno ritorni, e finalmente si concluda: ma naturalmente non è così. Il sogno che fa è frammentario e confuso, tanti quadri che si alternano bruscamente, come una lanterna magica impazzita, che gira sempre più in fretta. Luci, colori, suoni rimbombano nella sua testa, e non c'è da ricavarne nessun senso: perfino mentre sogna, Ismene se ne accorge.

E quando poi l'asino la sveglia improvvisamente con un raglio potente, si sente piena di rabbia e di mal di testa, per aver sprecato tempo e soldi a inseguire inafferrabili ricordi. "La Nea Moni non mi dice niente" riflette, "meglio tornare a casa." E si sente in colpa verso Isacco, perché infine se l'è sposato, e un marito lo si deve avvertire di dove si va.

Ma mentre faticosamente si alza in piedi e si scuote tutta per togliersi di dosso i residui del sonno, il monaco si alza anche lui e dice:

«Vieni con me, straniera-non-straniera. Vieni a onorare la madre, a visitare i serpenti della cisterna».

E Ismene si lascia condurre per mano, come una bambina docile: e lo segue davanti ai mosaici antichissimi, davanti alla Crocifissione mutilata, dove vasti spazi del corpo di Cristo sono cancellati, e solo si protendono le mani e i piedi inchiodati. Ma ai lati, sul fondo d'oro, è come uno spazio vuoto che acceca: c'è solo la parete bianca e si vedono le pie donne e Maria da un lato, e dall'altro Giovanni. Condividono il lutto. I colori sono terrosi, e disegnano volti contratti, immersi nel dolore. I solenni gesti bizantini sono intrisi di una pena soffocante. Sia l'evangelista che una delle donne dietro Maria si toccano il viso con la mano destra, detergendo una lagrima.

Ecco, è quel gesto che Ismene cercava di ricordare, è quella lagrima sola, cancellata quasi di nascosto dalle mani robuste della sua nonna, che lei ricordava. Quel gesto faceva la nonna, su se stessa e su di lei bambina, a proibire il pianto, la nonna sopravvissuta al terremoto del 1881; quel gesto pietoso e paziente ora ripete Ismene, che si inginocchia per terra, di colpo, e si lava del suo passato davanti al Crocifisso scomparso. E ora accetta il suo futuro, che sa breve, qualsiasi esso sia, e si sente invasa da una irrequieta allegria.

Si alza di scatto (Ismene non sa pregare a lungo, non conosce misticismi) e stavolta è lei a prendere il monaco per un braccio e a trascinarlo verso la cisterna. Si fermano all'imbocco, silenziosissimi, e si chinano tendendo l'orecchio, per sentir frusciare i serpenti.

Non è dato a tutti di sentirli. E qualcuno dice che

quelli sono i discendenti dei serpenti sacri della Grande Madre, che danno protezione ai cuori intrepidi, alle mani che si immergono nell'acqua e gli chiedono consiglio col delicato sciacquio delle dita.

Tutto è fresco laggiù, umido, misterioso. Ismene si sente avviluppata dalla frescura, e tocca le felci che nascono intorno all'apertura e si piegano, morbide, sotto le sue dita.

E allora crede di sentire il sibilo misterioso che si confonde col rumore dell'acqua smossa, e un benevolo fluido che le risale su per le braccia, e il portentoso rigenerarsi del cuore.

Il vecchio monaco ha assistito silenzioso. Ora dice:

«Non te ne andrai mica senza darmi qualcosa!». E Ismene replica: «Non sei tu il custode dei serpenti, o della Santa Madre, se è per questo. Ti ho già dato la tua elemosina».

Ma il vecchio insiste, lamentoso, stringendole il braccio con dita di ferro:

«Almeno comprami un ricamo! Siamo poveretti, e vecchi, ma le donne del villaggio hanno mani d'oro».

Ismene sa bene che i monaci comprano i ricami dalle ragazze dei villaggi vicini, che si stanno facendo la dote, ma non riesce a sottrarsi alla stretta, e poi ha fretta, sempre più fretta. Così cede, entra nella stanzetta spoglia dove sono ammucchiate le tovaglie ricamate, i morbidi asciugamani cifrati, i veli sottili, le garze intessute di fili d'oro, e improvvisamente si risveglia in lei l'umore allegro e spavaldo di prima, si ricorda della Piccola Città e si sente accanto il respiro di Shushanig:

«Scegliamo insieme, *Validé Hanum*» le sussurra, e si immerge nelle stoffe lucenti.

Carica di una splendida tovaglia d'altare, ricamata a piccoli soli e croci, per Isacco, e di un'altra tovaglia più semplice, a punto croce rosso e blu, per Sylvia, che proprio in quei giorni sta insistendo per sposare il suo Hagop ("Forse è troppo giovane" pensa Ismene, "ma perché privarla di un po' di consolazione, di questi tempi?"), Ismene rientra nella Chora di Chio, ballonzolando sull'asino e chiacchierando amichevolmente, questa volta, con il proprietario, a cui racconta le novità di Smirne, l'ansiosa attesa della fine della guerra; e il vecchio le dice come ancora tutta l'isola è in fermento, dopo l'unione con la Grecia ottenuta solo qualche anno prima, nel 1912.

«Noi siamo ritornati greci, ci pensi?» ripete il vecchio, che coltiva le sue verdure e i suoi fiori in un paesino poco distante dalla Chora, e ha un figlio emigrato in Australia, dal quale non ha più notizie. «Siamo proprio greci, e il Sultano non ci può più dare ordini, e neanche i genovesi, se è per questo. Ma mia moglie è una Giustiniani e sulla nostra casa c'è lo stemma» aggiunge orgoglioso.

«Chio non è mai stata veneziana» dice Ismene riflessivamente, «eppure quanti conquistatori abbiamo avuto, quanti signori, dai bizantini in poi!» E le torna in mente che anche la sua nonna, quella che è tante volte ritornata nel sogno, aveva un po' di sangue genovese nelle vene, sapeva scrivere e leggere, parlava il francese e recitava a memoria una quantità di poesie, dalle quali estraeva sentenze e auspici. Le ha trasmesso sapienza con le erbe, tanti proverbi, e il mestiere di lamentatrice: eppure se l'è dimenticata per tanto tempo.

«Oh nonna» prega allora Ismene con fervore, «nonna che sei venuta in sogno, proteggimi anche tu, e rendi morbida la mia strada!»

Ma la nonna tace: e intanto Ismene, l'asino e il padrone dell'asino si immergono nel frastuono del mercato della Chora, e si separano amichevolmente, ognuno accarezzando i propri pensieri.

Nello stesso giorno in cui Ismene va a Chio, a Smirne, nella stanzetta di Sylvia, Hagop si è inginocchiato per terra, e le sta abbracciando le ginocchia, inconsapevolmente ripetendo il gesto solenne del supplice che si prosterna davanti alla divinità.

Sylvia e Hagop ora hanno quattordici anni, e hanno un aspetto migliore, tutti e due. Qualche volta sorridono, soprattutto quando si guardano, e sono diventati le ombre servizievoli di Ismene e Isacco, sempre pronti a qualsiasi incombenza, svelti e capaci di intrufolarsi dovunque. Ma sono rimasti piccoli e brutti, e sanno bene che per ciascuno dei due non c'è speranza che nell'altro e ciascuno vede nell'altro una misteriosa bellezza, l'incanto di quel Mondo Perduto che solo loro conoscono, e la voce sussurrante dei loro morti.

Ma il sangue ancora vivo preme nei loro fianchi sgraziati, la forza dell'istinto si risveglia, chiama, li travolge.

La vicinanza fisica, il contatto dei corpi è stata l'unica forza positiva che li ha fatti incontrare durante la deportazione, e gli ha permesso di sopravvivere. Stringersi, annusarsi, l'odore non del sangue e della morte ma della carne e della vita, accoccolarsi l'uno nelle braccia dell'altro, questo li ha protetti e medicati nelle lunghe notti di ansiosa attesa, mentre in ogni momento aspettavano che un calcio brutale li facesse balzare in piedi, che una faccia stravolta dall'odio li staccasse uno dall'altra.

Hagop e Sylvia non si sono più staccati; e sanno tutto dell'uomo e della donna. Hanno imparato tutto, guardando con gli occhi spalancati e asciutti le donne che gridavano nei cespugli, le ragazze scarmigliate, singhiozzanti dopo il passaggio dei soldati.

Ma ora la tenerezza non basta più. Nel più fondo del loro essere vogliono toccarsi davvero, vogliono consolarsi. E se Sylvia esita, mentre il terrore di quei giorni lontani riaffiora potente, Hagop sente che deve un poco forzarla, per il suo bene.

E in quel pomeriggio, mentre Ismene è a Chio, e parla coi serpenti della Nea Moni, il gesto umile di Hagop, con le braccia che tremano intorno alle ginocchia di Sylvia, e il viso appoggiato fiduciosamente sul suo grembo, le spezzano le catene intorno al cuore. Dalla finestra semichiusa, un occhio di luce danza sulla mano di Hagop.

E così i due ragazzi si spogliano lentamente e si guardano nella loro povera nudità. E poi ognuno di loro si immerge negli occhi dell'altro, e allora si sorridono in placida attesa. Le mani e i corpi si toccano appena, i piccoli seni di lei si irrigidiscono, e come in una danza serena essi trovano rifugio l'uno nell'altra. Ma nel fondo di quella tranquilla fiducia, ecco, nasce improvvisa la passione, l'umido calore di una tremula felicità.

E poi, stretti nel lettuccio di Sylvia, si mettono a canticchiare una canzone del villaggio, bevono un sorso d'acqua e si addormentano.

Così li troverà Ismene, ore dopo. La luce dorata del tramonto smussa gli angoli e inganna: e per un momento li vedrà quasi belli, coi capelli di Sylvia umidi, sparsi per il cuscino, e le mani di Hagop che li trattengono appena.

Ismene silenziosamente entrerà, e stenderà su di loro una copertina leggera di cotone bianco, senza accorgersi che sembra un sudario.

Il giorno dopo, Ismene parla a Isacco, e decidono che è giusto farli sposare. Loro non vogliono altro, non sanno più di passato né di futuro, vogliono soltanto vivere nella stessa stanza, mangiare insieme e dormire insieme. E intrecciare le mani nel sonno. È giusto accontentarli, dice Isacco, e ne nascerà qualche cosa di buono.

E infatti col matrimonio di Sylvia e Hagop l'orfanotrofio s'infiamma. La loro timida gioia ha ceduto il posto alla bruciante passione con cui s'inseguono dappertutto, al calore sensuale che li circonda, e tutti i ragazzi si sentono sferzati da un'improvvisa energia irrequieta.

Tutti cominciano a cercarsi parenti lontani o famiglie adottive, a fare progetti, a guardare con rinnovata pazienza i fatti del mondo. Molte cose sembrano assestarsi, nonostante la guerra; tutti si danno da fare, in un modo o nell'altro, e il tempo ricomincia a scorrere.

Ma un bel giorno la guerra finisce.

Novembre 1918: le potenze dell'Intesa hanno vinto. Il governo che ha portato l'Impero al disastro crolla rovinosamente, e così i fantasmi miserabili degli armeni scomparsi riaffiorano, e il Sultano riprende il potere: nomina una commissione d'inchiesta e dà ordine al primo ministro, suo genero Damad Ferid Pascià, di installare un tribunale speciale per i crimini commessi contro le minoranze.

Dappertutto, l'Europa è in pezzi. Nuove nazioni nascono dai frantumi dei grandi imperi tedesco e austroungarico, la geografia si ridisegna, anche l'Italia è in crisi profonda.

Passano alcuni mesi. Una notte, verso l'alba, quando il buio è più fitto, un bussare frettoloso e nervoso alla porta sveglia Ismene.

Curiosamente, non si allarma. Ha capito che là fuori è una donna che bussa. "Una sventurata che gira a quest'ora è una fuggitiva o una puttana" pensa Ismene, che conosce bene entrambe le categorie: e apre la porta, con cautela.

Le appare un fantasma infagottato, con un fitto velo calato sugli occhi, ma è un fagotto di cenci da cui escono delle mani strane, colorate, che neppure la vasta esperienza di Ismene riesce a riconoscere. «Sei Ismene la greca?» chiede il fantasma sussurrando appena, e al cenno di risposta si infila frettolosa in casa e si appoggia alla porta ansimando.

«Tu chi sei?» dice Ismene brusca, ma la donna non risponde, si stringe nei suoi stracci e chiede in fretta: «Sei tu, forse, che hai il mio bambino?».

Ismene crede che sia una delle madri degli orfani, che si è salvata e ha scoperto di avere ancora un figlio. Succede, a volte. E così risponde: «Vieni dentro al caldo, ti do un po' di latte e di pane. Domani mattina cercherai se c'è tuo figlio fra i nostri bambini».

Ma la donna sembra non ascoltare, e ripete la sua domanda, agitando le mani. Ismene si accorge che non sono sporche, come le era sembrato, ma tutte percorse da tatuaggi azzurrini, linee e cerchi che girano intorno alle dita. E ricorda che così sono tatuate le donne beduine del deserto siriano. Ma questa parla armeno, dunque è una fuggitiva che è scappata approfittando della fine della guerra. Una famiglia beduina l'ha di certo raccolta per fare la serva.

E con una mossa vivace Ismene le scosta il velo dal viso. È una ragazza abbastanza in carne, ma il viso è stranamente affilato, anch'esso tutto decorato di tatuaggi azzurrini. Qualcuno l'ha sposata, evidentemente, e l'ha fatta diventare una donna beduina. Ma questa non porta, come le altre, i suoi tatuaggi con orgoglio: gli occhi sono spenti e fissi, e si passa le mani sulle guance sfregiate, con un gesto meccanico e innaturale.

Ismene comincia a preoccuparsi. Ci sarà anche un marito da qualche parte, che probabilmente la sta inseguendo, e lei non vuole pasticci. Deve pensare ai bambini. "E poi, com'è arrivata fin qui? Chi l'ha indirizzata da noi?" Ismene e Isacco stanno bene a Smirne-la-Bella, le autorità li lasciano tranquilli, ma infine, non sono tempi da essere imprudenti.

La donna le prende le mani con forza, e ripete ancora: «Hai tu il mio bambino? È così piccolo, ma è robusto, sai. Ce la farà». E chinandosi su se stessa intreccia le mani come a fare una culla di carne, e comincia a dondolarsi cantando una ninnananna, su un motivo che Ismene non ha mai sentito, aspro e straziante.

«Lo vedi?» dice. «Non sembra tanto dimagrito. Ma io non ho più latte.» E improvvisamente esplode in un urlo lamentoso, e Ismene la guarda di nuovo in viso, e sotto i tatuaggi riconosce Vartuhi la bionda, la ragazza che era stata salvata da Shushanig col famoso rubino offerto al capo curdo che voleva rapirla, all'inizio della deportazione.

Ma troppo bella era, e troppo bionda, Vartuhi. Pochi giorni dopo essere scampata al rapimento, fu violentata da un gruppo di soldati, e rimase incinta, e poi se ne persero le tracce. Shushanig, Azniv, Veron e i bambini erano troppo presi dall'impresa di sopravvivere per badare agli altri della carovana. Vartuhi partorì da sola nascondendosi in un cespuglio, e nessuno si accorse di lei, e nessuno l'aspettò. E così si unì a un'altra carovana che passava di là, qualche giorno dopo, e con quelle altre povere donne arrivò ad Aleppo, ma non ebbe fortuna e fu tra quelli costretti a riprendere il cammino verso la meta finale, Deir-es-Zor nel deserto siriano. Vartuhi si strizzava i seni per un poco di latte, però mangiava solo erba, e il bambino morì per la strada. Ma Vartuhi continuava a cullare cantando il suo bambino morto di fame, e glielo dovettero strappare dalle braccia.

E un beduino del deserto la scelse e le salvò la vita, ma non la ragione. Vartuhi per tutti gli anni di guerra fu la sposa e la serva del beduino, che la fece tatuare per renderla più sua, perché era un brav'uomo, e voleva darle altri figli che cancellassero il ricordo del primo. Vartuhi lavorava molto, ed era sottomessa al marito, ma bisognava lasciarla cantare la sua ninnananna. Quando la intonava, si trasfigurava e vedeva il suo bambino, e la famiglia beduina rispettosamente le faceva spazio intorno e la lasciava cantare insieme ai bambini della tribù che intonavano con lei la canzone.

Finché un giorno, nel grigio novembre del 1918, un mercante di passaggio portò la notizia della fine della guerra, e aggiunse: «Ora gli armeni potranno ritornare a casa».

«Chi, i morti?» gli rispose il padrone di casa, accennando alla moglie, che sembrava non avesse sentito.

Ma quella stessa notte Vartuhi si alzò furtivamente, e lieve come il fantasma che era raccolse pochi stracci, una borraccia e del pane, e scomparve nel buio.

Ora, per le vie misteriose degli innocenti e dei pazzi, è arrivata da Ismene, a Smirne. E quando la riconosce, Ismene dice: «Canta per me, Vartuhi. Cantami la tua canzone». E Vartuhi si accoccola per terra, scosta il velo dal viso, e comincia a voce altissima la ninnananna delle deportate.*

Agli ultimi versi la sua voce si fa sommessa, e inquieta: «Non ho più latte da darti» singhiozza, «solo sangue esce dai miei occhi». E Ismene allora la circonda con le sue braccia, e ripete con lei, cullandola, le parole della canzone. Stanno così per un lungo momento, dondolandosi insieme.

Vartuhi non se ne andrà più. La sua è una follia tranquilla, e Ismene la sa trattare: bisogna solo darle sempre qualcosa da fare, e ogni tanto, ogni tanto lasciarla cantare.

Vartuhi pela patate, affetta cipolle, gira per ore il mestolo nella zuppa, pulisce latrine, lava lenzuola, sempre con la stessa faccia aggrondata, che muove in continuazione: e insieme si muovono i tatuaggi, linee e cerchi azzurrini sulle guance e intorno agli occhi. I bambini la guardano incantati.

In certe rare giornate, lei li accoglie, si lascia toccare, e percorrere i segni blu con le dita, e poi li abbraccia freneticamente, ne prende in braccio tre o quattro e si lancia in una danza voluttuosa e solare. Poi li mette giù e li bacia ad uno ad uno, lasciando che respirino in lei il profumo

* La *Ninnananna delle deportate* è uno dei testi composti durante la deportazione, che sono stati tramandati dai sopravvissuti, spesso in diverse versioni. Questa è la più completa:
"Stiamo marciando verso Deir-es-Zor piangendo / nel mezzo del fuoco, nel dolore / non c'è speranza, non una luce, / canto una ninnananna al mio bambino / io la canto e lui dorme. / Dormi dormi dormi, / non pensare che la strada è lunga, / e il tuo cuore innocente non sarà turbato. / Noi siamo esiliate non abbiamo una casa, / siamo deportate non abbiamo un luogo, / non abbiamo neppure Dio a giudicare / la nostra pena è senza fine. / Hai pianto, pianto e sei sfinito / goccia a goccia ti sei disseccato / succhiando il mio seno asciutto, / la tua anima giusta era turbata / eri stanco, stanco di piangere, / goccia a goccia te ne sei andato. / Non ho più latte da darti / solo sangue esce dai miei occhi".

di una mamma perduta. Ma più spesso li guarda fisso a sua volta, con occhi gelidi e astiosi, e li scaccia agitando le mani e passandosele ripetutamente sul viso. Poi corre da Ismene, dovunque sia, e si accoccola davanti a lei mettendole la testa in grembo e ripetendo lamentosamente quella sua prima domanda: «Hai tu il mio bambino?».

Ismene non risponde mai. Le prende le mani irrequiete fra le sue e se le avvicina al viso, come a trasmetterle quiete e rassegnazione; e poi la abbraccia sussurrando maledizioni, ordini e scongiuri nell'antico linguaggio delle lamentatrici, finché Vartuhi, esausta, si addormenta in un lago di lagrime.

Ma di solito è un prezioso aiuto, e i bambini d'altronde la amano, questa madre derelitta dal viso stravolto, e la sentono come la Madre Armenia sofferente. Si sono attaccati a lei come animaletti sperduti, in quell'universo capovolto, in cui si sono dovuti arrangiare da soli a sopravvivere, e devono sopportare il peso di essere i superstiti, carichi della memoria delle madri, delle nonne, di tutte le donne scomparse lungo le strade della deportazione, portando con sé tutto il calore dei loro piccoli mondi.

E così, dovunque vada, Vartuhi è tenuta d'occhio da un paio di bambini, che badano a che non si faccia male, non si porti coltelli troppo vicini al viso, non urli troppo forte la sua disperata confusione.

E poi sempre c'è qualche altro bambino che la fa mangiare, perché se lasciata a se stessa se ne dimentica, anche per giorni interi, e poi le labbra le diventano blu come i tatuaggi, e gli occhi ancora più folli.

Il premio è la canzone, la ninnananna della deportazione, che tutti hanno imparato da lei e che vogliono convincere Isacco a mettere in programma per il prossimo concerto.

Un giorno sono tutti lì nel cortile, seduti per terra intorno a Vartuhi che canta dondolandosi la sua ninnananna. È arrivata agli ultimi versi, in cui di solito raggiunge il culmine del pathos, ritmo cullante e parole terribili ("Eri stanco, stanco di piangere / goccia a goccia te ne sei andato / non ho più latte da darti / solo sangue esce dai miei occhi"), ma mentre canta l'ultimo verso del lamento della madre sul suo bambino morto alza per un momento il viso, e s'interrompe alla parola "sangue", che trascina con un urlo soffocato. Tutti i bambini si voltano insieme, e rimangono fermi, come ipnotizzati a guardare una donna velata con un ombrellino azzurro, in piedi sulla porta del cortile vicino a un signore grassoccio con un fez rosso brillante.

Non capiscono perché Vartuhi si sia tanto spaventata. Ma ecco che dietro la coppia inoffensiva si staglia sullo sfondo un gigantesco beduino arabo, con una fusciacca larga di seta dove sono infilate due pistole e un coltellaccio ricurvo. È il marito di Vartuhi che è venuto a riprenderla, pensano subito tutti i bambini, che hanno sentito tante volte la sua storia, e velocissimi scappano in tutte le direzioni.

Ismene è in cucina, intenta a trattare con Yussuf una cassetta di melanzane. I bambini la circondano strattonandola con urgenza ansiosa, e se la tirano dietro. Yussuf segue incuriosito. Ma quando si affacciano al cortile, la scena è cambiata. La signora con l'ombrellino azzurro e il signore col fez rosso si sono tirati in disparte, e si guardano in giro con distaccata curiosità, come se fossero a teatro.

Il beduino ha traversato il cortile e ha preso per un braccio Vartuhi, che – per nulla spaventata – adesso sta sorridendo scioccamente. I bambini sono scomparsi, e sulla porta d'ingresso si vedono dei soldati dall'aria esausta, che sembrano piuttosto minacciosi. Il cielo si è come rannuvolato, tutti sembrano sospesi, come se non capissero bene in che razza di storia si sono cacciati.

E per un momento Ismene pensa: "Ci siamo. Sono tornati, per finire con gli armeni e per occuparsi dei greci". Ma poi scaccia con un gesto impaziente i pensieri luttuosi e affronta baldanzosamente lo strano gruppetto. "Prima di tutto capire" pensa – ma anche se non si capisce, bisogna far finta di niente e mostrarsi aggressivi e decisi.

Così va a staccare la mano del beduino dal braccio di Vartuhi, e con un cenno imperioso le ordina di entrare in casa.

Poi si rivolge all'uomo, gli indica con aria altezzosa una sedia, e con voce squillante chiede alla dama e al signore col fez di fare altrettanto. Infine si volge verso Yussuf (sa bene che lui le sta alle spalle) e gli ordina – sempre ad alta voce – di andare a cercare un po' di pane e formaggio "per quella brava gente sulla porta". Yussuf esegue, sollevato.

E tutto si rimette in moto. I soldati si avanzano nel cortile col berretto in mano, e in mezzo a loro si fa strada un ufficiale, e adesso Ismene li riconosce, dalle mostrine, dalle piccole bandiere che come per miracolo spuntano nelle loro mani. «*Éllines iste*, siete greci!» esplode Ismene, e non le par vero. Il sole improvvisamente brilla più forte, improvvisamente le campane di tutta Smirne cominciano a suonare a distesa, arriva da non si sa dove un vento che profuma di gelsomino e di pane fresco.

Tutti i panettieri di Smirne si sono messi al lavoro, per un'infornata grande, per dare ai soldati greci pane fresco e sale, per l'accoglienza. L'arcivescovo Chrysostomos ha indossato i paramenti pasquali.

Per gli armeni, acquattati come topi nel loro quartiere, dopo tanti anni finalmente la guerra finisce davvero. Finalmente possono alzare il viso verso il sole, aprire le porte della loro bellissima cattedrale di Santo Stefano e del muro di cinta che la protegge.

In un baleno, le donne si vestono a festa, appaiono banchetti colmi di squisitezze, le finestre sempre chiuse si aprono e rivelano sorrisi. Da un balcone piovono in strada monete, e la vecchissima nonna Heghiné si fa mettere in poltrona e tira fuori lo scialle di seta e le pantofole di velluto che il Sultano in persona regalò a sua madre tantissimi anni fa.

Nel suo cortile Ismene la greca aspetta a lasciarsi andare alla gioia. Per il momento, compostamente si rallegra con questi ospiti inattesi. Poi festeggerà coi suoi bambini. La coppia con l'ombrellino azzurro e col fez rosso, si è scoperto, sono gli zii di uno dei bambini, parenti di Costantinopoli che finalmente hanno scoperto il destino della sorella di lei («Povera, povera Zaruhi» sedendosi, la donna ha chiuso l'ombrellino e piange graziosamente in un fazzolettino cifrato, «le avevo tanto detto di non sposarsi in provincia») e di tutta la famiglia del cognato, il buon Garabed Andreassian, commerciante in granaglie e produttore di fichi squisiti. Sembra che un nipote di circa dieci anni sia sopravvissuto, e i due ne hanno seguito le tracce fino all'orfanotrofio di Ismene.

Il beduino, lui, è davvero il marito di Vartuhi. Ma ha scelto un pessimo momento per farsi vivo. Ora, la città ha cambiato padrone, e lui rischia di passare velocemente dal rango di marito a quello di tormentatore. Così, dopo alcune frettolose spiegazioni con Ismene, gli viene permesso solo di salutare la donna, e di metterle al polso il regalo che le aveva portato per convincerla a ritornare indietro con lui: un fine braccialettino di fili d'oro intrecciati, con una piastrina liscia in mezzo dove sta scritto, in bei caratteri armeni, "Dono di Arshavir alla sua diletta Kariné, 1884". Di quale bottino antico o recente abbia fatto parte il braccialetto, l'uomo non sa; e d'altronde non sa leggere, e crede che la scritta sia una decorazione, non ha idea del sangue e del dolore di cui i graziosi fili d'oro sono impregnati.

È stata la sua prima moglie a convincerlo a cercare Vartuhi («Dove la trovi un'altra così sottomessa e stupida, più una serva che una donna? Non insidierà mai il mio posto, e, in più, può far figli...»), ma l'uomo deve accontentarsi di una vaga promessa da parte di Ismene: «Non vedi che stanno arrivando i soldati greci? E voi di Siria, con chi finirete? Facciamo così. Quando tutto sarà finito, e noi poveri stracci non voleremo più in aria, torna a trovarla. Mi sembri un buon uomo, lei forse vorrà venir via con te».

Poi, frettolosamente, Ismene rientra in cortile, presa da un vago senso di malumore. "Chi sarà il bambino che quei due schifiltosi sono venuti a prendere? Sapranno come trattarlo?" si chiede, e intanto si costringe a sorridere, a rispondere alle domande, a continuare a offrire rinfreschi.

Ma lo sguardo della donna la mette a disagio, comincia ad arruffare spiegazioni, poi s'interrompe di netto, e «Come si chiama vostro nipote?» domanda Ismene bruscamente. Con una lieve, ben controllata sorpresa, la donna risponde: «Non so, c'erano due fratellini vicini d'età, e non mi ricordo che il nome di uno dei due, Hagop. Ma il nome di famiglia è Kuyumdjian. Certamente voi avrete dei registri con l'elenco dei bambini che avete in custodia».

Ismene tace, ma il cuore le batte disordinatamente. "Non sarà mica l'Hagop che si è appena sposato con Sylvia?" è il suo primo pensiero. "Ma ci sono due Hagop, forse è l'altro, il piccolino..."

Sa benissimo, in realtà, che è proprio il grande, e di essere in un bel pasticcio, insieme a Isacco. Hanno fatto sposare due minorenni, e prima hanno lasciato imprudentemente che stessero troppo vicini, che si amassero. Lei può mettersi a gridare, lei sa imporsi. Ma adesso è la moglie del prete, e il prete è il povero Isacco, innocente e sempre confusamente oppresso dai sensi di colpa; e in più, Hagop è il suo migliore solista. Senza di lui il coro sarebbe azzoppato, e a giorni hanno un grande concerto.

«Vuole controllare, per piacere?» insiste la donna, «Noi abbiamo fretta, gli affari di mio marito, sa» e accenna all'uomo, che in quella bella luce si è addormentato, e il sole scintilla sulle sue lenti.

«La famiglia è famiglia, sa, e così dobbiamo fare una buona azione e occuparci di questo bambino» riprende la donna lamentosamente, e la guarda un po' seccata. Così Ismene in un lampo decide. «Vado a prendere i registri, ma ho capito chi è suo nipote» lancia sfrontata, e corre via prima di pentirsi. Deve dare ordini veloci a Yussuf, che i bambini non si facciano vedere.

Ma è appena rientrata, stringendo il grosso quaderno con la copertina marezzata, dove in grande disordine lei e Isacco tengono tutto: nomi, conti, benefattori, progetti (tanto è solo Isacco che scrive, Ismene sa appena leggere), quando, come sempre inopportuno, arriva Isacco.

Si affaccia alla porta che dà sulla strada, agitando le braccia, e grida: «Sono arrivati i greci. Sono arrivati: pensa, Ismene, siamo liberi! Nessuno minaccerà più i bambini!». Ismene lo fissa con occhi di ghiaccio, ma Isacco non se ne accorge, e si dirige a passi affrettati verso di lei. Ha gli occhi lucidi e il fiato che sa di vino.

«Quanti brindisi hai già fatto, vecchio stolto?» lo apostrofa Ismene, sperando che dal tono Isacco capisca l'allarme, e taccia. «Sono arrivati anche qui dei soldati, sono in cucina!»

Ma Isacco non le bada. Preso in una sua privatissima felicità, è tutto perso dietro le immagini colorate di santi portati in processione, di uova pasquali dipinte di tutti i colori, di musiche risonanti all'aperto e di cori celestiali. Lo splendore del sole lo inebria, vede oro dappertutto, guerrieri con l'insegna della croce che cavalcano verso Bolis, la città, la perduta Costantinopoli, che si apre azzurra sul mare – per ritornare greca. Vede smalti luccicanti, mosaici scintillanti, le icone d'oro e gli affreschi, San Salvatore in Chora e la Panaghia della Misericordia Celeste: e lui, Isacco, dirige il coro dei Fanciulli di Corte, con le brevi tuniche bianche e verdi e i calzari dorati.

Quando il tono minaccioso di Ismene finalmente arriva fino a lui, Isacco ripiomberebbe di brutto nella consueta umile disposizione d'animo, se non fosse che ha bevuto e che è galvanizzato dall'arrivo dei greci.

Dopo tanti secoli, la Ionia è di nuovo nostra, dopo tante umiliazioni, vivendo sempre rasoterra, cercando di non farsi notare, ecco lo sbarco dei soldati di Grecia, eccoci padroni... Isacco respira appena, quasi non ci crede. Sicché reagisce alle parole di Ismene, per una volta, decidendo da solo: "Corro a prendere i bambini, devono vivere questo giorno con noi", e subito scappa via, ritornando dopo un momento con l'intero gregge di piccoli, prelevati dalla classe di armeno, da quella di matematica, dallo scalcinato cortiletto interno dove stavano a lucertolare al sole, inattivi come sempre sono, quando non ubbidiscono a qualche ordine. Hagop e Sylvia li ha scoperti a parlare fitto nell'angolo delle scope, e li ha già informati della grande novità.

Così accade che cinquanta bambini fra i sette e i quattordici anni arrivano nel cortile di corsa, per arrestarsi poi di netto, quando vedono Ismene seduta con due estranei. Il riflesso di paura e di angoscia per ogni novità è fortissimo in loro.

I bambini più piccoli si rifugiano dietro i grandi, e i grandi hanno l'aspetto di grami adolescenti, con le teste pelate per via dei pidocchi, mal cresciuti e mal vestiti, infagottati in qualche abito troppo ampio, in giacchette striminzite, con immensi occhi armeni spalancati dove si riflettono, come in un'acqua morta, i visi, le case, le famiglie scomparse. Gli unici che sorridono, tenendosi per mano, sono Hagop e Sylvia: e stanno in prima fila, e l'occhio della signora che viene dalla Città si ferma su di loro.

«Che cosa hanno quei due ragazzi da sorridere?» domanda petulante a Ismene. «Non mi pare che ci sia niente da ridere nella loro situazione.» Poi aggrotta la fronte e strizza gli occhi: «Vieni un po' qui, tu» dice a Hagop, senza degnare Sylvia di uno sguardo. Ismene si accorge del pericolo, ma anche Hagop, per fortuna. Ha riconosciuto la zia che venne una volta a trovarli al villaggio, e non era contenta di niente, non mangiava il loro cibo e si faceva servire dalla sua mamma come una principessa, e la trattava come una cameriera.

"Questa qui vive, e sta bene, e la mia mamma è stata uccisa col fratellino appena nato" singhiozza dentro di sé Hagop, "e il mio papà è scomparso una mattina, insieme con gli altri uomini e l'altro mio fratello. Ma io sto bene qui, e ho Sylvia."

Addestrato alla sopravvivenza, Hagop ha un guizzo fulmineo e, prima che la signora riesca a prendere l'occhialino e a fissarlo bene, scompare, trascinando Sylvia che resisterebbe, incuriosita. Ma Hagop è frenetico e la strattona via. I due si infilano dietro gli altri quarantotto bambini, e si dileguano in cucina, dove sanno come nascondersi. La legnaia è dietro l'acquaio, è piena di sorci e nessuno ci va volentieri.

Così Hagop e Sylvia hanno dato l'addio alla loro salvezza: ma vivranno insieme tutta la vita che gli resta. E Ismene, rasserenata, trova l'altro Hagop, che ha nove anni e non ricorda quasi nulla, e, dopo avergli fatto una bella predica istruttiva, lo consegna solennemente agli zii: «È un bambino cha ha sofferto tanto» gli dice, in disparte, «trattatelo con molta dolcezza, non fategli domande». Li accompagna velocemente alla porta, non sentendosi per niente in colpa per il suo inganno.

Poi, sollevata, batte le mani e ordina a Vartuhi pistacchi e succo d'uva e un po' di vino rosso, per continuare la festa coi suoi ragazzi e coi soldati di Grecia. Ma Yussuf silenziosamente è scomparso.

E tutti danzarono, in quella notte miracolosa, disegnando cerchi e motivi sinuosi per terra, componendo aeree figure, bevendo e mangiando a sazietà.

Il ritmo delle ciabattine di panno dei bambini si intrecciava a quello dei grossi stivali dei soldati; dal quartiere, una alla volta, erano entrate le vecchie venditrici di semi. Isacco aveva chiamato il violinista cieco che mendicava nella piazzetta e la signora Berdjouhi, con la figlia sempre spaventata, si era affrettata a cercare all'orfanotrofio notizie e conforto.

E Ismene distribuì, quella notte, conforto e illusioni. Tutto sembrava così giusto: l'armistizio, la disfatta dell'esercito turco, e ora l'ingresso dei greci, il ritorno dell'Asia Minore alla madrepatria, delle terre ricche di Ionia, delle antiche città, del porto di Smirne-la-Bella.

Ma angeli corruschi incrociavano le spade scintillanti sopra quel cielo sereno, intercettando la luce delle stelle di Ionia. Proteggevano un'illusione, e piangevano l'oscuro futuro di tutte quelle creature fiduciose.

Il sogno anatolico

Maggio 1919. Un tempo magico, si ricorderà sempre Khayël, quello dei suoi quindici anni. È stato messo in collegio anche lui, dai padri gesuiti di Mondragone, vicino a Roma; e ha cominciato a imparare il greco da padre Rocci («Invece dell'armeno» borbotta zio Zareh che è venuto a trovarli, per pochi giorni, appena finita la guerra, nel grigio, inquieto novembre del 1918).

Zareh in quei giorni si è appartato spesso col fratello maggiore, ma né l'uno né l'altro hanno raccontato niente, salvo uscire con facce aggrottate dai loro elaborati e cortesissimi colloqui. Pur girando continuamente, con qualche scusa già pronta in bocca, davanti alla porta chiusa dello studio, Teresa infatti non è riuscita mai a sentire qualcosa, una voce un po' più alta, un'affermazione imperiosa, un dialogo sostenuto. Né lei né la cameriera, opportunamente istruita, né l'autista messo a spolverare il grande lampadario di cristallo.

Questo è strano, perché Zareh, che è grande e grosso, vistosamente elegante (la sua spilla da cravatta viene direttamente da Londra), e fuma speciali sigari francesi, parla sempre a voce alta e tende a esibirsi in riflessioni sentenziose: ma la presenza del mitico fratello maggiore lo ha ridotto a un ponderato silenzio, e Teresa crede che nei lunghi conciliaboli serali nello studio del Professore, egli si limiti ad ascoltare le scarne frasi, taglienti come ordini, di Yerwant.

"Ma come parlerà in armeno, come si esprimerà nella sua lingua?" si domanda Teresa, che non ha mai voluto né ascoltare né imparare la lingua del marito, in questo assecondando la sua più profonda aspirazione, anche se qualche volta, qualche volta a lui, innamorato com'era, sarebbe piaciuto insegnarle a sussurrare nella sua lingua le dolci frasi che ricordava dalla sua mamma, Iskuhi dalle gote di pesca.

Teresa percepisce nei colloqui in armeno dei due fratelli un allontanamento, un'esclusione che non riguarda solo lei, ma anche i suoi figli, soprattutto il maggiore. Wart ha ormai vent'anni, e lei non riesce a trattarlo con affetto, semplicemente. Si comporta verso di lui con una cortesia accurata e un po' rigida ma, poiché si sente in debito, lo difende col padre e gli presenta ragazze da marito. Il figlio fugge, scandalizzato e furibondo.

Yerwant non gli ha mai perdonato il rifiuto di studiare medicina, ma è stato costretto ad arrendersi di fronte all'intera famiglia, una volta tanto coalizzata: perfino l'adolescente Khayël ha preso le parti del fratello, perché sente forte, nel suo cuore sensibile, di dover pagare il privilegio dell'amore incondizionato di Teresa.

Dopo un iniziale momento di reciproca curiosità e diffidenza, in cui i due gruppi di cugini si sono studiati, i figli di Yerwant, senza dirselo, si sono trovati d'accordo nell'evitare le cugine grandi, portatrici di un misterioso dolore che le avvolge, di un'aura oscura. Quando hanno faticosamente imparato un po' di italiano, vengono collocate insieme in un educandato femminile, e lì dimenticate, tranne che per la visita mensile che Yerwant – da solo – fa la prima domenica del mese. Nel cupo parlatorio delle Suore Orsoline le due ragazze siedono vicine sul divano scuro, e guardano lo zio sorridendo caute.

Rispondono insieme, che stanno bene e che non hanno bisogno di nulla: lo zio porta dolcetti e brevi notizie (qualche volta i *lukumi* inviati sollecitamente dagli zii di Alessandria d'Egitto), e i saluti sempre uguali della zia. Simone, l'autista, porta i cambi di biancheria e un sorriso furbo e smagliante.

Quando è arrivato Zareh, sono tornate a casa per qualche giorno.

Per Henriette e il piccolo Nubar, la casa si è aperta come una conchiglia. Evitando per istinto la gentilezza corretta e un po' forzata di Teresa, le sue eleganti maniere, i suoi vestiti viola e i cappellini fioriti, e tutti i nobili parenti che accorrono a vederli con orrore e pietà, i due bambini hanno subito scelto il rifugio della cucina al pianterreno. È un grande stanzone pieno di calore e di cose da mangiare; tre ampie finestre con robuste sbarre danno sul cortile interno. Dappertutto scaffali pieni di cibo. Là regna la cuoca Letizia, il cui cuore sovrabbondante li ha adottati e nutriti di calore e di allegria.

Per ore, ogni giorno, i due bambini seguono famelici ogni mossa di Letizia, rubano pezzetti di pane, croste di formaggio, avanzi di polenta, e ficcano tutto nelle tasche dei grembiulini colorati, uno rosso e uno blu, che Teresa ha fatto fare per loro.

E ogni giorno pazientemente Letizia esplora le tasche, senza sgridarli, e tira fuori tutto quello che ci hanno ficcato dentro. Poi li fa sedere all'angolo del tavolo di cucina, prende dalla credenza due piattini un po' sbeccati di porcellana con disegni di rose, stando molto attenta che siano sempre quelli, e ci mette sopra con cura il pane, le croste, le briciole di polenta.

Ha imparato che loro sanno esattamente cos'hanno nascosto in tasca, e se qualcosa non ricompare, scoppiano in pianti rumorosi, facendo accorrere tutta la casa, perfino Teresa, che guarda con stupore i visetti desolati. Una volta, richiamato dalle strida inumane di Nubar, è arrivato anche il Professore, e i due bambini spaventatissimi si sono rifugiati sotto il grande armadio pieno di vasellame che sta di fronte alla porta. Ma l'armadio è uguale a quello che, nel Paese Perduto, Yerwant aveva mandato al fratello Sempad. E là sotto nei loro piccoli cuori è echeggiata la voce di Leslie l'inglese, il fratellino ucciso, perché il posto sotto l'armadio era solo suo, e lui ci teneva le sue scatole e i suoi giochi. Una nostalgia indicibile, un'angoscia irrimediabile li ha bloccati là sotto, «E ce n'è voluto per farli uscire» sospira Letizia, che si è vista perfino graffiare le mani dai due bambini improvvisamente inselvatichiti.

Un po' alla volta, nei mesi frenetici dopo il loro arrivo, gli è stato permesso di non salire a tavola con la famiglia, ma di mangiare in cucina. E là, un po' alla volta, hanno smesso di agitarsi per il cibo, di ingozzarsi continuamente fino a vomitare, di nascondere pane dappertutto.

Inutile dirgli che ci sono topi, o scarafaggi, o formiche: nessuna bestia li spaventa, anzi, le vedono come un possibile cibo, e non era difficile sorprendere, nei primi mesi, Nubar a quattro zampe che cacciava e mangiava formiche.

E Letizia li ama. Come girasoli piantati su un terreno buono, i due bambini reagiscono a lei, e solo a lei. Risponderebbero educatamente allo zio Yerwant in armeno, se lui usasse l'antica lingua nel rivolgersi a loro; ma Yerwant – e Teresa – gli parlano solo in italiano. E le loro stentate risposte, alla fine, escono fuori in dialetto, perché questa è la lingua di Letizia, la sola che accettano, la lingua dell'affettuosa premura, la lingua del cibo.

Ogni tanto i cugini grandi vengono a vederli, sentono il dovere di stare un po' con loro, ma ogni volta risalgono più in fretta, senza guardarsi negli occhi.

Ma adesso la guerra è finita, appena in tempo perché Wart, benché nato nel '99, evitasse la coscrizione. Zareh è venuto subito, per riabbracciare il fratello e i nipoti, e ristabilire i contatti anche con Rupen, isolato a Boston durante tutta la guerra.

Nel maggio del 1919 ritorna con più agio, per gustare un po' l'Italia, visitare Venezia; e vuole andare anche a Roma. Sta pensando a sposarsi, ha quasi scelto una ragazza assira, e mostra a tutti la sua fotografia. «Una bella ragazza formosa, molto orientale» sussurra da un angolo della bocca Teresa a suo fratello Andrea, che ha invitato per una cena di gala in onore del cognato.

È in quell'occasione che, oltre alle due ragazze fatte uscire dall'educandato, vengono ripuliti e portati in salotto anche i due bambini, che sono messi a sedere vicini e subito dimenticati.

Né lui né lei destano molta attenzione: si sono rimessi in carne, è vero, ma sono piccoli e bruttini, senza il fascino né dell'infanzia maltrattata né di quella seducente. Bambini qualsiasi, che per di più non parlano volentieri, e, quando parlano, spesso usano un dialetto popolare. Anche Zareh dapprincipio li guarda appena, ma poi vede nello sguardo di Nubar balenare un riflesso di Sempad il farmacista: lo stesso ammiccare un po' ingenuo, la stessa tenerezza indifesa. E nello sguardo opaco di Henriette (che tutti ormai chiamano Enrica) una distanza infinita.

Così Zareh se li tiene vicini per un momento, e gli parla in armeno, e gli racconta cosa succede ad Aleppo. Ma poco dopo, sedendosi a tavola, è già lontano da loro, e si dedica, con molto entusiasmo, a discorrere in francese coi due brillanti nipoti, i figli di Yerwant. Sono ragazzi così intelligenti! Wart, benché giovanissimo, è un vero pozzo di scienza, dicono con ammirazione e un filo di noia i parenti Sartena, tutti piuttosto ignoranti. Khayël è affascinante, con quel sorriso seduttore che sfodera se gli piaci, e che promette lo scintillio di un'intelligenza acuta, e cultura, e dolcezza, e risate: il famoso "morbin" di casa Sartena che egli non ha preso dalla madre, sempre piuttosto imbronciata, ma da zia Luisa Guarienti, dalla risata squillante e improvvisa, dallo zio Titta, medico bravissimo e lunatico, e soprattutto dall'altra sorella, Francesca, la bellissima malmaritata che sfida il marito giocatore e manesco con elegante ironia, e che Khayël adora e vorrebbe cavallerescamente soccorrere.

Le lunghe vacanze si spalancano davanti a lui. Tutta l'estate al Dolo, e poi in montagna a Cortina, e poi finalmente la macchina. Deluso dall'ostinato rifiuto di Wart, che non vuol saperne di automobili e di modernità, Yerwant ha promesso a Khayël che quest'estate potrà guidare la scintillante Isotta Fraschini rossa, magari non ancora in città, perché gli mancano mesi al sedicesimo compleanno, ma certo in giro per la Riviera del Brenta, da Stra al Dolo, a Mira Porte, fin quasi a Mestre: e poi su e giù per la campagna. E appena possibile, la patente, e andare in giro da solo, affrontare la vita.

Sì, e intanto la mamma gli riempirà le tasche di santini beneaugurali, lo farà benedire dal famoso padre Fulgenzio, al Santo, al quale da tanti anni confida le sue ansiose irrequietudini: e Khayël si guarda bene dal rifiutare l'affettuoso sostegno, anzi lo esige. Santini rosari e invocazioni lo mettono, gli sembra, al riparo dai turbamenti vespertini che di tanto in tanto lo agitano, lo piombano in improvvise segrete malinconie.

Ha molti amici, Khayël: il frequente, caldo sorriso, la generosità un po' sventata, la larga accoglienza, la bella casa e *maman* così fine gli aprono tutte le porte. I giovani aristocratici veneti e veneziani lo trattano come uno di loro, e le madri delle ragazze più giovani già riflettono su come sedurlo.

Ma lui s'incanta per le luci, i colori, i suoni di quell'estate memorabile, in cui tutto gli appare perfetto, e il suo sorriso beffardo e affettuoso tinge di gioia ogni cosa.

Anche Wart è travolto dalla gioia che Khayël diffonde intorno a sé, e s'immerge, per un poco, nella smemorata festevolezza di quella girandola di inviti, di giochi, di suoni (entrambi i fratelli hanno tirato fuori i loro strumenti, e di qualche sbaglio preso in allegria sorride perfino Wart, il perfezionista).

Con l'aiuto volonteroso della cugina Iris al pianoforte, e di un povero maestro del Dolo, che arrotonda il magro stipendio suonando il violino nelle sagre, ed è felicissimo di rimpinzarsi di dolci ogni pomeriggio, formano un quartetto: Khayël è al violoncello, Wart al primo violino, e si cimentano in furiose cavalcate da un motivo all'altro, da Mozart ai ballabili in voga, con un entusiasmo così schietto che al Dolo, sotto il portico, finisce per radunarsi un sacco di gente.

Mentre loro quattro suonano, e i loro amici seduti intorno ai tavolini di paglia di Vienna, decorati a motivi di crocette rosse e blu, chiacchierano sottovoce bevendo tè e bibite rinfrescanti, con qualche liquore, e saccheggiano i vassoi dei dolcetti del Gran Caffè Commercio, di biscotti salati e tartine preparati da Letizia, più in là compaiono paesani, lavoranti e contadini, affacciandosi dal folto del parco, intorno al pozzo e verso la famosa vigna di uva moscata di cui il Professore è così ghiotto.

Tutti stanno in piedi per rispetto, e si gustano il concerto con passione, scambiandosi occhiate e sorrisi, ma tutti sono pronti a scomparire in un momento se si affacciano Teresa o la sua cameriera Dolores.

Il parco vastissimo, che scende fino all'ansa del fiume, scivola piano piano nell'ombra, mentre il sole tramonta; e come folletti guizzanti nel buio crescente gli spettatori gioiosamente vanno e vengono dal bosco e dagli alberi antichi, presi come al laccio dalla festevolezza dei suonatori e dall'incanto dell'ora. Garzoni e lavandaie si guardano e si sorridono, e poi veloci si appartano nel folto. La porticina in fondo al parco che dà sul fiume e sul ponte non è più chiusa a chiave dall'inizio della guerra: la chiave si è perduta, dicono, e chissà chi l'ha perduta.

In realtà, è Yerwant che l'ha nascosta, dopo quella notte famosa in cui s'è accoccolato fuori, sul fiume, piangendo i suoi sogni e Sempad, il fratello lontano, quando il Paese Perduto si è allontanato per sempre. Rientrando, la mattina seguente, si è infilato la chiave in tasca, senza chiudere la porta, e poi l'ha messa in un suo stipo segreto, dove tiene degli appunti, una specie di diario breve e occasionale, scritto in italiano ma con caratteri armeni (un foglio superstite di quel brogliaccio l'ha trovato la bambina, dopo il bombardamento del 16 dicembre 1943, e lo tiene nascosto nella sua scatola di legno intarsiata, col paesaggio di Liguria sopra in mosaico colorato).

La porta non è stata più chiusa da allora, e ormai tutti se ne servono per abbreviare la strada dal fiume alla ferrovia, evitando di dover fare il giro del muro di cinta del parco, e sotto le maestose piante è nato un sentierino segreto: solo, è meglio evitarlo quando Teresa è in villa.

Mentre giugno avanza, e il glicine sotto il portico impallidisce, e le rose rampicanti sul pozzo stanno sfiorendo, trionfano gli ippocastani, bianchi e rosa. Una nuvola maestosa di colori e un profumo inebriante coprono il giardino e il parco. I concertini del pomeriggio diventano più frequenti e organizzati, i quattro suonatori ci hanno preso gusto e cominciano perfino a preparare dei programmi.

Wart punterebbe su cose tedesche; Khayël ascolta i pareri degli spettatori, e con un sorrisetto rimescola le carte. Si inizia con qualche pezzo serio, ma romantico e ben ritmato, e si finisce sempre con i motivi delle canzoni alla moda. L'aria è fresca sotto gli ippocastani, e i giovani seduti davanti ai tavolini fumano con fare distaccato parlando di cose importanti. Gli spettatori paesani sul limite del parco tacciono attenti, cercando di non farsi notare.

Ma una sera, la sera del 13 giugno, nessuno sembra volersene andare. Tutti aspettano i fuochi del Santo, che lontano, verso Padova, cominceranno quando farà buio davvero. E aspettando, Khayël va a sussurrare qualcosa all'orecchio del maestro Arturo al violino, e poi partono con un vigoroso ballabile, trascinando Wart e la riluttante cugina. Mentre il buio cresce, e Letizia accende le luci esterne sul portico, furtivamente le ombre ferme sul bordo del parco iniziano ad avvicinarsi al ritmo della musica, attratte ed esitanti.

E poi per mezz'ora tutti si lanciano. I quattro suonatori, eccitati dall'atmosfera e dai fuochi d'artificio che cominciano a crepitare lontani, si sentono scatenati gitani, sognano orchestrine ungheresi e balli cosacchi, e non badando alle stecche pensano solo ad accontentare il loro pubblico, a esorcizzare ogni malinconia, e baldanzosamente si cimentano in polke, valzer, mazurke. Garzoni, lavoranti, mezzadri, perfino l'austero Gildo che si occupa del giardino, afferrano le loro compagne, timidamente nascoste dietro gli alberi, e volteggiano come ufficiali austriaci; gli studenti e le loro riservate amiche e cugine si alzano, si tolgono scialli e cappelli, e si buttano. Tutti si mescolano nella grande corte e intorno al pozzo, ballando. E nell'ombra che cala, la danza morbidamente avvolge tutti, come una sfida gioiosa, un inno alla vita che riprende dopo la terribile prova della guerra, una speranza, un augurio, chissà.

In un angolo, silenziose, le due ragazze armene osservano, con un distacco cauto e garbato, i cugini che si abbandonano a selvagge grida di esultanza al modo dei violinisti gitani, la cugina Iris sudata che pesta sui tasti, il maestro Arturo che fa vibrare e perfino stridere, nell'eccitazione, il suo violino da pochi soldi.

Sentono un po' freddo, si coprono col grande scialle verde oliva che Teresa ha regalato ad Arussiag per Natale, e poi si voltano insieme, come ubbidendo a un ordine, verso i fuochi che scintillano per un momento nel cielo, disegnando figure, e poi si spengono. E sulle loro guance calano lente le lagrime dell'oblio.

Henriette e Nubar, dimenticati da tutti, anche dalla cuoca Letizia che sta sulla porta della cucina, di fronte al pozzo, ad ammirare i fuochi, si avvicinano pian piano alle sorelle e si nascondono sotto lo scialle, bisbigliando in armeno le loro paure e le loro scoperte degli ultimi mesi, quello che mangiano, le parole che stanno imparando da Letizia e da Simone, l'autista. E domandano quando se ne andranno tutti e quattro con zio Zareh, e ritorneranno a casa con lui.

Questa è, segretamente, la speranza di tutti e quattro: andare a stare con lo zio che li ha salvati, che per loro è stato padre, madre, fratello maggiore. Oppure salpare con un'altra nave, una grande, verso l'America, dove c'è zio Rupen, dove vanno tutti gli armeni, ha detto una volta Ismene. Si sono tanto divertiti, a bordo della nave del capitano Suleyman, si divertiranno ancora: una nave è un piccolo mondo che viaggia, protetto da tutte le parti, nessun gendarme turco può salire a bordo.

Ma il maggio gioioso è finito, e dopo i fuochi di giugno la compagnia si scioglie. Fu allora che Wart e Khayël, insieme ma senza dirselo, si accorsero che di quei cugini maldestri miracolosamente arrivati a salvezza, di quello zio dai modi provinciali e dall'eleganza un po' troppo chiassosa, insomma, si vergognavano un po'.

"Impresentabili" era il pensiero che sotto sotto scattava in loro, sempre più frequentemente. E i sorrisetti a mezza bocca dei cugini Sartena, in quell'estate luminosa, si fissarono in loro per sempre.

Le cugine in collegio, così goffe, vengono dimenticate, e usate per qualche bonaria presa in giro. I cugini le trattano con gentilezza un po' distante, ogni tanto la domenica le vanno a prendere per un gelato o una passeggiata. Ma non le fanno mai incontrare coi loro amici.

In quel difficile dopoguerra, Wart si lascia andare a un

poco di innocente bohème, soprattutto per curiosità e per indispettire il padre. Frequenta artisti e scrittori, ama sedersi negli studi degli amici pittori, o scultori, e assorbire in silenzio la materialità dell'arte, catalogando senza sosta nella sua prensile memoria tocchi, pennellate, gesti, movimenti che lo portino più vicino alla materia fisica, al segreto dell'opera che nasce. Indagare la pittura, strato dopo strato, pensiero dopo pensiero, come si immagina, come si attua, è la sua passione costante, in cui la serietà del suo temperamento trova profonda soddisfazione.

Khayël è vivace e disinvolto in tutto quello che fa: adora scorrazzare in macchina, è molto corteggiato, è anche fervidamente credente. Vorrebbe abbracciare tutto il mondo, crede che tutti lo amino, parla bene il veneto dell'aristocrazia, e con gli amici va in giro per feste e per ville, dove contesse benevole aprono le loro case stupende. E tutti infatti lo accettano volentieri, come il figlio di Teresa, un Sartena con in più, evidente nel guizzo svelto degli occhi, l'intelligenza del padre.

«Khayël era uno di noi» dirà più tardi alla bambina Giuseppe Cantele, l'amico del cuore. «Ci ricordavamo che era mezzo levantino solo quando vedevamo suo padre.»

Zareh ha intanto deciso, col fratello, di lasciare gli orfani in Italia, e in una calda mattina di metà giugno, già assorto nelle delizie che lo aspettano, si congeda dai nipoti con molti sorrisi, frasi affettuose e un profondo sospiro di sollievo. Ha fatto il suo dovere nel momento del pericolo: ora, povero Zareh, ha voglia di godersi le meraviglie dell'Occidente, e soprattutto di fare un po' il parigino. Là lo aspettano vecchi amici, fanciulle in fiore, ogni modernità e divertimento, pensa, prima di tornare ad Aleppo e giudiziosamente sposare la sua ragazza assira, che sta preparando il corredo.

D'altronde, le ragazze hanno capito subito che Zareh non è venuto per riportarle indietro con sé, adesso che la guerra è finita: e così gli hanno confidato la loro ferma intenzione di andarsene aldilà del mare, in America, appena finito il collegio. Rupen, da Boston, ha scritto che è pronto ad accoglierle.

E per convincere tutti che questo è davvero ciò che vogliono, cercano in ogni modo di restare estranee, non si sforzano di imparare l'italiano, fanno patetici dispetti alle Suore Orsoline, che vorrebbero farle diventare maestre.

«Maestre di che?» sussurra Arussiag furiosa. «Ti pare che il nostro destino sia quello di insegnare l'alfabeto italiano?» e ride, un risolino stridente, alla bizzarra idea.

«Ma tu non vorresti tornare indietro, nella nostra casa, alla nostra Piccola Città?» chiede la sorella, mitemente, con una luce nostalgica negli occhi. «Lo zio ha detto che molti stanno tornando indietro. Ci sono le case, i negozi, i campi, i frutteti...»

Arussiag ride ancora, scoprendo un po' i denti: «Io non tornerò mai laggiù, a meno di convertirmi, e trovare un bel turco grasso che mi mantenga nell'ozio». Entrambe ridono convulsamente, e il discorso finisce lì. Piano piano, un passo alla volta, cominciano ad abituarsi all'idea della Grande Traversata, a cercare notizie sulle navi che fanno la rotta delle Americhe, a sognare – un poco – che forse là incontreranno qualcuno da cui farsi proteggere per tutta la vita.

Eppure non sanno che, nei loro silenziosi colloqui, Yerwant e Zareh hanno discusso proprio di cose molto concrete, di questi affari urgenti di famiglia. È vero che molti sopravvissuti stanno tornando alle loro case; è vero che stanno ricominciando a lavorare i campi, a riaprire le botteghe, a rifornire i magazzini. Il nuovo governo turco non è affatto contrario al ritorno di carpentieri, calderai, fabbri, cuoiai, orologiai, tessitori, di tutto quel mondo di artigiani abili e industriosi che è stato spazzato via dalla deportazione e dallo sterminio.

Sicché Yerwant ha detto al fratello: «Sempad è morto, io avevo rinunciato a ogni diritto ereditario in suo favore, se tu accetti trasferisco a te questo mio dono».

Zareh ha subito rifiutato, rabbrividendo. In un momento gli è passata davanti agli occhi la vita nella Piccola Città, quella da cui tanti anni fa è fuggito, ma terribilmente immiserita. Case e chiese saccheggiate e distrutte, ombre di morti dappertutto, frutteti abbandonati, giardini ridotti a stalle, e lavoro duro, e i turchi di cui non ci si può più fidare, e la fertile dorata pianura di fronte alla cittadella inselvatichita da anni di abbandono... No, non è cosa per lui.

Lui preferisce il mondo siriano e la tranquilla vita di Aleppo, i suoi clienti arabi, il circolo degli scacchi, le serate danzanti all'Hotel Baron, e qualche ragazza morbida a cui raccontare finalmente le sue avventure, il coraggio che ha avuto, i nipoti salvati, l'ospitalità in cantina, il rischio affrontato quotidianamente. Perciò finge di riflettere per un paio di giorni, per non dare al fratello maggiore l'impressione di disdegnare la sua offerta, e poi solennemente rinuncia anche lui a qualsiasi diritto sulla Masseria delle Allodole, sulla campagna intorno, sulla casa in città, sulla farmacia.

Ma quello è il loro paese, quella la Patria Perduta, là sono le origini, la luce dei giorni assolati, il pane e il vino del cuore. E c'è ancora qualcuno. I figli di Sempad il farmacista, l'uomo dal semplice cuore: alcuni sono sopravvissuti.

E così insieme decidono che manderanno qualcuno a occuparsi di tutto, qualcuno di abile, un parente, possibilmente, in attesa che possa ritornare, a prendere il posto che gli spetta nella Piccola Città, il piccolo Nubar, una volta divenuto medico o farmacista. E intorno a lui cominciano a costruire un nuovo sogno armeno, uno spiraglio di fiducia.

Le potenze alleate hanno vinto, i capi del governo dei Giovani Turchi sono in fuga, il Sultano ha installato un tribunale speciale per i crimini contro gli armeni, riflettono i due fratelli; siamo morti in tanti, più di un milione, si dice, le nostre donne sono state rapite, le nostre ragazze violentate, gli ultimi sopravvissuti sono stati fatti a pezzi nel deserto siriano. Ma ora che la guerra degli Imperi è persa, ora che Costantinopoli è occupata dalle truppe alleate, perché dovremmo continuare a vivere nel terrore?

La situazione è rovesciata, scrive uno zio Kardiashian da Costantinopoli, e i due nipoti, fumando quieti nello studio, se lo ripetono (ma a voce bassissima); la Grecia sbarca a Smirne, ci sarà uno stato armeno dopo mille anni, perché non riprenderci quello che è nostro? (Ma Yerwant non sembra poi molto interessato, parla appena, e dopo un poco le loro voci si abbassano, e i due fratelli scivolano nei ricordi d'infanzia, negli scherzi fatti al pastore protestante, sempre serissimo nel suo collarino, e alla scuola domenicale di *vartabed* Sarkis, col suo viso rotondo, che finiva ogni lezione chiedendo scusa al Signore Iddio per la sua scarsa abilità nell'insegnare a bambini così intelligenti, e poi li portava tutti nella vigna a tastare i fichi maturi.)

Trovano infine un lontano cugino, che è sempre stato sfortunato negli affari, ma fortunato per essere sopravvissuto tranquillamente alla Catastrofe, avendo scelto di vivere a Damasco, inosservato, factotum di un ricco signore arabo, che lo nutre con la famiglia, ma lo paga pochissimo. Aris (così si chiama) si è fatto vivo, come sempre ogni anno, per battere cassa con il ricco cugino italiano, e la sua lettera a Yerwant è quest'anno particolarmente lamentosa, perché il suo padrone, con la scusa che gli ha salvato la vita, è diventato ancora più stretto coi soldi.

«Aris è furbo» sospira Yerwant, «un camaleonte. È la persona giusta, se riusciamo a convincerlo. Parla arabo come un arabo, e turco come un turco.»

«Bisogna scrivergli una carta di delega, ma è meglio in italiano, con tutti i timbri ufficiali possibili» dice Zareh, «tanto più che l'Italia è una delle grandi potenze vincitrici, adesso.» Yerwant fa un sorrisetto amaro. Ma il fratello, quasi fra sé, aggiunge: «Ma tu sei cittadino italiano, no? Sicché ti sarà più facile rivendicare i beni di nostro fratello assassinato».

E così si decide. Una lettera con tutti i dettagli parte per Damasco, con l'annuncio di una forte cifra, e la promessa di un bel terreno, e della casetta vicino alla Masseria delle Allodole, dall'altra parte del giardino. "Sarà tutto da sistemare" scrivono al cugino i due fratelli, contenti della soluzione trovata, "ma tu diventi proprietario, e sei libero di assumere chi vuoi, e sarai protetto dalla bandiera italiana. Devi soltanto rivendicare la proprietà, risistemare tutto, riaprire la farmacia, se trovi qualcuno che se ne occupi, altrimenti lasciala chiusa. Quello che guadagni, a parte le spese, per il momento lo puoi tenere."

Aris si fa un po' pregare, naturalmente. E poi sua moglie ha paura, ha sentito troppe orribili storie, e i due bambini sono piccoli... Ma infine, il padrone è davvero esoso, a Damasco, e l'argomento principe, per Talin, la moglie, è la casa, che le è stata promessa tutta sua, e ben arredata. Già Talin vede dove metterà le sue pentole, e forse ci sarà anche un bel tappeto, e un *tonir* grande per il pane; e gli alberi da frutta in giardino, basta poco, una bella potatura, per farli prosperare di nuovo.

Incantata, come tutte le donne armene, da queste e simili visioni di pace domestica e di vita serena, tanto più accanitamente inseguite quanto più fallaci, Talin acconsente a lasciare l'amata Damasco, dove non è che una serva, per un avvenire che spera radioso nell'antica patria di suo marito, la Piccola Città, da cui tutti gli armeni sono stati cacciati.

Ma quando si mettono in moto, ottimisti e allegri, con una bella bandiera italiana che sventola sopra il carro, quello che presto li atterrisce è l'aspetto totalmente desolato dei villaggi che attraversano, i campi abbandonati, la solitudine agghiacciante, dove si aggira solo qualche sparuto fantasma.

Sembra loro di passare in mezzo a una folla di ombre, di attraversare luoghi spettrali da cui ogni vita è scomparsa. Sono tanti anni che Aris se n'è andato, ma non è il tempo che ha cambiato il paese, è un turbine folle che ha bruciato le case, svuotato le botteghe, scardinato le porte, ridotto in macerie le chiese, le scuole, il piccolo ospedale. E dappertutto sospette macchie color ruggine alludono, ricordano, fanno pensare alle vive creature che hanno sparso quel sangue: e dappertutto tracce di fuoco, cimiteri devastati con le lapidi spezzate. Cancellata qualsiasi traccia dell'aborrito alfabeto armeno, qualsiasi croce in cima a una cappella; vicino alle case, fra le erbacce e le magre fioriture superstiti, un fitto tappeto di vetri infranti, porte divelte, finestre come occhi ciechi che danno su un buio raggelante, che nessuna luce, nessuna fiamma riscalda.

Atterriti, Aris e Talin procedono in silenzio, guardandosi intorno. I bambini sul carro si sono appisolati insieme sotto una coperta. La meta non è lontana, ma conviene fermarsi, non è consigliabile continuare la strada al buio, e la lanterna del carro non fa molta luce.

Così, nell'ultimo villaggio, si guardano intorno. Possibile che non ci sia proprio nessuno? E alla fine, come racconterà Aris nella prima lettera ai cugini, che riflette un panico non ancora dissolto, al pianoterra di una casa semidiroccata vicino alle macerie della chiesa scorgono una luce appena visibile dall'esterno, e trovano due ragazzetti cenciosi e ostili, che stanno scaldando un pentolino di qualcosa su un piccolo fuoco. Stanno usando tavole di legno ben piallate, forse mogano, resti di chissà quale saccheggio, e dietro di loro una pila di assi accuratamente ammucchiate rivela che si sono piazzati là da qualche giorno.

Ma quando Aris, sorridendo, mette piede nella stanza con le mani protese, parlando gentilmente in turco, i due ragazzi si alzano di scatto: uno si appoggia tremando al muro, l'altro sfodera un coltello che punta alla gola di Aris.

Talin, che sta entrando coi bambini, per fortuna tace, pietrificata. Ma Aris ci sa fare: velocemente cambia lingua e comincia a dire, in armeno, con un'intonazione di dolce cantilena, parole e frasi una dopo l'altra, una che s'incatena all'altra, come un fratello maggiore, come una madre.

Ipnotizzato, il ragazzo lo guarda, segue i suoi occhi, finché con un guizzo il coltello cambia mano e Aris dice: «Mangiamo insieme, volete? Abbiamo pane, formaggio, olive».

I due ragazzi hanno dieci e dodici anni. Sono gli unici superstiti delle loro famiglie, e si sono conosciuti nella casa di un turco che li ha presi al suo servizio nella terribile estate della deportazione. Sono vissuti col turco negli anni di guerra, hanno cambiato nome, e il più piccolo ha disimparato a parlare l'armeno e a dire la preghiera della sera.

«Ma io gliela sto insegnando di nuovo» dice il più grande, che ha subito accettato, come sollevato da un peso, l'autorità di Aris, «solo che anch'io non mi ricordo bene tutto l'*Hayr Mer* (Padre Nostro). Non mi ricordo l'ultima frase prima di "Amen".» E sembra così agitato che per dissipare la sua ansia Aris – che di suo non è molto religioso – gli ripete più di una volta "Liberaci dal male", preghiera che sente in quel momento e in quel luogo pertinente come non mai.

Con aria vergognosa, il ragazzetto più grande si affretta a nascondere il pentolino col suo contenuto, e sgrida vivacemente la figlia di Aris che si è avvicinata incuriosita (poi, Aris saprà che i due ragazzi avevano catturato un topo bello grosso).

Si chiamano Harutiun e Garabed, ma ora preferiscono farsi chiamare coi nomi turchi, perché non si sa mai chi si può incontrare. «Ci sono in giro banditi e disertori, anche se molti sono scappati» dice assennato Harutiun, il maggiore, chiamato adesso Ismail. «Noi vorremmo tornare al nostro paese, forse qualcun altro è sopravvissuto, io sono forte, voglio rimettere in piedi la mia casa, e Garabed, qui, voglio dire Fuad, l'ho adottato come fratello. È vero che non siamo andati a scuola, in questi anni, ma io sapevo già leggere e scrivere, e glielo posso insegnare, a Fuad. E poi forse tornerà anche qualche maestro...»

Ad Aris si stringe il cuore. Ora veramente capisce l'enormità della perdita che la sua gente ha subito.

"Non ce ne sono più, di armeni, qua in giro" scriverà ai cugini, "qui bisogna ricominciare da capo, come Noè quando approdò sull'Ararat. Io non ce la posso fare da solo."

Ma intanto, furbo e veloce com'è, ha deciso di tirarsi dietro i due orfani che ha incontrato così provvidenzialmente. Lavoreranno per lui, e saranno anche grati della protezione, pensa: e così la mattina dopo tutto il gruppetto fa il suo ingresso in città, molto cautamente.

Lo spettacolo di desolazione e di abbandono è lo stesso dei giorni precedenti, solo ancora più in grande. Nel quartiere armeno, strade intere, dove una volta si accalcava una folla di gente, sono percorse da qualche frettoloso viandante; la piazza dove si teneva il mercato appare vuota, e un paio di cani dall'aria aggressiva abbaiano in lontananza.

Aris tiene salda sul carro la bandiera italiana. Quando passa davanti alla casa dei cugini, senza fermarsi, la vede pulita e ben tenuta, e comprende immediatamente che ora è occupata da qualcuno che di certo non avrà nessuna voglia di discuterne il possesso.

Sospirando, Aris fa tacere Talin che stava cominciando a protestare e prosegue. Attraversa tutta la città e s'imprime bene in mente le strade dove sembra esserci un po' di vita, e intanto febbrilmente riflette. Farsi passare per arabo? Potrebbe, ma come richiedere allora i beni dei cugini? Rimuginando fra sé, gira intorno, col suo carro e i ragazzi, alla cattedrale in rovina, e vede con sollievo che in cima al tetto la croce c'è ancora. E da una porticina laterale viene fuori, correndo dietro a una gallina, un prete dall'aria malmessa, con una tonaca malridotta annodata intorno alla vita.

Sparisce la gallina, e dietro a lei il prete, ma Aris si frega le mani, smonta dal carro dando le redini a Ismail che le prende solennemente, e s'infila nella porta dove sono spariti la gallina e il prete. Sa che se c'è il prete dovrebbe esserci anche il registro dei vivi e dei morti e delle proprietà, o almeno la memoria, una tradizione, una traccia.

E padre Michael Michaelian gli fa una bellissima accoglienza. Un'altra pecorella che ritorna, un piccolo gregge che comincia a ricostituirsi! Padre Michael è l'unico sopravvissuto dei tanti preti, parroci e *vartabed* della Piccola Città. Sua moglie è morta di parto durante i primi giorni della deportazione, e i suoi quattro figli di fame, uno dopo l'altro. Lui si è salvato perché era in ritiro spirituale sulla montagna, e i suoi compagni l'hanno trattenuto là quasi a forza.

Lui crede che il Signore l'ha lasciato in vita apposta perché i fedeli della Piccola Città non siano abbandonati, perché la chiesa abbia ancora un servitore, anche se di modesta importanza.

«Avevamo un vescovo, qui!» brontola fra sé, per tenersi compagnia. «E un abate! E il grande monastero di Surp Sarkis, sulla montagna! Quando c'era la festa del santo, che processione, quanti preti, quanti fedeli! E i tappeti di fiori colorati, e le ragazze vestite a festa!» (E non ricorda, povero prete Michael, che proprio la fastosa processione suscitava fra i compaesani turchi e curdi non poche invidie e malumori.)

Oggi, la sua gente è ridotta a qualche decina di poveracci, che sopravvivono in un modo o nell'altro, e sono ritornati uno o due alla volta, come per un istinto ancestrale. Le loro case sono distrutte o (le più belle) occupate da anni da famiglie turche, che sanno benissimo la verità, ma non intendono davvero ritirarsi. Ma gli armeni che rientrano sono ormai abituati a questo vivere precario, a chinare la testa e a ringraziare ogni giorno per essere ancora in vita.

Sicché tacciono e si arrangiano. Qualcuno, se conosceva da prima la famiglia che adesso occupa la sua casa, si offre come custode o garzone, e si accontenta di ricevere un letto e un tetto in un angolino di quella che fu la sua casa, o nella stalla.

«Almeno» ha detto a padre Michael Rupen, il figlio quindicenne dei Manuelian, i più grossi commercianti di seterie della città, che è ricomparso un mese prima, e sembra un uomo fatto, con le mani callose e il fare posato, «così posso occuparmi del giardino e del frutteto, e, mentre stavo potando le rose e i due grandi albicocchi, ho rimesso su l'altalena che le mie sorelline usavano, per le figlie dei nuovi padroni. C'era ancora la corda attaccata a uno degli alberi, e mi è sembrato di sentire le loro voci, le loro piccole gare. Che Dio mi perdoni, le mie sono perdute, e io mi sto affezionando a queste nuove ragazzine.»

Presto presto, Aris porta il carro dentro il cortile della chiesa, e lo scarica freneticamente, incitato dal prete che teme le bande dei disertori, che di solito arrivano col buio. Il cavallo è impastoiato in una stanza semicrollata, ma i due muri ancora in piedi sono abbastanza alti per nasconderlo, e la famiglia, coi due orfani, si ripara nella stanzetta che padre Michael ha sistemato. Il grande letto di Aris e Talin non viene montato, altrimenti non ci si sta, e Talin subito diventa di malumore. Ma le sedie sono una benedizione, e anche il tavolo quadrato: e la lunga abitudine fa che, pur brontolando, la donna si metta davanti al fornello del prete, nella misera cucina, e inventi una minestra per tutti.

«Con la zuppa calda in pancia, si ragiona meglio» sospira il prete. «Io sono un pessimo cuoco» e lancia a Talin un sorrisone soddisfatto, pensando che forse una delle sue galline, prima che qualcuno gliela rubi, potrebbe domani fare buon pasto a tutti: ma prudentemente intanto tace, e s'informa dai nuovi arrivati.

Come sempre succederà, nei tanti anni a venire, quando gli armeni si incontrano, dovunque nel vasto mondo, il discorso finisce per cadere sui vivi – pochi – e sui morti – tanti. Ognuno racconta la sua tragedia, e piange quella degli altri. Mai gli armeni sembrano stanchi dei racconti di morte e sopravvivenza, mai ne hanno abbastanza del ripetuto orrore: è come se la pena condivisa apparisse più sopportabile quando diventa un racconto, il mito che si costruisce di un popolo martire, che nell'epopea dei suoi morti trova riscatto. E il lutto inesplicabile del singolo diventa universale compianto.

Ma Aris non ha nessuna intenzione di fare la vita del sopravvissuto, del mendicante. Lui è arrivato con le carte dei cugini, e ben provvisto di denaro. I turchi hanno perso la guerra, e la città deve risorgere, punto. Se la casa di famiglia è occupata, andrà dai militari francesi delle truppe di occupazione, si rivolgerà al nuovo governo, si piazzerà alla Prefettura con le sue carte e, in una lingua o in un'altra, saprà farsi ascoltare.

Padre Michael lo avverte che i francesi non si occupano delle proprietà perdute degli armeni, delle confische, delle spoliazioni. A stento è riuscito lui a farsi dare un paio di soldati per sgombrare il cortile della chiesa e poter ricominciare a dir messa, e giusto perché conosce bene il francese.

Il colonnello è altezzoso, e non si fa quasi mai vedere: solo, ha requisito la casa del *kaymakam*, che è stato arrestato per crimini di guerra e spedito a Costantinopoli, dove è uno degli imputati al processo contro gli ittihadisti. La cosa migliore da fare, suggerisce il prete dopo che Aris gli ha raccontato tutta la storia, è provare a rioccupare la Masseria delle Allodole, che è in piena campagna e forse non è stata bruciata, è stata soltanto abbandonata.

Ma Aris non ha nessuna intenzione neppure di isolarsi in campagna. Le campagne sono ancora più deserte delle città, i campi, i vigneti, i frutteti sono incolti, solo qualche gregge di pecore o di capre percorre quelle terre desolate. Tuttavia una mattina, con i due ragazzi che ormai gli stanno sempre attaccati, sul carro malmesso e con un sudicio cappelluccio in testa che lo fa sembrare un lattaio, esce prestissimo dalla città e va a cercare la Masseria. E la trova.

Ci gira intorno piano piano, e si ferma davanti alla cancellata. Poi entra, sospettoso, in punta di piedi. La costruzione è intatta, ma le finestre sono sfondate, e tracce di fuochi sono dappertutto nelle stanze, dove i soldati hanno bivaccato.

Dietro la casa, la grande buca rettangolare di terra ben livellata sembra proprio quello che è, una grande bara, un cimitero senza croci per un gruppo di poveri morti sepolti insieme, vicini, per farsi compagnia.

Aris è un uomo di buon carattere, furbo e allegro, non

ha fisime, non vede né angeli né spiriti: eppure da quella terra scura, dove germogliano disordinati cespugli e fiori inselvatichiti, gli sembrano uscire gli esili fantasmi di Sempad e dei suoi figli, del medico Krikor, dei due fratelli carpentieri e di tutti gli altri che persero la vita, senza un perché, in quel fulgido giorno di maggio del 1915.

Gli pare di sentire i sussurri dei flauti di ossa, le voci, le canzoni, le grida di morte degli uomini uccisi, dei maschi armeni sacrificati e sepolti in terra non consacrata, senza un segno, un ricordo, una croce.

L'uomo e i due ragazzi si stringono insieme, smarriti.

«È un posto maledetto, questo» sussurra Ismail, che tiene stretta la mano di Fuad, e guarda con orrore le rigogliose piante di more che si sono fittamente intrecciate sul rettangolo di terreno dove Sempad aveva fatto scavare la buca per il *lawn-tennis*. E quando il bambino allunga l'altra mano, attirato, per prenderne un paio, lo tira via con angoscia: «Sono i frutti dei morti, non vedi?» gli sussurra agitato. E Aris gli porge subito un pezzo di pane, e tutti e tre si voltano in fretta e risalgono sul carro.

Così Aris scrive disperato al cugino in Italia che tornerà indietro, che da solo non può farcela, gli racconta del prete, del disastro, di tutto. E Yerwant si rivolge anche lui, disperato, a Zareh.

Zareh è solo, adesso. Marie-Joséphine, la bella farfalla francese, se n'è andata da tempo, Ismene e Isacco hanno scritto felici da Smirne, il tenente Djelal è scomparso con la fine della guerra.

E l'idea gli si presenta improvvisa: Nazim. Chissà se Nazim è ancora ad Aleppo? O se ha seguito quell'idea che tirava fuori ogni tanto, di andare a finire i suoi giorni alla Mecca? Nazim ha fatto fortuna ad Aleppo negli anni di guerra, e ha mille occhi: ma se si potesse convincerlo a tornare indietro, a quella città che in fondo è la sua? Adesso che anche gli armeni possono ritornare?

Nazim sa rendersi invisibile, ma non per Zareh, non per la famiglia. Ed è solo, adesso. I suoi compagni nella gloriosa avventura sono finiti a Smirne, e di nessuno egli si fida come di Ismene. Rimpiange le sue canzoni, la sua durezza pietosa. "Solida roccia di una greca" pensa Nazim, "mi hai fatto l'ultimo dispetto, e te ne sei andata con quel prete sognatore e vigliacco" (ma poi pensa a se stesso, al suo tradimento, a Shushanig, e sospira).

Così Zareh lo cerca, e lo trova appollaiato su un cippo di marmo, subito dentro l'ingresso della Cittadella. È il luogo favorito da Nazim quando vuol stare in pace (o contare i soldi). E chi entra non può ignorarlo.

Zareh, col panciotto a fiori ben teso sul ventre, si siede su un altro cippo, di fronte, e gli offre una sigaretta. E poi dice: «Nazim, abbiamo bisogno di te. Tu solo puoi tornare indietro, al paese, e aiutare il cugino Aris a riprendersi la casa e la Masseria. Nubar è l'unico erede vivente, è piccolo» Nazim sorride, tutti sorridono pensando a Nubar, «ma sta crescendo bene. L'ho visto, e ti saluta, non ti ha dimenticato. E non ha più nessuno, tu lo sai bene, le sue sorelle non contano.»

«Tranne noi» sussurra Nazim, gettando via la cicca della sigaretta, «tranne noi» ripete. E si appoggia le mani sulle ginocchia, sogguardando Zareh che nervosamente ripete da capo tutta la storia.

La sua vita gli ripassa davanti in un lampo, e il suo sogno di finire alla Mecca. Ha giusto venduto ieri, e molto bene, un anello d'oro massiccio, di fattura un po' pesante, ma con una delicata acquamarina al centro, che un giorno ha trovato in un caravanserraglio abbandonato, fra i brandelli di sudici stracci di una delle ultime carovane di armeni. Sono anni che il vento fischia nel vuoto di quel luogo maledetto, dove sui mucchi di cadaveri più o meno recenti aveva visto aggirarsi bambini scheletrici, così disabituati a mangiare che tenevano in mano il pane senza neanche provare ad assaggiarlo.

Poi, quei bambini sono morti quasi tutti, ed è un ricordo che lo perseguita, perché in molti vedeva la faccetta tonda e intenta di Nubar, quando l'ha portato via dal campo: eppure quei bambini non è riuscito a salvarli, nessuno l'ha seguito quella volta, e lui stesso (riflette amaramente) non era del tutto persuaso, l'epidemia infieriva, e il puzzo di quei morti sembrava comprendere tutto l'orrore di un'umanità spossessata – e allontanava anche la pietà.

Anni dopo, quando ormai i cadaveri erano scomparsi, e anche i bambini (ma le donne evitavano quel buio luogo di lamenti e di morte, e nessuno voleva entrare fra quelle mura che trasudavano ancora l'eco dei milioni di lamenti che avevano assorbito), ecco che un giorno Nazim, passando di là per i suoi affari, getta l'occhio in un angolo del cortile, e vede luccicare qualcosa di rosso e d'oro, familiare.

Erano gli avanzi della pezza di seta di damasco rossa e oro, quella che tanto tempo prima Zareh aveva regalato ad Azniv, e che era diventata il suo portafortuna, la sua coperta nel deserto.

Morta Azniv, qualche altra donna l'ha presa, e se l'è messa intorno, e poi è morta anche lei, nel caravanserraglio, ma l'hanno caricata nuda sul carro dei morti, com'è costume.

E la pezza è sfuggita ai ladri, e a tutti i saccheggiatori che si sono divisi le spoglie degli armeni. Forse avvolgeva qualcuno di ancora vivo, forse chi c'era dentro non era morto da troppo tempo, e l'odore orrendo è stato più forte della bramosia di saccheggio.

Ora, Nazim si accosta e prende quei resti in mano, con reverenza. Soffia sul cencio di seta pesante, ed ecco appare una rosa di fili d'oro in rilievo, che sembra ancora intatta, e l'odore oggi è solo quello secco, asciutto del deserto e della polvere onnipresente.

Così, Nazim lo scuote e lo ripiega con religioso rispetto, come se maneggiasse una reliquia. Ma nel centro di quell'unica rosa intatta, come annodato nell'oro del cuore della rosa, uno spessore irregolare si rivela alle sue dita esperte. E voltando la stoffa, sul retro appare, nascosta nello sporco, una robusta taschina chiusa di tela di sacco, sembrerebbe: e quando Nazim col suo coltelluccio taglia il filo in un angolo, ecco che scivola fuori un anello, ed è l'anello di Sempad, che mille volte ha visto brillare sulla mano grassoccia del farmacista.

Per un po', Nazim pensa di tenerlo, e magari domani di riconsegnarlo a Nubar. Ma poi, realisticamente, decide che un mendicante non può andare in giro con gioielli, ne va della sua reputazione, e lui ai suoi colleghi della Confraternita sembra già abbastanza stravagante con le sue manie di salvar gente, pur essendo un turco.

Dunque, l'anello si venderà. "E il ricavato, infine" pensa Nazim, "io me lo merito tutto", e così si mette il cuore in pace e cerca un acquirente, cosa non facile. Ma oggi, lo ha appena venduto davvero, l'anello, e la bella somma ottenuta gli scalda la tasca.

"Ed ecco il destino ha disposto altrimenti" riflette velocemente Nazim, "eccolo a riscuotere il denaro che mi ha affidato."

«Sia allora così» dice a Zareh, «andrò. Preparerò il

ritorno di Nubar, guarderò la sua casa e i suoi beni, e mi chiameranno d'ora in poi Nazim il custode zoppo, perché tu capisci, dottor Zareh, io non posso presentarmi come delegato della vostra famiglia facendo il mendicante.»

Zareh acconsente gravemente. E nelle nuove vesti di fattore e uomo di fiducia, su un bel mulo grassoccio e mansueto, con un carretto non vistoso ma solido, e un ex compare come servo e stalliere, Nazim pochi giorni dopo riparte da quella città di Aleppo, la magica Aleppo, che era sicuro di non più abbandonare.

Man mano che percorrono il territorio degli armeni, che oltrepassano villaggi e paesi, un silenzio sempre più fitto li avvolge. Solo i rumori consueti della natura li accompagnano, ma non c'è quasi più traccia di attività umana.

"E soprattutto" riflette Nazim, "non si sentono più le campane." Le campane che rintoccavano di villaggio in villaggio, che scandivano le ore dei pasti e l'avvicinarsi della notte, e l'albeggiare: ora le chiese sono distrutte o bruciate, i preti sono scomparsi, le scuole vuote.

Nazim borbotta fra sé e pensa ad Azniv, a Shushanig, a tutta la famiglia: ma il suo umore peggiora molto all'idea che gli toccherà riprendersi le due mogli e sopportare le loro proteste per essere state abbandonate senza una parola, così, all'improvviso (il fatto è che Nazim sapeva benissimo che, fra tutte e due, nessun segreto avrebbe resistito, e allora è scomparso con Ismene e Isacco, saggiamente non confidandosi con nessuno).

Ora però rientra in tutt'altra veste. Dovrà escogitare qualcosa, e dire qualche mezza verità anche a suo figlio, al quale partendo ha affidato il mestiere e le donne. Said sembra un bonaccione grande e grosso, ma è un mendicante assai abile, forse troppo abile, a giudizio del padre, che non ha mai visto in lui, aldilà della bonomia di superficie, un gesto o un movimento di spontanea affezione.

"A me non è mai piaciuto" riflette Nazim seduto sul carretto che il mulo pian piano trascina avanti. "Chissà poi se è figlio mio, non ne sono mai stato del tutto sicuro." E l'idea che la sua brutta prima moglie lo abbia addirittura tradito lo riempie, ancora una volta, di divertito stupore. Poi si fa passare le malinconie, non c'è tempo da perdere: la sua nuova identità di fattore non se la sente ancora bene addosso, mentre è il momento di abbandonare del tutto il sottomesso servilismo del mendicante.

La Piccola Città è vicina, e Nazim si avvia verso il quartiere armeno. Come portato dal vento, un profumo nell'aria investe i due uomini, un profumo intenso come di frutta matura e di miele, che egli riconosce immediatamente. Sono i tigli in fiore del grande viale che circonda il sobborgo, insieme al profumo sottile delle grosse rose rosse vellutate dei giardini nascosti dietro le case.

Ma il suo naso acuto non percepisce gli altri odori che si aspetta, che ci sono sempre stati in sottofondo: stallatico, pecore, i grandi buoi che inclinano le corna stellate sull'antico abbeveratoio; e poi il cibo: le melanzane, i pomodori, l'aneto, il pane, il forno, l'aguzzo acido profumo dello yogurt messo a maturare sui davanzali, coperto da una teletta leggera.

Come Aris qualche mese prima, anche Nazim procede circospetto per le vie familiari, inseguendo odori e rumori scomparsi, ma solo il pesante profumo dei tigli aleggia indisturbato, e diventa odore di morte, di corpi sfatti, dei fiori decomposti di un funerale di tanto tempo prima.

Molte case sono ciechi simulacri, occhiaie spente di finestre vuote di vita; in altre si sente una presenza, ma nascosta, guardinga, quasi in punta di piedi.

Anche Nazim passa davanti alla casa di Sempad, e la vede in buono stato, abitata da altri. Una bambina e un maschietto sui cinque anni si inseguono gridando e scompaiono dietro la siepe. A questo punto, come per una decisione improvvisa, Nazim smonta, si assesta con cura il fez in testa e consegna le redini al suo compagno.

Lui può entrare, lui può protestare, lui è turco. E senza fermarsi a riflettere, forte del suo buon diritto, entra a grandi passi nell'atrio ombroso, dove tante volte ha aspettato Sempad (non Shushanig: lei lo riceveva sempre in cucina, e Araxy la cuoca ridente gli serviva qualcosa di buono), e chiama la gente di casa. Mentre un viso femminile sbircia da dietro una tenda, e si sentono passi veloci allontanarsi nel retro, al circospetto, grassoccio signore che si affaccia, Nazim dice secco:

«Questa non è casa vostra. È la casa del farmacista Sempad, che è stato ucciso dai banditi. E ora appartiene a suo figlio Nubar, che presto verrà a riprendersela. Spero che voi abbiate un altro posto dove andare».

Il signore grassoccio impallidisce visibilmente. Poi si fa forza, e tenta una frase minacciosa: «Tu chi sei, un traditore? Di che ti occupi? È stato il governo a darci questa casa».

Nazim ribatte sornione: «Quale governo? Quello degli assassini? Li stanno processando tutti, non ne sai niente? O facevi parte anche tu di quella banda?». E poi guarda fisso quei lineamenti ordinari, alterati, su cui la recente albagia ha steso un velo che maschera a stento l'abitudine all'ossequio, e riconosce. Riconosce il macellaio Sabouh dal facile inchino, umile fornitore di carne ben frollata, e ricorda come Sempad gli fece venire una medicina speciale per il figlio ammalato, come Shushanig invitava le figlie a far merenda coi suoi bambini; e come il giorno in cui le armene partirono, e Azniv gli chiese un po' di carne macinata per fare polpette da portar via, il macellaio prima non voleva servirla, e poi pretese una cifra esorbitante.

Ma il macellaio non ha riconosciuto lui. Nessuno guarda bene un mendicante. E così Nazim fa il viso di pietra, e dice:

«Non avrai molto tempo, per andartene. Il cugino del vecchio padrone è già qui. Tu comincia a fare i bagagli. Io ritornerò domani, non disturbarti a cercarmi».

L'altro lo guarda con odio, ma Nazim, che gli ha già voltato le spalle, tutto preso dal suo nuovo ruolo di vendicatore, esce in fretta e monta sul carretto. Abilmente, il suo compare gli porge le redini e sale dall'altra parte, fischiettando.

Adesso c'è da trovare Aris, ma Nazim conosce i suoi armeni, e va direttamente alla chiesa. E infatti lui è là, occupato a costruire una solida palizzata intorno al cortile, con due ragazzi servizievoli che gli porgono le assi di legno. Ha la bocca piena di chiodi e l'aria molto professionale, ma ogni tanto sbircia di lato, subito rassicurato se non vede nessuno.

Nazim gli si avvicina dal dietro, e gli appoggia con fermezza una mano sulla spalla. I due ragazzi arretrano con un balzo e corrono in chiesa, mentre Aris per poco si strangola coi chiodi, poi li sputa tutti per terra e si volta sbarrando gli occhi e farfugliando qualcosa. Lui non conosce Nazim se non di fama, non l'ha mai visto in faccia, ma con gli estranei è sempre meglio partire sul morbido.

Nazim gli legge dentro, e ha pietà di lui. Si dà del rammollito, ma non è più capace di inganni feroci, non con queste povere anime sperdute che ancora, pensa sprezzantemente, tornano come agnelli, come mosche importune, sui luoghi dove sono stati massacrati, seguendo il richiamo ancestrale dell'antica patria.

«Chi sei tu?» gli chiede, abbastanza gentilmente. «Sei il prete?» Ma poi s'interrompe, perché il prete, con la tonaca rimboccata, esce proprio in quel momento dalla porta sbilenca della chiesa. E Nazim lo riconosce subito, va a rendergli omaggio e a spiegargli la sua trasformazione. Padre Michael è solo felice per l'incontro, chiama Aris e i due ragazzi, e tutti insieme si siedono a bere un bicchiere di tè in santa pace e a fare progetti.

Aris è tutto contento, e il prete anche. Nelle loro semplici anime, la sola presenza di un turco benevolo, che sta dalla loro parte, sembra aver risolto ogni problema. Non importa più il peso degli orrori attraversati, delle memorie spaventose, degli incubi ricorrenti, della solitudine che pesa sempre di più man mano che il mondo sembra ritrovare un suo ordine: un ordine che però esclude gli armeni, anche se bussano, anche se piangono. Tuttavia, ostinatamente la speranza rinasce, e una cieca fiducia nelle potenze alleate, nei francesi e negli inglesi che tanto chiasso hanno fatto sullo sterminio del popolo armeno durante gli anni di guerra.

Ma Nazim fiuta più a fondo, e non è molto convinto. Eppure si presta, con innata abilità, alla rinnovata speranza, sorride e si concede perfino qualche scherzo. E quando spunta la scatola del tric-trac di Aris, con gioia si fanno un paio di partite, il prete con la tonaca blu rimboccata sui magri polpacci, Aris con la sua aria da elegantone di periferia, mezzo filibustiere mezzo furbacchione, e Nazim che porta con sicurezza e dignità i panni dell'agiato fattore (gli manca la pancetta rotonda, ma negli anni di guerra nessuno si è sfamato a sazietà). Alla sera, mangiano insieme il cibo preparato da Talin, per una volta senza brontolare, e si addormentano insieme, pacificati: Aris con la famiglia, in casa, padre Michael e Nazim, avvolti nella stessa coperta, sul pavimento della chiesa, visto che la porta non si è riusciti ancora ad aggiustarla, con un robusto bastone a portata di mano.

E l'estate passa, e passando, coi tempi immutabili delle stagioni, ristabilisce la forza delle abitudini quotidiane. Solo Nazim ha per forza cambiato le sue. Ha rivisto le sue mogli, le ha ben provvedute di denaro e raccontato loro che ormai è un uomo d'affari, che è ritornato per certi suoi traffici. Se vogliono avere soldi da lui regolarmente, devono assolutamente ignorarlo. Fa lo stesso discorso al figlio, che ne è ben contento perché l'arrivo del padre mette a rischio le sue lucrose tresche di intermediario in molte delicate trattative, soprattutto intorno all'oro degli armeni. Che il padre stia per conto suo gli sta bene, e spera solo che presto se ne vada di nuovo.

Alcune donne hanno cominciato a raccogliere i bambini per fare un po' di scuola. Sono bambini inselvatichiti e avidi, abituati a battersi contro tutti, spesso reduci da inauditi maltrattamenti, da una terribile scuola di sopravvivenza che li ha addestrati alla vita di strada, alla fame perenne, al furto, all'accattonaggio. Le bambine sono anche più sfacciate, e si tirano su la vestina a ogni momento.

Ma c'è quel tesoro della missionaria americana, Miss Evelyn Brown, tornata da un paio di mesi, che le conforta e le aiuta. Addestra un gruppo di ragazze a diventare infermiere, e le fa rifiorire. Riapre il piccolo ospedale, riorganizza il servizio dei medici superstiti, il dottor Kapriel e il dottor Aram, cugini e vecchi amici, che sono sopravvissuti perché facevano un internato insieme a Costantinopoli nella terribile primavera del 1915. Hanno perso tutto, delle loro famiglie si sono salvati solo un paio di parenti, e sono tornati con i missionari, per dedicarsi alla ricostruzione.

Un vento di patetico, struggente orgoglio soffia sulla Piccola Città. Dagli Stati Uniti e dall'Europa, parenti e benefattori mandano denaro e provviste, coperte e latte in polvere. Volontari americani, inglesi e scandinavi uniscono le loro forze: in tutto il mondo si parla degli *starving Armenians* e del disperato sforzo dei superstiti di quella piccola infelice nazione per non scomparire del tutto. Della storia di Aurora Mardiganian si fa un film a Hollywood, e la giovane armena protagonista di un'odissea incredibile attraverso la Russia e la Siberia diventa celebre in tutta l'America. L'associazione fondata dall'ambasciatore Henry Morgenthau al suo rientro negli Stati Uniti, il Near East Relief, raccoglie milioni di dollari e li manda in Anatolia insieme a decine di coraggiosi missionari.

Serviranno per gli orfanotrofi, che si vanno riempiendo dei ragazzini finiti a fare i servi in famiglie turche, e delle bambine maltrattate e segnate per sempre (a volte anche tatuate, in segno di possesso, con fitte incisioni blu disegnate sul viso).

Yerwant e Zareh seguono le cose da lontano, ma assiduamente. Hanno attivato un sistema assai efficiente di contatti, tramite l'ex ambasciatore che già ha aiutato Yerwant, il conte Giusto degli Adimari, e il console italiano ad Aleppo. L'Anatolia brulica di italiani, che come gli inglesi e i francesi cercano di trarre profitto dalla sconfitta degli ottomani. Così, partendo da Smirne, c'è tutto un via vai di mercanti, di faccendieri di ogni tipo, di venditori di armi e munizioni che si addentrano nell'interno, sostituendo i tedeschi, che sono tutti scappati con la fine della guerra. Anche la graziosa Fräulein Nussbaum, una bella mattina, ha fatto i bauli e se n'è andata con la moglie del console sua amica, portandosi via un orfano, Hovakim, a cui si era molto affezionata.

«Adotterò Hovakim, e gli metterò nome Kuno, o forse Karl, che ne dite?» annuncia giuliva a Ismene e Isacco che, solenni e con le facce di circostanza, la aspettano sulla porta per augurarle il buon viaggio. Il piccolo Hovakim, tutto vestito a nuovo, sta impettito e sorridente, ma all'idea del nuovo nome il viso gli si contrae.

«È troppo scuro di pelle per essere un Karl, tutti lo prenderebbero in giro» dice con gravità Ismene, che sta frugandosi la mente per trovare un nome decente, che non suoni del tutto inospitale al bambino. «Perché non lo chiami invece Armin, che è un nome tedesco ma suona quasi come "armeno"?»

Il bambino sorride soddisfatto, Fräulein Nussbaum anche, e Ismene pure (con un certo sforzo: le pare di vedere cupe nuvole lontano, di sentire un tambureggiare di tuoni, in fondo in fondo).

Poi la carrozza si avvia, e Ismene si siede a riflettere. "Fossero tutte così facili, le soluzioni" sospira, e tira fuori dalla tasca la lettera che, dopo molti giri tortuosi, le è arrivata questa mattina.

È Araxy la cuoca che scrive da Alessandria. Dopo tante lettere senza risposta al dottore Yerwant, finalmente Araxy, pur distratta, e acquietata dalla sua confortevole vita nel bordello di Alessandria, si è ricordata di Ismene. E ha deciso di cercarla. Si vergogna a raccontarle che ora fa la puttana, e anche bene; ma vuole notizie, sapere se i bambini si sono salvati, e il destino di Azniv, la sua sorella di latte.

E poi c'è Nubar, il suo buffo, rotondo piccolino dal nome sonoro: lei sente che lui si è salvato, lo sa da quella sera in cui tutto è incominciato, quando morì il vecchio Hamparzum, e Nubar era lì, col suo grappolo d'uva. Ma vuole sapere dov'è, e vorrebbe riabbracciarlo.

Così Ismene, la greca dalle mille risorse, astuta come l'antico Ulisse, le è sembrata la persona giusta: e allora si è informata freneticamente da tutti i clienti e dalle altre donne, senza successo: finché un giorno un vecchio mercante arabo, che si serve di lei regolarmente, una volta al mese, le porta per distrarla, conoscendo la sua passione per le storie, un foglietto col testo della canzone di moda, la ballata dello zoppo Nazim. I versi sono sgangherati, ma la musica è vispa e trascina, e Araxy comincia a canticchiare la melodia, che la rende eccitata e nervosa. Ma infine la storia le si dischiude, diventa stranamente familiare, e Araxy riconosce, nell'aiutante dello zoppo, la sua Ismene, la greca che si cura dei morti, e la storia della fine della famiglia.

"Aleppo, già" riflette fra sé. Ad Aleppo c'è anche il dottor Zareh, si ricorda; e decide di mandare presso di lui la lettera per Ismene, in cui racconta la sua storia e chiede notizie. Chissà se potrebbe ritornare anche lei? Una improvvisa nostalgia della sua cucina calda la stringe alla gola.

E così, dopo molti giri e molto tempo, la lettera è finalmente arrivata nelle mani di Ismene. Subito Isacco la apre e gliela legge.

"È una lettera strana" pensa subito Ismene, che si accorge della reticenza di Araxy, che tace su se stessa e sulla sua sopravvivenza, e dice solo, di sfuggita, che dopo molto vagare è arrivata a Smirne, ma non spiega dove e come, né perché adesso è finita ad Alessandria. «C'è un uomo di mezzo, senz'altro» riflette a voce alta la greca, parlando con Isacco, e la cosa la rassicura, perché le par di capire che la bella cuoca allegra e di bel carattere che piaceva a tutti almeno non è finita ad appassire in qualche harem lontano.

«Forse ha sposato un marinaio greco, o un levantino» suggerisce bonariamente Isacco. «C'è l'indirizzo?» L'indirizzo c'è, ma Ismene non sa scrivere, e per molti giorni la lettera rimane senza risposta in fondo a una delle sue capaci tasche, finché Isacco una sera, con garbo, non gliela fa tirar fuori e si mette lui a rispondere.

Racconta da capo tutta la storia della salvezza dei bambini, e di Nubar che si è ripreso benissimo e che adesso sta in Italia, affidato allo zio. Racconta di Nazim e di Ismene e non parla di sé, se non per dire che è andato via insieme a loro e che la moglie Katerina è morta. Si vergogna un po' a mettere per iscritto che si è sposato di nuovo, e con Ismene, per giunta: quindi su questo tace. Racconta della morte di Veron e del sacrificio di Azniv, e poi di Zareh e dell'aiuto del tenente Djelal, della moglie del console francese e della cuoca normanna, e conclude con semplicità invitandola a tornare a Smirne, con loro, a occuparsi insieme dell'orfanotrofio tedesco, che adesso dopo la guerra naturalmente ha cambiato nome.

"E siamo tutti insieme, adesso, uniti e in pace" conclude col piglio un po' enfatico che gli viene solo quando scrive, "perché non ci raggiungi e torni a fare la cuoca qui?" (Isacco non si permette di mostrare curiosità eccessive per il destino della giovane Araxy negli anni di guerra, e pensa serenamente al futuro.)

La lettera parte, e arriva abbastanza velocemente a destinazione, causando nel cuore e nella mente della povera Araxy uno scompiglio terribile, e molta confusione. Che fare? Non ha parenti, i suoi genitori sono morti nel massacro del 1896, e lei, orfana di pochi mesi, è stata raccolta ed educata da Shushanig e da Madame Nevart. La famiglia del farmacista era la sua famiglia, e correrebbe subito da Shushanig, se fosse ancora viva. A lei – e solo a lei – potrebbe raccontare tutto, anche l'amore che il suo cuoricino disperato ha votato al bel filibustiere Stavros Anastasiopoulos, il fratello dell'ostessa che l'ha accolta a Smirne.

Ma il mestiere ormai le è entrato nel sangue, anche se ogni tanto, ad Alessandria, Araxy va nella chiesa armena, depone un'offerta e parla col prete. Si è sempre messa il cuore in pace dicendosi di non avere altra scelta. Ma ora, ora la scelta si offre, ed è buona, andrebbe con gli amici di un tempo, ritornerebbe nell'unica casa che ha conosciuto, in una calda cucina con Ismene, Isacco, tanti bambini e certo i ritratti di Sempad e Shushanig appesi al muro, con una coroncina di fiori e un piccolo crocifisso sotto.

Ma ormai, si persuade Araxy, è troppo tardi. Sono passati ben quattro anni. Nella vita morbida e innaturale del bordello si è adagiata voluttuosamente, ha imparato ogni abilità del mestiere, si alza tardi, si profuma e si trucca pesantemente, e ha tutto un corredo di vestaglie di seta colorate che i suoi clienti le portano, insieme ai dolcetti al miele di cui è ghiotta. Ghiotta, golosa e sensuale, Araxy non ha più dovuto affaticarsi le mani a sbucciare, pelare, sbollentare, cucinare, lavare pentole e piatti. Le sue manine morbide ora toccano solo cuscini di raso, lenzuola di seta – e i clienti più esigenti.

E nella casa la madama la protegge come una proprietà preziosa di cui aver cura: nessuno le chiede se è armena o circassa, vogliono lei perché è brava, e distribuisce con garbo e allegria quell'illusione di lusso e di tenerezza opulenta che gli uomini sognano. Una fitta dolorosa la prende, e un attacco terribile di nostalgia, ma Araxy sa, nel suo docile cuore, che per lei è ormai davvero troppo tardi, e che comunque non saprebbe come dire che se ne va al suo esigente protettore, che se si ingelosisce o si arrabbia le rifila pure qualche schiaffo, ma mai troppo forte, «Per non rovinare la merce, e perché sono troppo buono» dice sempre alla fine con un sospiro conciliante.

E lei, davvero, lo ama. Così scrive a Ismene che non può proprio andarsene da Alessandria, dove ha un lavoro che le piace, e le chiede soltanto di tenerla informata su Nubar. "Quando sarò vecchia e avrò smesso il mestiere" sogna a occhi aperti Araxy, "mi comprerò un bel vestito scuro, con una camicetta gialla e sopra un bel cammeo, e scarpe coi tacchi, e una valigia di vero cuoio con le etichette" (supremo sogno del viaggio e dei grandi alberghi), "e me ne andrò in Italia a trovare Nubar. E prima gli manderò dei soldi, che si compri le cose che gli piacciono, a lui poverino esiliato così lontano. Ma non posso scrivergli, non va bene che una lettera scritta in un bordello arrivi nelle sue mani, o in quelle del dottor Yerwant, loro non devono sapere."

E così si rivolge a uno dei suoi clienti speciali, un banchiere copto che le ha perfino proposto di fare di lei la sua amante, e di metterle su un bel quartierino in un sobborgo elegante (ma Araxy ha gentilmente detto di no, da sola si annoia). E per molto tempo, ogni inizio d'anno, una bella somma sarà accreditata in favore di

Nubar presso la banca di Yerwant: e nessuno dei due riuscì mai a scoprire chi fosse l'anonimo donatore.

Intanto Ismene, dispiaciuta – ma non così sorpresa – per la risposta di Araxy, sta gustando la sua indipendenza, e comincia a fare progetti grandiosi. L'orfanotrofio è suo, ora, ed è protetto dalle autorità greche e dal vescovo Chrysostomos. Ha solo dovuto accettare qualche bambino, proveniente da uno dei villaggi greci del Ponto selvaggiamente saccheggiati e spopolati dalle bande dell'Organizzazione Speciale: una tragedia come quella degli armeni, ma ancora meno conosciuta.

I greci sono tre, due maschietti e una bambina, curiosamente somigliante alla perduta Henriette, e come lei taciturna. Sua madre l'ha protetta col suo corpo, morendo, e il suo sangue è colato attraverso il divano su cui giaceva, goccia a goccia sulla piccola nascosta sotto, che è rimasta là per ore. «Taci, qualunque cosa succeda» le aveva ordinato la madre, e lei si è murata in un silenzio come d'acqua profonda, totale, ma non ostile né difensivo, persuasa che, se ubbidirà, la mamma prima o poi ritornerà da lei. Non piange neppure se si ferisce, la piccola Theodora, che porta sulle gracili spalle con infantile dignità il peso di un nome così importante.

Ovviamente, Ismene se la prende come figlia, e le parla fitto fitto nel dialetto di Chio: e non le dà nessun fastidio che la bimba non risponda, così può leggere nei suoi occhi la risposta che vuole. Se la tira dietro dappertutto, infagottata in un abitino rosso fuoco che ha comperato apposta per lei, e le aggiusta un nastro nei capelli, ogni mattina di un colore diverso.

Ha smesso del tutto di sognare, tutta immersa com'è nelle quotidiane faccende dell'orfanotrofio. Yussuf una sera è tornato: ha pensato per un momento di raggiungere i soldati turchi in ritirata, ma poi ha velocemente riflettuto che non gli conveniva, che un esercito sconfitto non ha molte elemosine da dare; e allora nel profondo del suo cuore astuto e avventuroso si è accesa una piccola luce di tenerezza e di benessere. Si è accorto anche lui che con Ismene e Isacco si sta bene, che in qualche bizzarro modo, con loro due e i cinquanta bambini, ormai ha fatto famiglia.

E verso la famiglia si deve essere leali. È a loro e ai bambini (non importa proprio a Yussuf che siano greci o armeni, che siano musulmani o cristiani) che rivolge adesso tutta la sua notevole intelligenza, finora malamente e parzialmente impiegata al servizio della Confraternita. Come un mantello logoro, il suo egoismo gli scivola giù dalle spalle, ed è un nuovo Yussuf, tutto allegro e pieno di sorprese, che si presenta dopo qualche giorno di assenza a Ismene, senza giustificarsi e senza raccontare niente.

Ma Ismene sa leggere nei cuori, e anche lei non dice niente. Semplicemente, Yussuf è là, e non avrà più segreti (quelli pesanti del passato, che restino deposti là, nella melma del fondo del cuore).

Un vento carico di gioiose promesse soffia sull'antica città. Smirne rivive, con le bandiere al vento, come uscita da un incubo secolare. La bella infedele si è svegliata libera, e va dove la porta il suo antico istinto di grande città marinara, seguendo i venti e i capricci del mare. Una lieta babele di barche, pescherecci, navi passeggeri, navi da guerra, feluche e bastimenti arriva e parte dai grandi moli su cui vigilano i ricchi edifici mercantili e i magazzini strapieni del lungomare. C'è posto per tutti, il caicco di Chio vicino al grande *steamer* americano. Le belle signore opulente della borghesia smirniota, le avventuriere levantine, le eleganti *maîtresses* degli ufficiali di marina fanno a gara nell'organizzare pranzi, feste da ballo, picnic sull'erba. Si balla ogni sera dappertutto; al Casinò cospicue ricchezze passano di mano ogni notte. La società si apre. Si aprono le case segrete dei ricchi armatori greci, dei commercianti di bachi da seta e di grano, di fichi polposi e di uva sultanina, dei trafficanti di tutte le razze che costituiscono l'anima profonda della città, e le danno il suo inimitabile, scintillante splendore, come di un'onda che brilla e accoglie chiunque, senza distinzioni. Tutti sono (o appaiono) ottimisti, e vedono schiudersi un futuro promettente, sotto la tutela delle grandi potenze vincitrici. Solo nel quartiere armeno, nello *Haynots*, la gente si aggira ancora con prudenza, atteggiando il viso a modestia, a inespressiva atonia.

L'Italia, che pochi anni prima si è presa Rodi e le isole del Dodecanneso, tenta un'ipoteca su Smirne e il suo territorio, in gara con la Grecia che rivendica, si grida, una città che è già greca, dove la popolazione è in maggioranza greca, una delle città che si contendono la nascita di Omero. Ma quando l'esercito greco sbarca in città, nel maggio del 1919, seguendo un'illusione, un sogno temerario e romantico, tutte le nazioni alleate si scoprono rivali, bramose del possesso della terra anatolica e delle sue ricchezze, dell'alleanza coi nuovi padroni dell'Impero, e soprattutto col brillante stratega, il generale Mustafa Kemal, che dal fondo dell'Anatolia sta prendendo in mano il paese.

Mal guidato e male equipaggiato, spesso addirittura affamato, l'esercito greco si addentra troppo in profondità nel territorio, si allontana dalle sue basi, si sparpaglia pericolosamente. E alla fine una disastrosa sconfitta, ahimè negata fino all'ultimo momento da chi doveva vedere e non guardava, segnerà la fine di ogni illusione di rivincita, e insieme della splendida Smirne e della millenaria civiltà greca d'Asia Minore.

Ma nella fulgida estate del 1919 tutto sembra invece sorridere, ai soldati greci e al popolo festante. Festante e incattivito, perché sui turchi della città e dei villaggi dell'entroterra si scatena, improvvisa e letale, la vendetta dei greci sottomessi. E tutto quello che nei terribili Battaglioni di Lavoro e nello stillicidio dei maltrattamenti e delle ruberie i contadini greci della Ionia hanno subito negli anni di guerra, riesplode con violenza contro i loro vicini turchi. Tocca a loro, adesso, soffrire e sottomettersi. Ma a Smirne l'ordine è stato prontamente ristabilito, e i responsabili dei disordini, lestamente impiccati. La città si adatta in fretta ai nuovi padroni. Il Piccolo coro armeno di Isacco, che ormai è ben conosciuto, allarga il suo giro di concerti, visto che adesso si può andare dappertutto, anche nei paesi vicini, senza bisogno di precauzioni o permessi. Il repertorio si è ampliato, comprende molte canzoni greche, e l'inno nazionale. Così Isacco e i bambini (ma molti sono ormai adolescenti) cominciano a guadagnare qualcosa, a essere riconosciuti: tutti vanno a scuola, e le buone famiglie armene di Smirne fanno a gara per diventare i loro padrini nei solenni riti della Prima Comunione e della Confermazione.

Molti dei ragazzi già lavorano, in città c'è da fare per tutti, e alcuni sono stati scelti per proseguire gli studi; i padrini e il Vescovo provvederanno alla retta delle scuole. C'è fra loro un bambino solitario che a scuola è bravissimo, e per il resto del tempo studia o guarda nel vuoto. È gentile però, servizievole, accomodante. Non ha mai litigato con nessuno, e non si è legato con nessuno. Non ha amici né nemici, sta per conto suo e sorride ogni tanto pian piano nel vuoto.

Ma un giorno lo mandano a chiamare in Arcivescovado, e fa così buona impressione su un agiato dentista, che ha solo figlie femmine e vorrebbe adottare un maschio, appare così serio, educato, riflessivo, che il dentista entusiasta lo sceglie e se lo porta via, a casa sua, dove il ragazzo, che si chiama Coren e non sa neppure il suo cognome, viene ufficialmente adottato, prende il nome della sua nuova famiglia e ci si trova talmente bene da decidere che farà anche lui il medico dei denti e da grande sarà il protettore della Signora e delle nuove sorelline.*

Per tre anni il piccolo Coren studia con fervore, e comincia ad aiutare il nuovo papà nel suo rinomato studio dentistico: preciso e diligente, impara in fretta a far accomodare i pazienti, a porgere gli strumenti e il bicchierino dell'acqua. Un'umile riconoscenza trabocca da ogni suo gesto: non dimentica una ricorrenza, un compleanno; teneramente aiuta le bambine nei loro giochi e si presta, paziente, ai loro capricci.

Ma nella tragedia di Smirne, Coren perderà anche la seconda famiglia, e – sfuggito per miracolo al massacro e all'incendio – troverà rifugio in Italia dove, lavorando e studiando di notte, riuscirà infine a diventare dentista, compiendo il sogno del suo padre adottivo.

Viveva a Padova. Della sua sala d'attesa la bambina ha un ricordo minuzioso e affettuoso. A lei non sembrava

* La storia completa di Coren è raccontata nel suo libro autobiografico: Coren Mirachian, *Da pastorello a medico*, Stediv-Aquila, Padova 1986.

di andare dal dentista, perché ci accompagnava soltanto zia Henriette, che aveva molta paura e le stringeva freneticamente la mano. Ma là all'improvviso si apriva una tenda verde scura e appariva il dottore, piccolo e rotondetto, con un gran sorriso e la caramella Dufour alla ciliegia già pronta in mano, che infilava subito lui stesso in bocca alla bambina, come per un piccolo rito segreto: la maggior parte delle volte la zia, tutta agitata, non se ne accorgeva neppure. Poi si entrava nel gabinetto vero e proprio, luccicante di apparecchi bianchi, e la bambina veniva fatta sedere su uno sgabello rotondo che, girando, si alzava sempre di più. E mentre trafficava nella bocca aperta della zia – che così doveva star zitta –, il dottore le raccontava storie meravigliose, di come era scappato dalla famiglia turca che lo faceva lavorare come pastorello, di come era arrivato all'orfanotrofio, e poi era stato adottato e aveva vissuto col buon dentista tre anni di felicità rasserenante, di come tutto era crollato improvvisamente, e la vita si era riempita di nuovo di orrore, massacri, fuoco, morte.

Di nessuno parlava male il buon Coren, che era sopravvissuto perché, nel momento in cui i soldati turchi erano entrati nella casa del dentista e avevano ammazzato tutti, lui era fuori per una commissione. Rientrato, aveva scoperto i corpi insanguinati dei suoi benefattori. Vedendo però che la casa era quasi intatta, aveva capito che non c'era il tempo per piangere, né per seppellire i morti, che forse gli assassini, o altri saccheggiatori, sarebbero presto ritornati, e così si era nascosto sotto la vecchia cabina di legno all'estremità del giardino, che serviva per cambiarsi gli abiti quando la famiglia andava al mare (la casa per fortuna era proprio sul mare).

In mezzo ai profumi e ai fiori del giardino, infreddolito, bagnato, affamato, il ragazzo aggrappato sotto il pavimento della cabina aspettava la morte e pregava le sue mamme perdute di venirgli in soccorso. Sentì i soldati turchi, i loro pesanti e lugubri scherzi mentre perlustravano il giardino; contemplò per un tempo infinito la testa rapata e rotonda di una giovane recluta, addormentata placidamente sotto il bersò di roselline selvatiche dove la signora Hélène e le sue figlie avevano tante volte servito il tè alle amiche. Ricordava Coren che in quelle lunghe ore del sonno del soldato un moscone si era posato sulle sue mani sporche di sangue, e vi era rimasto appiccicato, muovendosi sempre più debolmente, finché il soldato si era svegliato con un sonoro sbadiglio, avveva sputato per terra raschiandosi la gola e distrattamente schiacciato l'incauto insetto.

«Così mi sentivo io, un insetto sperduto» dice alla bambina il dottore, e sorridendo fa il gesto di schiacciare qualcosa di piccolo tra il pollice e l'indice. «Poi, la terza notte, mi sono buttato in acqua con tutti gli altri disgraziati e Dio ha voluto che un marinaio di una nave italiana si impietosisse proprio di me. Forse gli sono apparso come un fratellino minore.»

La bambina ascolta ammirata, la zia bofonchia qualcosa a bocca aperta, ma nessuno le bada: Coren guarda la bambina dai grandi occhi armeni e ritrova le sue sorelline, la bambina vede che Coren somiglia al nonno che se n'è andato da poco, con le sue storie meravigliose, e il suo piccolo cuore si rasserena. Il dottore le strizza l'occhio, ma lei ancora non sa rispondere, e si affretta a chiuderli tutti e due.

Hagop e Sylvia intanto lavorano sodo. Il loro amore continua inalterato, dando gioia a entrambi. Nella loro stanzetta Sylvia coltiva erbe odorose e gerani in due grandi latte da olio, che Hagop ha ricevuto in regalo per i servizi che rende al vecchio *pandopolio* della piazzetta vicina. È svelto e ha cominciato a sorridere, e questo piace ai clienti. Ma scappa continuamente dal magazzino per correre a vedere come sta Sylvia, e questo non piace, anche se tutti portano pazienza perché conoscono la sua tragica storia: ce ne sono tante, a Smirne, di storie tragiche!

Nel quartiere armeno, lo *Haynots*, sovrappopolato per via dei rifugiati, circola un'aria, adesso, di quieta speranza. «Però, questi greci sono diventati troppo spavaldi, con la presenza del loro esercito e tutta l'amministrazione civile della città in mano loro, e poi sono un po' troppo duri con quei poveracci del quartiere turco. Sono proprio povera gente, facchini, scaricatori di porto, uomini di fatica» riflettono i vecchi seduti al caffè, giocando svogliatamente le loro infinite partite di tric-trac.

«Non è saggio prendersela con loro» aggiunge Stepan, lo svelto cameriere appena assunto, un altro dei ragazzi grandi dell'orfanotrofio, forse quello che è sempre apparso il meno segnato dalla tragedia, furbo e dalla chiacchiera facile, «e se le cose cambiassero di nuovo? Siamo sicuri che i greci continueranno a vincere? I turchi sono tanto più bravi di noi con asce, accette e qualsiasi arnese si presti a diventare un'arma, e anche coi fucili non scherzano: e, vi dico, loro pensano alla vendetta» e un'ombra gli passa sul viso, eco di antico dolore che Stepan allontana subito chiudendo gli occhi con forza.

Ma la sua è una voce isolata, e gli avventori e il padrone del caffè intanto si sono distratti. Smirne e la Ionia sono parte della Grecia, ormai. Sono arrivati i giornali, con notizie rosee aldilà di ogni speranza, e subito si impone un brindisi al ritratto del re Costantino di Grecia che è appeso al centro della parete, dove prima c'era una vecchia litografia con la battaglia di Navarino (e infatti tutto intorno al ritratto si vede un'ampia fascia di tappezzeria stinta), ma nessuno ci fa caso nella generale euforia: i greci hanno vinto di nuovo.

Così per tre anni la vita a Smirne va avanti tranquillamente, come al solito.

I commerci fioriscono, gli esportatori di frutta secca (i fichi squisiti, l'uva passa, le albicocche, le noci primaticce macerate nello sciroppo), di grano, di olio, di cotone, del rinomato tabacco di Smirne fanno affari d'oro, gli allevatori di bachi vegliano sulle loro delicate e sensibili creature che, si dice, avvertono l'incombere delle disgrazie, l'avvicinarsi del Male. Ma invece i bachi dei greci dei paesi dell'interno, di Bursa e di Akhisar, sono belli come non mai, e i sacchi coi preziosi bozzoli si vendono a ottimo prezzo al mercato.

Solo sotterranei scorrono i presagi funesti. L'esercito greco si è addentrato conquistando nella pianura anatolica, ed è giunto quasi ad Angora, ma i soldati, che combattono senza requie da tanti anni, sospirano licenze che non vengono concesse. Il cibo è scarso e cattivo: pane e aringhe non sostengono a lungo. Gli inverni anatolici sono estremamente rigidi per gente che ha le scarpe a pezzi.

Incattiviti e ansiosi, i soldati greci, quelli della madrepatria e i contingenti reclutati fra i contadini d'Asia Minore, si rifanno sui paesani turchi dell'interno, che si mostrano rivoltosi e violenti, e volentieri tagliano la gola a qualunque greco, se lo sorprendono da solo. Che da questo popolo sottomesso e disarmato sia venuto fuori un esercito in armi, e per di più vincitore, questo i turchi non lo sopportano, gli pare un rovesciamento dell'ordine del mondo, e sempre più guardano con speranza al generale Mustafa Kemal, il condottiero che si sta preparando alla lotta, dalle sue postazioni nel Sudest anatolico, e con disprezzo al debole governo del Sultano, lassù nella corrotta capitale Costantinopoli.

La tragedia è che lo stesso stanno facendo le potenze alleate, quelle che hanno vinto la guerra, e ora, fallito l'intento iniziale di fare a pezzi e dividersi ciò che resta dell'Impero ottomano, fanno a gara per entrare nelle buone grazie del generale, e gli forniscono armi, viveri, protezione politica. Gli italiani, a cui proprio Smirne e la sua regione erano state promesse, nella zona che controllano danno perfino asilo alle bande di fuorilegge, dopo le loro incursioni nei villaggi cristiani. E così, passo dopo passo, e all'insaputa della fiduciosa popolazione di Smirne, scavano il vuoto intorno ai greci e al loro malandato esercito, aspettando, fra traffici di spie e inganni reciproci, il momento in cui il generale Kemal deciderà di sferrare l'offensiva finale.

Ma intanto per tre anni la vita in città va avanti come al solito, come in una bolla di *insouciance*, carezzevolmente, fra commerci e passeggiate sul lungomare, soste in uno dei mille caffè, cinema, tanto cinema, il grande teatro, il Casinò, i circoli degli stranieri, le sale da tè alla moda inglese, le feste nei consolati, il tennis, lo Sporting Club e le grandi ricorrenze religiose nella chiesa greca di Aghia Fotini o nella cattedrale armena di Santo Stefano. Lo snello campanile di Aghia Fotini ancora si affaccia, con l'arco grande sotto i quattro livelli di arcatelle sovrastanti, fino all'orologio e al buffo tettuccio tondeggiante di forma vagamente moresca.

Fiorisce l'importazione di automobili. Stranieri di tutte le razze e religioni si incrociano, ciascuno badando ai propri affari o ai propri piaceri. È vero che il governatore greco della città ha tentato di chiudere le case di prostituzione e le case da gioco, dove patrimoni ingenti passano di mano in poche ore, o almeno ne ha reso difficoltoso l'accesso, ma la spensierata e tollerante "città degli infedeli" si diverte a prenderlo in giro, il povero Sterghiadis, il cretese integerrimo e privo di ogni festevolezza, bersagliandolo di pesanti ironie.

È un clima da ultimi giorni di Pompei, ma i cittadini di Smirne non se ne accorgono. Non hanno di fronte l'imprevedibilità di un vulcano che esplode, si sono immersi nell'illusione della *Megali Idea*, il sogno della riconquista. Si sentono ritornati a casa: è dal 1821 che la Grecia, pezzetto dopo pezzetto, si espande e ritrova la sua unità di nazione ai danni del corpaccione malato dell'Impero ottomano: perché non dovrebbe andare così anche questa volta? Tanto più dopo una guerra perduta? Così pensano i greci di Ionia, la regione che è stata la culla dell'antica e preziosa civiltà greca. Dalla madrepatria sono arrivati i bravi soldati, e vincono: l'orgoglio dell'Impero perduto da cinque secoli, la forza e gli splendori di Bisanzio riemergono, e la ferita della perdita di Costantinopoli si sta rimarginando.

Smirne è grande, moderna, cosmopolita. La gaiezza e lo spirito burlone sono tratti caratteristici della città, che è la seconda dell'Impero e conta circa quattrocentomila abitanti, dove vivono insieme turchi, greci, armeni, ebrei e levantini, e sono tutti d'accordo sul fatto di vivere in un luogo benedetto da Dio, con uno dei più bei porti naturali del mondo e un clima gradevole e mite, con la brezza dal mare, l'*imbat*, che spira ogni sera, e che si va a gustare con una bibita sul lungomare.

Ma il regime delle Capitolazioni* e i commerci non hanno arricchito la minoranza turca. L'equilibrio della città si basava sul fatto che la popolazione turca era più povera, anche se rappresentava i padroni della nazione, e si potevano tollerare i privilegi accordati nella città agli stranieri, la relativa tranquillità di cui godevano le due grandi minoranze cristiane, visti i vantaggi arrecati dal commercio e dalle manifatture smirniote a tutto l'Impero, e soprattutto alla casta degli alti funzionari.

Ma ora, sotto la dominazione greca, la minoranza turca, umiliata e incattivita, è come un vulcano pronto a esplodere, sicché i messaggi e i proclami ben occultati del generale Kemal trovano entusiastiche adesioni e circolano dappertutto.

«Domani vedrete, domani, domani» sussurrano facchini e scrivani, le donne velate e i contadini dell'interno che arrivano al mercato sui loro asini pazienti, «vedrete, vedrete. Breve sarà il vostro trionfo, e la punizione, terribile. Aspettate, cani traditori, e vedrete.»

«Non suoneranno più le vostre irridenti campane, che hanno festeggiato l'arrivo dei greci! Bruceremo le vostre chiese orgogliose, entreremo nelle vostre case superbe, chiuderemo la bocca ai pescatori di Chio, di Mitilene, di Samo, le isole che erano nostre da secoli, qui vicino, a due passi dalla terra che è nostra – e solo nostra. Hanno raddrizzato la schiena e sbarcano sicuri, le mani in tasca e il berretto calato, a fare affari non solo di pesce, e non

* Si tratta dei famosi accordi fra le potenze europee e l'Impero ottomano, secondo cui gli europei potevano continuare a godere dei propri diritti nazionali anche su suolo ottomano, di essere posti cioè sotto l'esclusiva giurisdizione dei propri consolati eliminando le spese doganali sulle importazioni e mantenendo così posizioni economiche privilegiate.

abbassano più gli occhi, anzi, ci fissano spavaldi» sussurrano a mezza voce gli uomini al caffè.

Fremono i turchi di Smirne, nel loro quartiere malmesso, fremono i contadini dei villaggi, mentre circolano informazioni sottovoce: «Il Generale dice di aver pazienza... sta tendendo una trappola mortale, ma guai a chi fiata». Vengono distribuite fotografie del Condottiero, col berretto di astrakan e i gelidi occhi azzurri scintillanti, e la gente comincia a vederlo come l'eroe che riscatterà la nazione umiliata. Hanno bisogno di credere, hanno bisogno di una rivincita dopo l'interminabile serie di umiliazioni subite dall'Impero da un secolo e mezzo. Ancora scotta la perdita della Grecia nel 1821, scottano le guerre balcaniche, con tutti quei miserabili profughi che è toccato nutrire, e i bulgari indipendenti; e poi la fertile Creta finita ai soliti greci, e Rodi la bella, con i suoi palazzi e le sue ricchezze, conquistata addirittura dagli italiani! Per non parlare dell'Egitto, della Libia, e adesso del Libano e della Siria che si sono presi quei maledetti francesi...

«E il Sultano che è entrato in guerra, e così ecco che sono arrivati anche i tedeschi dappertutto, a comandare alle nostre truppe, a dare ordini ai nostri generali, si è visto poi con quale risultato, anche qui a Smirne...»

Nulla di tutto questo sentono, accecati dalla frenesia che li ha invasi, i greci, gli armeni, i levantini della città. Tuona dal pulpito il vescovo Chrysostomos, ma ahimè la sua bocca non è d'oro, e neppure il suo discernimento. Tutti confidano, più ancora che nell'esercito greco, nelle potenze occidentali, soprattutto Francia, Inghilterra e Italia, le cui navi da guerra sorvegliano il porto e i traffici della città, splendida, adagiata sul mare coi suoi mille palazzi, i teatri, i consolati, le scuole, il quartiere americano nei sobborghi chiamato, non a caso, Paradiso, coi suoi moderni edifici, gli orti, i grandi giardini, i campi da tennis, il galoppatoio.

E anche noi ci proteggono, naturalmente, ragionano tutti, medici e preti, contabili e studenti, giornalisti, uomini politici – e le morbide donne di piacere. Smirne è un simbolo internazionale, ogni nazione alleata ha qui beni e persone, tutti hanno investito somme enormi nello sviluppo della città, ci sono perfino due sobborghi abitati quasi interamente da europei: olandesi, italiani, francesi stabiliti qui da generazioni, arricchiti con l'antico sistema delle Capitolazioni, che vivono nelle loro belle case, fra giardini stupendi, immersi nel profumo dei fiori, facendo una vita incantata. Le loro figlie vengono mandate nei collegi aristocratici di Svizzera o di Francia, poi tornano a Smirne per sposarsi e inserirsi nella vita gentile dei loro appartati quartieri.

Così la gente è tranquilla, e in quei tre anni fra lo sbarco dei greci nel maggio del 1919 e l'agosto del 1922 è ancora più allegra del solito, perché si sente finalmente al riparo dalle persecuzioni e dai massacri che durante la guerra hanno investito le minoranze cristiane in tutto l'Impero, fino a estirparne dappertutto la presenza – e fra poco la memoria.

E nessuno si aspetta la catastrofe: certo non quella dell'esercito greco, ma soprattutto non la distruzione dell'intera città e la scomparsa dei suoi abitanti. Nessuno degli abitanti di Smirne, né cristiani né turchi né ebrei. È la visione eroica e apocalittica del generale Kemal che vorrà proprio questo, dare alle minoranze interne e alle vanitose e rissose "Grandi Potenze", come amano chiamarsi, una lezione impossibile da dimenticare.

Abbandonare al fuoco purificatore un'intera metropoli, senza riguardi per la bellezza o l'utilità degli edifici; snidare come topi da ogni casa, da ogni fabbrica, da ogni ufficio, quei traditori dei greci; e finirla con gli armeni, che, nonostante i massacri e le deportazioni, Dio sa come sono riusciti in buon numero ad arrivare in città e a rimettersi a complottare e a trafficare. Che visione di conquista!

Come Tamerlano, come Attila, governare il terrore, precipitare sulla città indifesa le truppe eccitate dalla vittoria, furibonde per i lunghi mesi di inattività, di sacrifici e di sconfitte, e abbandonarla inerme al saccheggio, alle uccisioni, agli stupri. Nell'immaginazione del Condottiero certo vive la memoria della caduta di Costantinopoli, e l'emulazione per le gesta di Maometto II il Conquistatore. Nessuno dimentica la presa di una città mitica, e la gente si racconta con trepidazione affascinante gli eventi e gli orrori, generazione dopo generazione. E allora, Smirne a ferro e fuoco, vittima sacrificale che si dissolve, colpita dalla folgore di un Dio vendicatore, come Cartagine, come Roma, come Costantinopoli, preda del saccheggio e poi del fuoco, Smirne che scompare per sempre e cambierà anche il nome.

Di lei resteranno i racconti: con un pugno di musiche nostalgiche, chiamate *rebetika*, nutriranno la nostalgia disperata dei suoi figli sparsi in tutto il mondo per l'età d'oro che si è chiusa per sempre, per lo scrigno dorato della "Piccola Asia", quell'Asia Minore che ha cambiato per sempre padrone.

Ma Ismene e i suoi, nell'estate del 1922, sono tranquillamente all'oscuro di tutto. Le sue intuizioni si sono stemperate in una quotidianità serena. I bambini sono cresciuti, e i più grandi, quelli che nel 1915 avevano otto, nove, dieci anni, quelli che hanno assistito alla scomparsa delle loro intere famiglie, quelli che hanno capito e giudicato l'orrore, stanno tutti abbandonando l'orfanotrofio, cominciando a lavorare, le ragazze pensando a sposarsi. Tutti cercano un altro sopravvissuto come loro, per farsi compagnia. Ora Ismene e Isacco hanno a che fare coi più piccoli, quelli che avevano tre o quattro anni all'epoca della tragedia, quelli che hanno solo vaghi ricordi, qualche immagine lucente di un Paese Felice che è come un sogno lontano, come il Paradiso lassù dove tutti – dice Isacco – andremo un giorno a ritrovare le nostre mamme perdute.

Questi bambini non hanno soprassalti nervosi, sono tranquilli, quasi apatici: nella loro memoria cancellata hanno comunque stampati in filigrana urli, paure, mamme e felicità perdute. E Isacco si siede la sera con loro a raccontare. Questo gli piace molto: silenziosamente si stringono intorno a lui, che sta sulla sua panchetta appoggiata al muro, e si siedono uno alla volta per terra, circondandolo, incantati dalla sua voce e dalla sua barba. Isacco racconta le loro storie, e la sua.

Racconta anche di Dimitraki, che è morto di febbre, e di Katerina, che se n'è andata a raggiungerlo, e del buon dottor Sempad dal semplice cuore: loro vogliono sentire sempre, ancora e ancora, queste storie del tempo che fu, che li rendono felici. Loro sanno molto bene che quella felicità è preclusa per sempre, amano solo le favole, i ritratti degli eroi di quel mitico tempo perduto, storie come leggende antiche, vicine eppure lontane come i racconti dei Cavalieri crociati.

Hagop e Sylvia però sono rimasti all'orfanotrofio. Sono proprio i figli, adesso, di Ismene e Isacco, e con loro formano una strana, abbracciosa famiglia. Averli vicino, poterli toccare: come in un tempo sospeso, in una loro bolla incantata, la lamentatrice e il prete si prendono cura appassionatamente, quasi esclusivamente, dei due goffi ragazzi che sognano di avere un bambino.

Un bambino che non viene. E Sylvia teme di non poterne avere, teme che gli incubi del passato gettino la loro ombra luttuosa sul presente che finalmente le sorride, e sempre più spesso si angoscia, persa in cupi ricordi. Mese dopo mese continua a dimagrire. Allora Ismene va con lei da una mammana esperta, che esamina la ragazza e stringe le labbra. E infine dice:

«È un bene che non le vengano bambini. Non c'è abbastanza spazio nei suoi fianchi, né fuoco nel suo ventre».

Sylvia ascolta impassibile. Ma quella notte, stringendosi a Hagop, gli sussurra: «Tu sei il mio fuoco, il mio paese, la mia intera famiglia. C'è un bambino qui che vuole entrare nel mondo, somiglia al mio fratellino abbandonato, Yakub».

È la prima volta che Sylvia ricorda il bambino che la madre morendo le aveva affidato, e che lei ha tenuto in braccio quanto ha potuto, dandogli da succhiare l'angolo imbevuto d'acqua di un suo fazzoletto.

Quando Yakub se ne andò come una foglia leggera, Sylvia tentò di scavargli con le unghie e le mani una piccola tomba sotto un cespuglio, ma poi venne trascinata via singhiozzante da una donna della carovana che era stata amica di sua madre, e che si curò di lei per un poco, prima di venir sequestrata da un branco di soldati.

Fu allora che Sylvia ritrovò Hagop, figlio di un vicino di casa, solo e miserabile come lei: e il resto è storia.

Ora, fra i due ragazzi c'è un nuovo Yakub che attende, chiamato dal sangue, dalla disperazione di Sylvia, chissà. Ma c'è, ed entrambi lo sentono: un'animuccia sperduta che anela al calore di un ventre e di un cuore. E Sylvia vuole smentire la sentenza cruda della mammana che l'ha fatta spogliare sbrigativamente, abituata com'è a maneggiare la carne delle donne, a farne quello che vuole.

Ma anche Sylvia ferocemente vuole, e la sua forza è come un turbine nuovo, che lascia Hagop deliziato e frenetico, pieno di gioia maschile, di dedizione maschile, sicuro (povero Hagop...) di un mondo migliore che li aspetta, aldilà della porta dorata che si sta schiudendo davanti al suo cuore fedele, alle loro due anime candide.

«Sarà un maschio, è tornato Yakub» sorride Sylvia alla mattina, sentendosi finalmente perdonata. E a Vartuhi la bionda (ma i suoi bei capelli adesso sono striati di cenere, e chi la vede osserva solo i tatuaggi) racconta per prima la sua felicità, e le sussurra in un orecchio, delicatamente, che questo nuovo bambino lo alleveranno insieme.

Nella Piccola Città, nel frattempo, Nazim ha lavorato bene. Dopo averci ben riflettuto, ha deciso di non insistere a cacciare via l'occupante della casa di Sempad, ma soltanto di farlo sentire a disagio, ricordandogli regolarmente, con un sorrisetto, che abita in una casa non sua e che solo la benevolenza di lui, Nazim, gli permette di restarci provvisoriamente – finché non arriverà il figlio del padrone a prenderne legittimo possesso.

Il macellaio è venuto presto a più miti consigli, e provvede Nazim e i suoi di carne, bei pezzi di agnello e ghiotte salsicce. In qualche modo, così si sente più sollevato, ed è grato a Nazim di aver tenuto la cosa fra loro, senza farne pubblicità. Un giorno, Nazim è andato da lui coi due figli di Aris, presentandoli come i cugini del padrone che vengono da Aleppo, e i due bambini sono stati subito cerimoniosamente accolti e invitati a giocare nel giardino e nel frutteto con le figlie del macellaio.

La moglie, in affanno, si è precipitata a spolverare le sedie del salottino di vimini, e Nazim, impassibile, si è voltato verso il muro, perché ha rivisto, come in un lampo, Shushanig ridente seduta lì, che strizzava l'occhio a Sempad, in piedi sulla porta di casa con l'anello famoso al dito e in mano la bella pipa di porcellana bavarese – regalo di un cliente che a lui pareva troppo bella per usarla – sicché gli serviva solo, ogni tanto, per tenersi impegnate le mani e farla luccicare al sole. Sempad, come Yerwant a Padova, preferiva le sigarette, molto più raffinate e moderne, possibilmente le profumate Khedivè egiziane.

Nazim inghiotte la malinconia e si volta, di nuovo impassibile, e alla donna dice:

«Dovrebbero esserci dei cuscini, su queste sedie. Dei cuscini rossi e blu, con un ricamo di mazzi di fiori».

Subito la donna si imbarazza, arrossisce, perché lei quei cuscini li conosce benissimo, e li usa ogni giorno, ma in casa, per terra, intorno al grande vassoio dove si accoccolano per cenare: e sono ormai tutti unti e malridotti, anche perché il marito ci si pulisce le mani, sui pantaloni o sui cuscini, quando fa soddisfatto il suo bel rutto alla fine del pasto.

«Forse sono andati perduti» dice allora umilmente. «Ne farò fare degli altri.» Ma dagli occhi abbassati sprizza velenoso rancore.

Nazim fa finta di non accorgersene e, prontissimo, aggiunge:

«Prendi la tela più fine, e falli ricamare da una brava. Queste sedie vengono direttamente da Vienna».

Poi raccomanda ai figli di Aris di comportarsi bene, e se ne va impettito, appoggiandosi vistosamente alla gamba offesa, e agitando appena il bellissimo bastone di ebano che ha trovato al mercato nero.

Con Aris sono diventati buoni amici, e nella casa del prete si sono sistemati tutti con molta soddisfazione. Gli armeni tornati in città hanno fondato un circolo ricreativo in una casa abbandonata, e lo hanno modestamente arredato con qualche sedia spaiata, un paio di tavoli recuperati, due scaffali per i libri che il maestro Karnig, rientrato da poco dagli Stati Uniti, dove era emigrato prima della tragedia, sta pazientemente raccogliendo nelle case abbandonate.

C'è un po' di legna accatastata fuori, e un piccolo focolare. Quieti quieti, silenziosissimi in pubblico, gli armeni rientrati, spesso gli unici superstiti delle loro famiglie, si sono affratellati nelle lunghe sere dell'inverno del 1919, hanno ricominciato a fare timidi progetti, e a sentirsi rassicurati per la presenza dei francesi. Un embrione di vita sociale si è risvegliato, qualche sana bevuta in compagnia.

Ma il vino eccita e somiglia al sangue, le immagini cancellate presto riemergono, e una sera di sbornia collettiva, e cattiva, tutto finisce in una rissa generale, dove balenano anche coltelli: e il mite Sarkis che aveva portato il vino ne esce sfregiato alla guancia.

«D'ora in poi, bevete solo limonata!» ordina padre Michael, che per fortuna quella sera non c'era, e non osa fare altri rimproveri, guardando negli occhi di quel gruppo di poveracci, immersi in quella disperazione profonda che solo un lavoro ossessivo e sfiancante riesce a tenere a bada. Il riposo fa riemergere i fantasmi, e sono fantasmi troppo vicini, e vitali, per potergli dare facilmente pace.

D'altronde, man mano che passano i mesi, e le stagioni, e gli anni, invece di normalizzarsi la situazione generale non sembra purtroppo affatto assestarsi. Qualche risultato lo si è ottenuto. I primi raccolti sono stati buoni, gli alberi potati, le vigne curate. Di due o tre famiglie, coi resti, se n'è fatta una. Tutti lavorano fino a sfinirsi, per non pensare, per non essere tormentati dai ricordi. Le donne hanno ripreso a cucinare, hanno pulito i vasi, ripiantato gli orti, fatto le conserve: le mani ancora sanno, e lavorano quasi da sole.

Qualcuno ha riaperto bottega: il venditore di spezie, il cuoiaio, e un mite orologiaio occhialuto, approdato qui per caso, ci è rimasto e vive con una donna tatuata, che non si mostra mai in pubblico.

La fine del sogno anatolico

Primavera 1922.

Arriva la feconda primavera anatolica, la terra si scuote e si risveglia, i ruscelli mormorano e i contadini sentono l'avito richiamo e si avviano al lavoro. Il tempo ciclico delle stagioni li chiama.

Ma alcuni fatti misteriosi mettono tutti in allarme. Qua e là, persone scompaiono. Non è cosa strana, in questo inquieto dopoguerra. Alcuni di quelli che hanno provato a rientrare, e hanno visto che tutto ciò che possedevano era perduto se ne vanno a cercar fortuna altrove; qualche donna trova un compagno, un sostegno; qualcuno va a combattere per la neonata Repubblica d'Armenia. Ma quando un paio di contadini non ritornano dai campi la sera, e nessuno li vede più, la gente comincia a preoccuparsi, riappare l'angoscia ben nota.

Un giorno di fine marzo, Vahan Grigorian, insieme alla cognata che è forte come un toro, parte per i suoi campi, situati a qualche chilometro dalla città. Lascia a casa la giovane moglie. Lei vorrebbe andare a lavorare con lui, che ai suoi occhi è bello come il sole, ma, siccome è incinta di quattro mesi, l'orgoglioso marito le ha ordinato di restare a casa.

Come in un idilliaco quadretto di genere, Lusiné saluta i suoi cari dalla porta, appoggiata mollemente a uno stipite, e le prime rose rampicanti le circondano il volto fiorente. Vahan e la cognata, un donnone che adora quella sorellina minore che ha difeso come una leonessa per anni, ed è riuscita a salvare, si avviano fischiettando sul carretto, al trotto bonario del vecchio cavallo. E come nei racconti romantici, alla curva della strada si voltano a salutare sorridendo.

Così Lusiné li vede andar via, e sarà l'ultima volta. Né l'aitante Vahan né la robusta cognata, con la folta treccia nera saldamente arrotolata intorno alla testa, saranno più rivisti vivi. Una banda di malfattori (o di disertori?) li attendeva a un capo del ponte sul ruscello che segna il limite della proprietà di Vahan. Da tempo immemorabile, poiché sono terre cristiane, una piccola edicola vi sorge, con al centro l'immagine di una bella Madonna campagnola, guance rosse e grandi occhi neri, che regge con le due mani un bambino roseo e grasso dall'aria autorevole, che guarda serissimo il viandante e lo benedice.

Ora gli occhi impassibili della Madre e del Bambino hanno visto ciò che è accaduto a Vahan e alla cognata, ma non possono parlare, né piangere. Fino al ponte si trascinerà affannata Lusiné, quella sera, e pregherà l'immagine con fervore; ma ritroverà soltanto, dietro la curva del campo, il carretto rovesciato e ancora, per terra, il fagottino col cibo.

Il giorno dopo, tutta la città è in fermento. I missionari americani, soprattutto Miss Brown, dirigono le ricerche. Mettono a letto Lusiné, che minaccia di uccidersi, e battono i dintorni, ma i due contadini sembrano davvero spariti.

«A chi poteva interessare un poveraccio qualsiasi come Vahan?» si interroga affannata la Miss. Ma qualcuno subito le risponde: «A qualcuno certo interessano i suoi bei campi, il frutteto, le pecore. E la sua casa è in buone condizioni. Basta aspettare, a questo punto».

Alle orecchie dell'americana queste frasi suonano sinistre, e ci sente il timbro di una verità minacciosa, l'eco di un passato troppo vicino.

«Ancora? Ancora contro di loro? Ma non basta mai!» è il suo lamentoso sospiro a questo punto. Allargando le braccia, la gente intorno a lei sembra già rassegnata. Tutto si ripeterà dunque? Non c'è fine allo strazio degli armeni?

Anche Nazim si pone queste domande, subito, con rabbia, e va a trovare il figlio, ordinandogli di annusare un po' in giro, dai francesi soprattutto: sono loro al comando in città, e sono molto più furbi degli americani, e più capaci di interpretare l'umore del paese. Hanno spie ben pagate dappertutto, e si vede.

Il figlio obbedisce diligentemente, ma non ha una testa molto fine, e mastica poco il francese, sicché riporta brandelli di discorsi e di sussurri che ha sorpreso tra i francesi e le loro spie turche, ma niente di concreto. C'è di mezzo il generale Kemal, che laggiù nell'Est sta raccogliendo una grande armata, ma ha bisogno di armi.

«E allora?» sbuffa Nazim inviperito, afferra per un braccio il figlio e lo porta dietro casa, gli ordina di spogliarsi e si riveste lui dei suoi stracci da mendicante. Poi a ogni buon conto lo chiude a chiave in una stanzetta, lasciandogli da fumare e una caraffa d'acqua.

«Fammi andare a sentire personalmente, poi ti regalerò

quello che prendo» dice al figlio che, conoscendo il padre, ha organizzato le cose perché voleva arrivare proprio a questo. A lui non conviene dare l'impressione di occuparsi di armeni, tutto finito ormai da quel lato, sono liquidati. Lui vuole entrare, un passo alla volta, nel fruttuoso commercio di armi, e farsi una posizione col generale.

Tutto baldanzoso, zoppicando vistosamente, Nazim si sporca un po' il viso e si avvia verso il palazzo del comandante della piazza, il colonnello Delaroche. Conosce come le sue tasche l'ex residenza del *kaymakam*, e ritrova alcuni vecchi compari appostati qua e là.

«Nazim, che Dio ti guardi, da dove sei saltato fuori?» sussurra uno (non si addice ai mendicanti parlare a voce alta); e un altro: «Nazim, non eri finito ad Aleppo, dopo quella storia...» e lascia naturalmente sospesa la frase. «Chissà quante cose hai da raccontarci.»

Misteriosamente, nessuno si è accorto del suo ritorno e della sua trasformazione in fattore degli armeni, a tal punto tutti evitano il loro quartiere, puzza di morte e niente da guadagnare. Così si fanno intorno a Nazim con autentica curiosità (le informazioni sono essenziali nella loro vita) e perfino con un qualche ruvido antico affetto, da compagni che sanno le strade del mondo.

E così Nazim si siede a raccontare, circondato da tutti gli altri, e mentre racconta ogni tanto insinua, come per caso, una domanda, a cui l'uno o l'altro dei compagni risponde subito, in fretta, per paura di perdere il filo della storia.

«Una storia ben raccontata è un dono prezioso» biascica dalla bocca senza denti il decano del gruppo, l'anziano Turgut, offrendo a Nazim un boccale di vino buono, «dicci tutto, ti prego, delle tue avventure. E la greca Ismene, e il prete, dove sono finiti?»

Naturalmente fra i mendicanti tutti sanno come, e perché, Nazim Ismene e Isacco se ne sono andati dalla Piccola Città, e ricordano Sempad il farmacista, che a tutti loro veniva in soccorso con medicine e consigli.

Ora Nazim è a un bivio, e deve decidere se raccontare anche il seguito, e quando e perché è ritornato: ma in realtà non ha molta scelta, deve tornare a fare il fattore, e ora che lo hanno visto, i compagni farebbero presto a fare due più due.

Così Nazim si assesta bene per terra, beve un sorso di vino, e si immerge nel raccontare la storia di sofferenze e di angosce, di riscatto e di redenzione di cui è – e si sente – l'indiscusso protagonista. Lui sa raccontare, come tutti loro. È l'altra faccia del mestiere del mendicante, saper ascoltare, saper riferire, e anche saper ripetere le storie, con le giuste frasi, le pause, le commozioni: una recita in cui il suo pubblico è totalmente immerso.

Sfilano allora i personaggi, i buoni e i cattivi, gli audaci e i vigliacchi, mercanti e carpentieri, contadini e preti: l'intera commedia umana si apre e si svolge, e il narratore sapiente ogni tanto si ferma, pone domande agli ascoltatori, accoglie qualche altro nel gruppo con un cenno o un sorriso.

E tutta la storia acquista un senso compiuto; ora si distingue il disegno, acquistano valore nella complessa trama ogni filo e ogni destino. Ritornano Sempad e Shushanig, circondati di festosi colori, ritorna brillante Ismene, e tutti si rallegrano, torna il cattivo *kaymakam* («Così invidioso, così giallo!» sospira vivacemente uno degli ascoltatori).

Torna la strage alla Masseria, e il medico Krikor («Che brav'uomo» interloquisce brevemente un altro, «mi ha medicato una coltellata, e non ha fiatato con nessuno»), torna il colonnello, gratificato dal pubblico di alcune smorfie significative, e il prete Isacco («Sembrava qualche volta uno di noi, con quella veste lacera e tutta macchiata» sibila un'altra voce) e Azniv, e tutti sospirano rumorosamente al racconto della sua morte.

«Davvero li ha sfidati, e cantava?» chiede uno per tutti, e al grave cenno di Nazim tutti portano la mano al cuore. La fine di Azniv, proprio nel momento in cui stava per essere salvata, desta una grande impressione, è una storia romanzesca e appassionata di cui a gran voce gli spettatori chiedono che venga ripetuto il racconto. Nazim acconsente e si esibisce di nuovo volentieri.

"Nella veste di cantastorie, ogni mendicante è sacro" dice infatti il proverbio, e Nazim viene rifornito sollecitamente di altro vino e di pistacchi, che sgranocchia pensieroso prima di riprendere a parlare.

E finalmente, quando riprende, racconta tutto: dopo la morte di Azniv ciò che segue. Il buon lavoro della Confraternita di Aleppo («Anche se sono arabi?» interloquisce uno diffidente), e che il loro gruppo ha dovuto separarsi, e che lui fino alla fine della guerra ha fatto il mediatore e, occasionalmente, il ricettatore.

Infine aggiunge, come per caso: «Io avevo deciso di finire i miei giorni alla Mecca, solo non mi decidevo a partire da Aleppo, ma poi è successa la cosa per cui sono qui».

Fa una pausa a effetto, prende dalla tasca la pipa, lentamente la accende, fa un tiro lungo e poi racconta la parte più delicata e pericolosa della storia: di Yerwant a Padova e Zareh ad Aleppo, di Nubar che è sopravvissuto, della volontà dei due fratelli di riprendersi le case e la terra per il piccolo, unico erede maschio della famiglia. E che hanno affidato a lui l'incarico, e che lui sta facendo del suo meglio («Avrai messo una bella paura, spero» dice il vecchio senza denti, l'autorità del gruppo, «a quel lercio spilorcio del macellaio: se lo merita, lui che non mi dà neanche un osso da farmi un po' di buon brodo»).

Nazim annuisce con un sorriso: «Gli sto sempre alle costole, a quel viscido farabutto» dice con cupa soddisfazione. «Ma ora ho bisogno di tutti voi, e naturalmente sarete ben pagati. Il dottore lassù in Italia è generoso.»

Un bofonchio generale gli risponde, e la domanda: «Dicci cosa vuoi che facciamo. Siamo pronti». Un brivido di eccitazione percorre l'assemblea. Tutti parlano insieme, perfino le voci sono più forti, finché alla fine Nazim si alza in piedi e dice solennemente: «Mi servono informazioni. Qualsiasi tipo, qualsiasi frammento, una frase in francese fra due ufficiali, un pettegolezzo di cucina, la confidenza a una cameriera, o a una donna a letto, qualsiasi cosa vi sarà pagata.

«E se ciò che riusciremo a mettere insieme avrà un senso, ci sarà un premio speciale. Sguinzagliatevi, amici, fatevi invisibili come ben sapete, siate insistenti e noiosi. Fatevi scacciare, ma fatevi dire qualche cosa. L'appuntamento è qui, per domani sera».

Nazim è ormai un po' a disagio nelle vesti di mendicante, e così preferisce lasciare il compito agli esperti confratelli, e questa volta pagare loro invece di se stesso.

Poi si ricorda del figlio chiuso a chiave, corre a liberarlo e lo trova beatamente addormentato, con un sorrisetto pacifico sul viso. Lo scuote con una certa rabbia e gli ridà i suoi vestiti, ordinandogli però seccamente di ripresentarsi da lui l'indomani sera, prima del tramonto.

«Se mi devi chiudere a chiave di nuovo» dice il figlio,

«voglio però una boccia di vino e un sacchetto di pistacchi.» E sorride con aria complice: «Altrimenti...».

Nazim improvvisamente si infuria, perché nel fondo del cuore è desolato e malinconico, e con due passi vigorosi lo prende per un braccio, lo scuote con forza e gli risponde: «Altrimenti cosa, razza di bastardo?» (e non sa perché, ma questa parola uscita all'improvviso gli rivela la verità del cuore. Quell'individuo non è suo figlio, lui non si può fidare. Appena possibile, se la cosa gli è di vantaggio, Said lo tradirà tranquillamente, e la madre, a casa, lo approverà senza un fremito).

Così Nazim capisce che dovrà stare ben attento, e prenderlo dal lato dei soldi, se vuole conservare la dubbia lealtà del figlio, che per fortuna lo teme, e all'odore del denaro è sensibilissimo. E allora gli promette per l'indomani, oltre al vino e al cibo, la moneta d'oro che si fa ballare sul palmo, allettante.

L'indomani è giorno di tempesta. L'acqua ruscella dappertutto, per le strade fangose della Piccola Città, sui tetti e sui ripari di fortuna in cui molti sopravvissuti vivono ancora. All'ospedale, la giovane Lusiné piange tutte le sue lagrime, ma il bambino nel ventre comincia a riscaldarle il cuore. Sta in una cameretta spoglia, piuttosto abbandonata, perché l'ospedale è piccolo e i bisogni tanti. Lei è sana e ha una buona gravidanza. Solo, ha perso il marito.

"Dov'è il mio Vahan?" continua a chiedersi la povera Lusiné, e sta per addormentarsi nonostante tutto, quando un'immagine improvvisa, come una lancinante visione, la sveglia del tutto.

Vede Vahan abbandonato, che giace in una cunetta dove scorre dell'acqua, più e più colorata di rosso: e la sua testa appena emerge dall'acqua, appoggiata su un sasso, e i suoi occhi la fissano con un'intensità spaventosa. Allora Lusiné si alza piano piano, si veste silenziosamente e scivola fuori dall'ospedale, sotto l'acqua che scende impetuosa e la bagna tutta in un momento. Le sue ciabatte da casa s'impregnano subito, ma Lusiné non ha tempo, ha riconosciuto il luogo, e niente la potrebbe fermare.

Arriva a casa e dentro la stalla, scioglie pian piano il grosso cavallo da tiro che Vahan ha comprato da poco, ma non vuol perdere tempo, così lo monta senza sella e si avvia, nella notte tempestosa, verso il posto dove, ne è certa, ritroverà il marito. Il cavallo ha lasciato la sua stalla calda malvolentieri, e cammina piano, ma lei lo sprona furiosa. Non pensa al bambino, non sente il freddo, né l'acqua scrosciante che le appiccica il vestito al corpo e scivola lungo i piedi, segue l'istinto cieco che la porta verso i suoi campi, verso il ponte di assi robuste e l'edicola antica della Vergine che suo padre aveva voluto ridipingere dopo essere scampato ai massacri del Sultano Rosso.

Là è già stata, la sera in cui Vahan non è ritornato; ma la cunetta della sua visione, lì vicino, è nascosta da un folto di arbusti, dove il fossato che circonda il campo fa un bizzarro angolo attorno a un grosso sasso sporgente. Sotto quei cespugli di sambuco e di tarassaco lei si nascondeva per sciaguattare nell'acqua liberamente nei giorni più caldi, pensando i pensieri vagabondi e felici di una giovane donna innamorata della vita. Là ha portato Vahan per i primi baci, le prime carezze ritrose, là si è abbandonata per la prima volta.

Nel buio e nella pioggia, con la sola compagnia del grande cavallo paziente, Lusiné si orienta male, sbaglia strada, piange stremata aggrappata alla criniera: ma infine una serie di lampi e di tuoni potenti le illuminano il ponte. Scivola giù allora Lusiné dal cavallo, e pesticciando nell'erba bagnata, guidata da un odore lieve (è sangue, ma lei non lo sa), raggiunge il varco nel sambuco, si immerge nell'oscurità e nel buio ormai perfetto inciampa in qualche cosa di viscido e molle, sente quell'odore più forte, cade sul corpo inanimato del marito.

Vahan non risponde ai suoi singhiozzi, è morto dal giorno prima. Ma Lusiné crede di capire che è solo svenuto, anche se ha perso molto sangue, così gli gira dietro, sussurrandogli brevi frasi e paroline gentili, lo prende per le ascelle e comincia a trascinarlo verso il ponte. Centimetro dopo centimetro lo tira via dal fango che gli si è incrostato addosso, spinge e sbuffa e sospira, e perfino tenta di scherzare per rianimarlo e fargli coraggio. Ci mette un'ora per arrivare al ponte e ritrovare il cavallo, e con uno sforzo enorme, appoggiandosi a un sasso, spingendo e tirando riesce a issarlo sopra la bestia, e a ricondurla pian piano in città.

Il temporale continua a infuriare, è il pianto di Dio che si scatena, ma Lusiné cammina e cammina, finché verso l'alba, sfigurata, arriva alla porta dell'ospedale. Bussa e bussa, e finalmente il dottor Kapriel si sveglia e guarda diffidente dallo spioncino – e la riconosce.

Ma quando pietosamente lui e l'infermiera accorsa le dicono che non c'è niente da fare, Vahan è proprio morto, Lusiné li guarda senza capire, ha un tremito e si accascia in un lago di sangue. Ha perso anche il bambino.

Dopo qualche ora, tutti sussurrano, tutti sanno ciò che è successo. Miss Brown, rattristata e furiosa, si veste più elegante che può e va dal colonnello francese, che la fa aspettare un'ora e poi la riceve freddamente. Non sa niente di Vahan e della sua sposa: i francesi vivono per conto loro e non si immischiano, e cominciano anzi a prendere le distanze da quei disgraziati di armeni a cui non sono bastate, evidentemente, le lezioni che hanno già ricevuto.

«Non vogliono capire di aver perso, ormai» sibila l'attendente mentre gli aggiusta la giacca dell'uniforme. «Chi glielo fa fare di tornare indietro, a quelli che si sono salvati? Vadano a trafficare altrove, tanto è la sola cosa che sanno fare bene.»

Il colonnello annuisce gravemente. "Sono fuori da tutti i giochi, ormai, povera gente" pensa. Ma la presenza dell'americana gli dà un certo disagio, e lei, non può fare a meno di riceverla, di ascoltare le sue lagnanze. Così, assai controvoglia, ma con piglio efficiente e marziale, alla fine dà ordine a una pattuglia di uscire a controllare il luogo del delitto, e a cercare la cognata scomparsa. È una missione di apparenza, i soldati lo sanno, e si avviano senza fretta sotto il sole lucente. La giornata è magnifica, dopo il temporale tutto luccica e le siepi sono in fiore. Miss Brown li accompagna a cavallo, con il dottor Kapriel, e tutto sorride nell'aria, come per un picnic di primavera.

Arrivano al ponte, girano intorno all'edicola della Madre di Dio, ma l'acqua ha lavato le tracce del povero Vahan, che la moglie, ieri sera, ha trascinato via dal fango della cunetta; e intorno non c'è che erba bagnata.

«Ma la donna, dov'è?» strilla l'americana. «Cercate intorno, muovetevi» e lei stessa sprona il cavallo oltre il ponte, fruga dietro le siepi col frustino. È una donna forte, ed è ormai abituata a tutto, dopo gli anni di guerra e i massacri. Ma qualcosa la trattiene, una specie di femminile riserbo, come un'eco della sua lontana educazione puritana; e allora rallenta, torna indietro al capitello, accende una sigaretta col dottore. «Sono davvero troppo nervosa in questi giorni» gli dice, con un mezzo sorriso. Miss Brown e il dottore si piacciono abbastanza, lavorano bene insieme e si fanno anche qualche bella risata.

Ma il dottor Kapriel oggi è pensieroso, rannuvolato, e non divide i suoi pensieri con lei.

Il tempo della sigaretta, e un grido soffocato li avverte. I soldati hanno trovato qualcosa. Inchiodata a un albero con una lama lucente che le sporge fra i seni, la grossa cognata di Vahan il contadino sembra che si sia appena appoggiata al tronco, con la lucida treccia nera sciolta e aggrovigliata che le pende come una tenda di seta davanti al viso. I vestiti sono furiosamente stracciati, le belle braccia rotonde coperte di graffi e di tagli.

Ha lottato, lei, oh se ha lottato! Non era la prima volta, ma è stata l'ultima della bonaria gigantessa che aveva difeso e salvato, durante la deportazione, una torma di bambini affamati e sperduti, oltre alla sorellina minore. C'è voluto un affilato pugnale per aver ragione di lei, e lanciato da lontano, dal capo dei predoni. Poi sono scappati in fretta, non si aspettavano una resistenza così feroce, e l'acqua ha continuato a grondare lagrime, a lavare via il sangue.

Quella donna inchiodata al tronco di una grande quercia, quella Madre Armenia infine sconfitta e messa a tacere per sempre, induce i soldati a un improvviso silenzio. Tutti percepiscono in lei come un'eco dell'immensa tragedia degli armeni, l'eco di quelle centinaia di migliaia di voci che hanno pianto, pregato, supplicato, prima di spegnersi. Che importa se erano buoni o mediocri, vivaci o stolidi, imbroglioni o santi: erano uomini e donne, vecchi e bambini, erano un popolo che è stato distrutto: e la solare giornata di primavera è attraversata da un vento freddo, da un brivido improvviso, la flebile voce dell'assenza.

E di nuovo i campi sono vuoti, gli alberi da frutto non potati, le vigne abbandonate; i placidi bachi ghiottoni non riempiono più le case col loro ininterrotto masticare, né sui telai laboriosi le agili spole si muovono più in sincronia: andate sono le abili spose, le vecchie sapienti, le chiacchierate coi piedi sotto la coperta intorno al caldo *tonir*, le scuole, le chiese, la vita comune.

I soldati di Francia sono anch'essi popolani, hanno campi e case e paesi, e finalmente la fine degli armeni gli entra nel cuore. Col berretto in mano, guardano il loro ufficiale prima di toccare la donna, che è già circondata da un nugolo di mosche e di insetti. Nessuno ancora ha avuto il coraggio di guardare se è stata anche violentata.

L'ufficiale, un giovane sottotenente, visibilmente nauseato, si volta verso il dottore e dice: «Tocca a lei, che è il medico». Kapriel vorrebbe disperatamente scappare, dovunque. I suoi miti occhi orientali saettano di qua e di là, le mani si contraggono nervosamente, e sussurra: «Ma come posso?», ricordando il padre, brillante avvocato, torturato a morte, la sua mamma gentile, le sorelline cinguettanti che lo accoglievano, al ritorno dalla Scuola medica di Costantinopoli, come un eroe, un sultano. E Miss Brown viene presa da un'immensa pietà verso di lui e verso tutti questi uomini lontani dalle loro donne, innervositi, angosciati dalla morte.

Si fa avanti con fermezza e dice semplicemente: «Ci sono io, dottore. Lasci fare a me, sono un'infermiera». E con decisione afferra l'impugnatura del lungo pugnale, tira con forza tenendo l'altra mano sulla spalla della donna morta, finché la lama esce, opaca di sangue. Lo avvolge in un pezzo di stoffa e lo infila nella sua borsa, pensando che è meglio che lo tenga lei, piuttosto che qualche furbone lo faccia scomparire dal comando francese. Poi fa cenno ai due soldati più vicini, e con il loro aiuto distende la donna su un carretto e le chiude gli occhi spalancati, che riflettono il cielo.

«La portiamo in ospedale per l'autopsia» annuncia poi, guardando negli occhi l'ufficiale, che non trova il coraggio di opporsi. È vero che il colonnello gli ha ordinato di fare le cose senza chiasso, ma il tenente Joinville è profondamente disturbato da quel momento di nausea e dalla visione della donna inchiodata all'albero, dei suoi poveri lineamenti grossolani bloccati in un muto stupore.

"*Je suis ravagé, Dieu sait pourquoi*" dice a se stesso il tenente, che pure è stato in guerra e non è nuovo a visioni raccapriccianti: e Miss Brown, che se n'è accorta, lesta lesta si avvia col carretto verso la città e l'ospedale.

Il cielo splendente s'è offuscato, e le vaghe nuvole primaverili mostrano contorni d'acciaio: non sono ancora entrati in città che la pioggia cade di nuovo fitta, e lava il viso indifeso della forte Yeghisapet, le cui grosse mani finalmente riposano incrociate, a coprire l'orrendo squarcio della lama che le ha tolto la vita.

In ospedale, Miss Brown fa portare velocemente il corpo nel sotterraneo, e chiama anche il dottor Aram per l'autopsia.

«Serve a qualcosa?» chiede rassegnato il dottor Kapriel. «Voglio sapere tutto» insiste lei, «se è stata legata, ferita – o peggio. Voglio trovare i suoi assassini, e questo pugnale dovrebbe parlare chiaro.»

Effettivamente è un'arma ben riconoscibile: una lama affilata, lunga e ricurva, con un'impugnatura particolare, di legno molto levigato dall'uso, intarsiato con piccoli motivi a volute che si rincorrono da una parte e dall'altra dell'elsa. È un'arma personale, che molti probabilmente conoscono, e infatti una delle infermiere accorse a vedere il corpo dice con aria sicura: «È il pugnale di un pastore curdo del villaggio oltre la collina, lo riconosco» e subito le altre sono d'accordo. Ma Miss Brown ordina a tutte un silenzio assoluto: «Se vogliamo prendere il colpevole (o i colpevoli) per il momento dobbiamo assolutamente mantenere il silenzio, e non raccontare niente alla povera Lusiné che ha perso in un solo giorno, oltre al marito e al bambino che portava, anche la sorella che le ha fatto da madre. Tacete tutte e, se volete sfogarvi, andate a pregare in cappella. La Santa Madre di Dio vi ascolterà più che volentieri. Oppure correte dai vostri malati».

Miss Brown è protestante, e non particolarmente devota della Madonna, ma conosce perfettamente le sue ragazze e le controlla con mano ferma. Una vena di isterismo e di pulsione di morte è sempre presente in queste povere donne sopravvissute a tutti gli orrori, immerse nella solitudine e promosse infermiere per dargli un rifugio e un lavoro che le tenga occupate.

Poi, quando tutte si sono allontanate, e anche i due medici sono scesi nel sotterraneo, va lei da Lusiné, a cullarla e a farla addormentare, senza parlarle della sorella.

Il giorno dopo, di mattina presto, il colonnello va personalmente all'ospedale. Sa che la questione gli è sfuggita di mano, che non può passare sotto silenzio queste morti, o nasconderle sotto più o meno minacciose allusioni. Tutti hanno visto, tutti sanno. L'impresa di Lusiné che ha ritrovato il marito, ma morto, e ha perso il bambino, la tragica fine di Yeghisapet, il pugnale intarsiato, tutto è passato di bocca in bocca colorandosi di aggiunte romanzesche.

Ma appena prima del colonnello, all'ospedale è arrivato Nazim. Lui e la Miss si chiudono nello studiolo dei medici. Le notizie che ha raccolto la sera prima sono frammentarie, ma c'è qualche cosa di oscuro e di preoccupante. Gli scomparsi sono tutti armeni a parte un greco, e sono fra quei pochi ritornati, ancora una volta, nell'unica patria che conoscono, per rimboccarsi le maniche, riprendere le loro attività, rioccupare le loro case, coltivare i loro campi. Sopravvissuti agli anni durissimi della persecuzione e della guerra, stanno cominciando a riassestarsi, e pensano a far tornare anche i preti, riaprire le chiese, le scuole, le fabbriche. Intanto, cercano disperatamente e raccolgono i bambini scomparsi.

Sperano nel nuovo governo, nel Sultano, che ha voluto il tribunale speciale per i crimini commessi durante la guerra contro cittadini inermi, si affidano alle nazioni vincitrici che ora occupano la capitale Costantinopoli. Nel marasma della sconfitta, confidano che infine il loro buon diritto verrà riconosciuto, che alla fine la giustizia e la compassione prevarranno.

Ma i sussurri raccolti da Nazim vanno in tutt'altra direzione. Gli uomini del passato regime si stanno riorganizzando, anche se per il momento si limitano a colpire bersagli isolati. «Quei senzadio!» ha detto Turgut, il più anziano dei mendicanti, sputando per terra, «adesso si riuniscono in casa di Baskin l'Orbo, l'anima nera delle deportazioni dalla nostra città, il consigliere del *kaymakam*. Lui non è scappato come gli altri alla fine della guerra, ma dopo che, mentre stava facendo fuori un gruppo di armeni, uno di questi, ferito a morte, è riuscito ad afferrare una baionetta e a infilargliela nell'occhio destro, si è semplicemente nascosto in casa di suo padre, il giudice. Non si fa vedere in giro di giorno, ma so per certo che è lui che comanda la banda che sta terrorizzando la città.»

Il progetto è semplice: far capire agli armeni che contro di loro la guerra non è finita, che non finirà se non con la morte dell'ultimo uomo, con la violenza sull'ultima donna, con la conversione forzata dell'ultimo bambino.

«Il lavoro non è finito, non dobbiamo permettergli di vendicarsi» così girano i sussurri fra i turchi che hanno preso le case e i beni degli armeni, che pascolano le loro greggi, «bisogna stanare gli ultimi di quell'infame razza ad uno ad uno, per non perdere tutto quello che abbiamo guadagnato.»

"La complicità nel crimine lega come l'amore" ha scritto un cinico poeta, e Nazim, senza essere poeta, pensa la stessa cosa.

Miss Brown gli fa vedere il pugnale, e insieme riflettono un poco. Poi Nazim lo prende, lo avvolge accuratamente nello straccio e lo fa scomparire in una delle sue capaci tasche. E si eclissa lesto, appena prima dell'arrivo del colonnello.

Miss Brown fronteggia l'ufficiale che le chiede l'arma del delitto con serena fermezza e gli occhi trasparenti dell'innocenza offesa. L'arma è in mano ai medici, serve per l'autopsia, e lei non può consegnarla; intanto consiglia di fare ricerche fra i membri del Comitato Unione e Progresso ancora presenti in città.

«Sono tutti scappati alla fine della guerra» esclama con finta naturalezza il colonnello, ma lei lo batte strizzandogli l'occhio e dicendo veloce:

«Sappiamo entrambi che non è così, *mon colonel*. Molti ratti sono nascosti in questa città, appena sotto la superficie. E spetta a lei di stanarli e di renderli inoffensivi. Infine, il Sultano non ne vuole più sapere, di loro. Li considera tutti pessimi uomini di Stato e anche, quasi sempre, assassini».

L'ufficiale francese non può che prendere atto del fatto che, questa volta, l'americana è stata più furba di lui; e – non per la prima volta – si domanda cosa porti qui, in Asia Minore, tutti questi ingenui benintenzionati che non capiscono nulla di politica e parlano sempre di morale: e disturbano molto. Sono missionari, sono educatori, portano la cultura e la croce, dicono: ma un francese non abbocca. La cultura certo ci vuole, ma anche la conquista: e questi cosa cercano, che non hanno neanche una vera colonia...

Di malumore, il colonnello saluta e se ne va. Non che gli piaccia il modo in cui i turchi hanno trattato gli armeni; e ne ha sentite, di storie orribili, da quando è arrivato nella Piccola Città. Lui stesso tiene in casa a servizio due rifugiate, zia e nipote, che piangono tutte le notti abbracciate, e sua moglie le tratta con molta umanità, e le ha messe a dormire insieme perché affrontino un po' meglio i loro incubi notturni; ma sente nell'aria, da astuto animale politico qual è, che l'atmosfera generale sta cambiando, e i suoi capi sono molto più attenti alle mosse dell'alleata Inghilterra, e ai sospettosi mercanteggiamenti per i trattati di pace, che a ciò che si muove all'interno dell'Impero ottomano. Gli altri due imperi sono crollati, e questo, il terzo alleato, sta collassando, ma l'idea di sedersi a banchettare sui suoi resti non sembra più possibile.

Fremono forze potenti attraverso l'Anatolia, ripulita della minoranza armena. Un nazionalismo ferocemente patriottico sta affilando le sue armi, e Kemal, il generale intelligente e spietato, tesse silenziosamente la rete robusta in cui gli improvvidi greci sono destinati a cacciarsi, e a trascinare con sé tutta la nazione dei *Rumi*, i greci d'Anatolia.

Come una femmina attraente da conquistare, così vede la sua patria il generale, pronta a essere colta, e già si sente il padre del suo popolo rinato, della repubblica di cui sarà l'eroe senza macchia.

Attirati dalla sua personalità e convinti dalla sua visione, italiani, francesi, inglesi cominciano a contendersi la sua benevolenza, e fanno a gara a offrirgli armi, aiuti, rifugio, servizi: quante spie nell'Anatolia del 1920-1922! Quanti traffici, quante nuove ricchezze, quanti avventurieri! Di tutti si serve il generale, con levantina pazienza, e intanto lucida le sue armi e prepara il suo esercito, attento a non muoversi troppo presto, a cogliere il momento opportuno.

E così il colonnello, che riceve regolarmente i messaggi cifrati del Quai d'Orsay, è informato di tutto ciò che si muove nel paese, e sa che non vale la pena di cercare i colpevoli dell'assassinio di Vahan e Yeghisapet, o il proprietario del pugnale. Ma tuttavia il suo compito è governare la città, tenere calmi vittime e oppressori, quelli di oggi e quelli di ieri, quindi qualche mossa la dovrà fare. E poi forse è troppo presto per scoprirsi; e poi sua moglie, la vezzosa Jeannette, è diventata l'amica del cuore dell'americana, e si è messa a occuparsi del grande orfanotrofio armeno. Con altre signore, sta preparando una grande festa di beneficenza a favore degli orfani, e la sua casa è tutta in fermento per preparare oggetti, oggettini, *trouvailles* da vendere.

La festa si farà nel grande salone della Prefettura, proprio là dove, sette anni prima, furono radunati i capifamiglia armeni destinati a essere tutti uccisi.

"Se fosse qui Ismene!" pensa cruccioso Nazim, nel passare svelto davanti a un gruppo di cinguettanti signore che confrontano pizzi e tovagliette, bavaglini e collettini, lanciando gridolini di ammirazione (ma in realtà tentano in tutti i modi di dimenticare le immagini di sangue che trasudano da ogni pietra: poveri fantasmi di un'esistenza negata, privata anche della solennità della morte).

Il colonnello attraversa la sala e si lascia alle spalle i sorrisi e il chiacchiericcio delle signore. Entra nel suo studio e subito si materializza l'attendente.

«Trovami un paio di quei furbacchioni del vecchio governo, e portali qui subito» tuona il colonnello e naturalmente il suo ordine viene all'istante eseguito. In un paio d'ore, due personaggi sono di fronte a lui, esibendo un'aria altezzosa, ma in realtà piuttosto impauriti: si fa presto, in questo inquieto clima del dopoguerra, a finire sotto processo, e il colonnello non deve render conto a nessuno delle sue azioni.

Non sono dei capi, ma dei gregari volonterosi, che hanno preso parte con diligenza ai massacri, si sono imbottiti dell'oro e dei beni degli armeni, e adesso recitano la parte delle vittime. Fa presto il francese, che li ha capiti al volo, a fargli capire che non tollera misteriosi delitti nella città che amministra, che i contadini devono poter andare tranquillamente a lavorare nei loro campi, e che questa trovata di uccidere a caso lo ha irritato molto. «Ricordatevi che posso anch'io prendere qualcuno di voi del vecchio regime» dice severo, «e impiccarne un paio a caso, magari voi due. Non voglio panico nella mia città.»

«Ma sono stati quei bruti dei curdi dei villaggi, lo sappiamo, *Effendi*» dice uno, che di professione farebbe il sellaio, e l'altro annuisce contento. Il colonnello, che gioca superbamente la sua partita, si alza con aria feroce, lo prende per il colletto e sibila: «I curdi sono tutti sotto controllo, e nessuno si è mosso dai villaggi, mi prendete in giro?». Poi aggiunge, in tono più blando: «Il colpevole ha lasciato il suo pugnale nel corpo della donna. Indagate fra i vostri amici, e domani mattina voglio la risposta. Qui. Domattina» e li licenzia con un gesto brusco della mano.

Nazim intanto lavora per conto suo. Corre dal prete armeno e da Aris, e li avverte di farsi dire dalla loro gente qualsiasi dettaglio conoscano sulle aggressioni, di sentire anche le donne, che qualche chiacchiera può essere utile, e comunque di muoversi solo in gruppo. Sguinzaglia i mendicanti, dopo aver fatto vedere a ognuno, in gran segreto, il pugnale insanguinato, avverte i ragazzi delle bande che si sono divise la città in quartieri, e hanno imparato tutti i trucchi dei ragazzi di strada.

Non sono più i timidi, beneducati bambinetti che andavano a scuola con le loro uniformi pulite e la merenda in tasca, sognando l'estate sulle colline; hanno visto l'inferno, le loro mamme sono scomparse nel nulla, e nessuno ha avuto pietà. Hanno imparato la dura arte della sopravvivenza, e nessuna mamma, nessuna sorella maggiore gli ravvia i capelli la mattina: sono la generazione degli orfanotrofi.

Ma i due ragazzi che Aris ha raccolto quando è arrivato in città, dall'orfanotrofio sono scappati subito: ormai sono cresciuti, e sono tra i più furbi e svelti. Solo Aris ha qualche influenza su di loro, e così li va a cercare. Hanno mantenuto i nomi turchi che si erano dati per paura, e oggi sono loro i capibanda che mettono paura ai cittadini normali. "Ma chi è normale, di questi tempi?" si chiede padre

Michael, che tiene sempre pronta per loro una branda in un angolo della vecchia sagrestia. Hanno anche, segretissimo, un piccolo deposito di armi, trovate scavando nei giardini delle case armene, dove i proprietari impazziti di terrore le avevano sepolte durante le requisizioni.

Aris li trova e gli disegna il pugnale. «L'avete mai visto in mano o appeso alla cintura di qualcuno?» chiede, sicuro che, se l'hanno visto, l'hanno anche memorizzato. Nulla sfugge a quei piccoli diavoli, perché tutto può essere utile, prima o poi. E infatti, dopo una muta consultazione di occhiate, Ismail dice: «Sì, l'abbiamo visto. Baskin l'Orbo ci gioca, ci si pulisce le unghie quando è seduto al caffè, e dice sempre che anche con un occhio solo ha la mira migliore di tutti».

E Fuad aggiunge: «Esce solo di sera, e di solito beve *raki*, ma lo regge male, non è un vero uomo. Dopo un po' di bicchieri lo devono portare a casa gli amici. Ha sempre un gruppo di amici intorno, e sono sempre gli stessi, e parlano solo fra loro, in segreto. Nessuno deve ascoltare i loro discorsi».

Il caso, sembra, è già risolto. Aris corre da Nazim. Nazim corre da Miss Brown, Miss Brown corre dal colonnello. Ora può consegnargli il pugnale. I due medici hanno completato l'autopsia. La povera Yeghisapet è stata ripetutamente violentata prima di morire. E quando la mattina dopo, verso mezzogiorno, i due personaggi si affacciano timidamente alla porta del comando francese, il soldato di guardia, già avvertito e istruito, li fa accomodare in un salottino laterale, e chiude la porta a chiave alle loro spalle senza far rumore. I due, che non se ne sono accorti, restano lì a guardarsi in faccia, sospettosi e un po' persi, fumando nervosamente.

Nel frattempo il colonnello in persona, con il tenente

Joinville e otto soldati, percorre con passo marziale le vie del vecchio quartiere armeno. Con lui prudentemente non ci sono né Nazim né Miss Brown, che gli hanno però disegnato una mappa accurata. Così il colonnello va come il destino, senza fermarsi a chiedere informazioni a nessuno, attraverso le strade abbandonate e deserte, passa davanti alle chiese distrutte, ai negozi sbarrati o maltenuti, e tutti lo seguono con gli occhi, col fiato sospeso, interrogandosi. Con opposte emozioni: i turchi sconfitti, che vedono in lui il simbolo dell'occupazione, e temono di dover fare i conti, prima o poi, con la tragedia armena; gli armeni, che vivono precariamente, come in un incubo ricorrente, ormai stranieri in patria, carichi delle loro memorie perdute.

La figura marziale dell'ufficiale intimidisce gli uni, rassicura gli altri, per cui la Francia è una figura di madre possente e protettrice, che si frappone fra loro e il destino che li minaccia. La salvezza dei cinquemila del Mussa Dagh* a opera delle navi da guerra francesi, come in un film d'avventura, ha posto un sigillo definitivo a questa immagine.

Questa sarà l'ultima occasione, per gli armeni, di respirare liberamente: ma nessuno lo sa, in quella splendida giornata di aprile, e così i loro timorosi cuori si aprono a una gioia esitante.

Arrivati alla meta, il tenente bussa con energia. Il co-

* Franz Werfel, nel suo romanzo *I quaranta giorni del Mussa Dagh* (1933), racconterà la storia della sopravvivenza dei cinquemila armeni di sette villaggi situati alle pendici del massiccio del Mussa Dagh (monte di Mosè), a nord della baia di Antiochia, che riuscirono a organizzarsi e a resistere sulla montagna e furono salvati da un incrociatore francese. Fu pubblicato con grande successo nella Medusa di Mondadori nel 1935 (oggi è ristampato dalla casa editrice Corbaccio). Werfel, ebreo, raccontò della strage degli armeni proprio mentre Hitler stava organizzando quella degli ebrei.

lonnello e i soldati rimangono un po' arretrati. La casa del giudice Hinziroglu si affaccia sulla strada con un vezzoso portichetto finto rococò, guarnito di aiole simmetriche e, a lato, di una grotta artificiale con una fontanella su cui pende rigoglioso il capelvenere. Due panchine di pietra si fronteggiano, abbandonate.

Le donne del giudice non vanno là a sedersi, ricamando, come facevano le armene. Casa, grotta, panchine e un bel frutteto nel giardino posteriore appartenevano al signor Simonian, un ricco mercante armeno di seterie e affini che si era stabilito da poco in città. La famiglia veniva dalla capitale, e nessuno sapeva esattamente come mai fossero finiti in provincia. Ricco però era di sicuro, Dikran Simonian, allegro e amichevole. Si era fatto costruire la casa in gran fretta, da un architetto venuto da Costantinopoli, e l'aveva inaugurata con una grande festa, a cui aveva invitato per primi i notabili turchi e il giudice, contegnoso funzionario imperiale, anche lui arrivato da poco in città.

Non sapeva, l'ingenuo signor Dikran, e nessuno sapeva d'altronde, che il giudice era un profugo di Bulgaria, uno dei tanti turchi cacciati dalle loro case dalle guerre balcaniche; non sapeva che in lui bruciava più forte di ogni altra emozione il desiderio di vendetta. Così, quando nel maggio del 1915 arrivò la deportazione, e il banditore pubblico girava per le strade convocando i capifamiglia armeni in Prefettura, il signor Dikran corse trafelato dal suo amico il giudice Hinziroglu chiedendogli protezione per sé e per la sua famiglia.

«Sì» disse il giudice, «caro amico, ti proteggerò. E per meglio aiutarti, io e mio figlio verremo stasera a cena a casa tua.» Noemi, la giovane moglie di Dikran, ex allieva delle Dame di Sion di Smirne e delicata pianista, preparò un buon pranzo quella sera, per il giudice e suo figlio, e per dessert curò personalmente una deliziosa crema di latte pralinato di sua invenzione. Gustando dopo cena gli ottimi liquori di casa Simonian, il giudice disse:

«Ora, caro amico, perché possiamo fare qualcosa per te, andando contro gli ordini arrivati per telegramma direttamente da Costantinopoli, io, con mio figlio e la mia famiglia, dobbiamo venire ad abitare nella vostra casa. Noi, membri dell'Amministrazione, possiamo con le nuove disposizioni prenderci qualsiasi casa di proprietà di un armeno.

«Ora, la cosa migliore da fare è questa. Io scelgo casa tua, per amicizia; tu non vai domattina alla Prefettura con gli altri armeni e resti nascosto in casa, con tua moglie e i tuoi figli. Nessuno oserà chiedere conto a me, giudice e membro del Partito, della famiglia Simonian, e voi restate qui sotto la mia protezione. Ma non dovete uscire, né più farvi sentire dai vostri parenti».

E fu così che il giudice si prese la bella Noemi, e che suo figlio divenne cieco da un occhio. Dopo un paio di mesi in cantina, confinato sul suo materasso, il signor Dikran era comunque d'ingombro, parlava in armeno, non capiva: solo il suo affaticato sorriso si trasformava in un malinconico ghigno ogni volta che, con gli occhi bassi e sospirando, Noemi saliva al piano superiore.

Teneva sempre abbracciati i bambini, Movses e Haiganush, li vestiva e svestiva continuamente, piangeva con loro: ma sotto il materasso teneva il suo vecchio fucile degli Zuavi francesi, nascosto durante tutte le perquisizioni, il ricordo prezioso di famiglia che suo padre gli aveva regalato per i suoi diciotto anni.

E quando Baskin, il figlio del giudice, un giorno disse a suo padre: «Oggi voglio finirla con questa storia», scese in cantina e gli conficcò nella pancia il suo pugnale intarsiato, dopo aver sgozzato il piccolo Movses che dormiva, il signor Dikran non pianse né gridò. Ma aveva già una mano sotto il materasso, e in un ultimo sforzo si rovesciò di lato come per uno spasmo, tirò fuori il vecchio fucile e infilò la baionetta diritta nell'occhio del suo assassino. E poi si abbandonò sorridendo.

È lui, l'Orbo, che viene finalmente ad aprire. Suo padre è morto l'anno prima, divorato da una misteriosa dissenteria, e lui si è preso la bella Noemi, con la figlia che adesso si chiama Ferush. Anche Noemi ha perso il suo nome, e non va più sulla panchina davanti alla fontana a godersi il fresco e a ricamare. Ha dimenticato, così sembra, Smirne e il suo bel francese, e il pianoforte. Grassa e sciatta, la sua figura si intravede appena nell'ombra fitta della stanza.

Il colonnello saluta cortesemente, poi fa cenno al tenente, che gli porge qualcosa, un fagotto. Dentro brilla il pugnale: alla domanda se sia suo, impallidendo appena, l'Orbo risponde di no. Ma dal fondo si avanza lentamente, silenziosamente, la donna velata, che guarda l'arma ancora sporca di sangue, e poi con voce cristallina, in perfetto francese, scandisce:

«Sì, certo, *mon colonel*, è senz'altro suo». E al marito, in turco: «È il tuo pugnale, mio caro, quello a cui tieni tanto. Mi avevi detto di averlo perso».

Tanto basta al colonnello che s'inchina leggermente alla donna, e fa un cenno ai suoi uomini. Baskin l'Orbo, azzittito e ammanettato, viene portato solennemente in caserma; e là, come in una recita impeccabile, la chiave viene girata, la porta aperta e l'uomo spinto dentro dal tenente.

Il colonnello li segue e soavemente chiede ai due turchi, che lo guardano allibiti: «È lui che eravate venuti a denunciarmi? Come vedete la giustizia funziona bene, adesso. Sentiremo cosa ha da dirci quest'uomo. Voi per il momento siete liberi di andare» e apre la porta con un gesto maestoso.

Sconfitti e furibondi, i due scompaiono in fretta. Non ci vorrà molto all'ufficiale per far parlare Baskin, basterà far leva sul suo risentimento e sulla sua vanità. A un certo punto, fraintendendo completamente gli occhi sorridenti e incoraggianti del colonnello, egli sbotta infatti compiaciuto: «Nessuno ce l'avrebbe fatta, nessuno. L'ho centrata al petto da lontano con un solo lancio precisissimo, e pensare che ho un occhio solo. È stato uno di quei maledetti a ferirmi, quella volta», e si guarda bene dall'aggiungere particolari, che il colonnello apprenderà comunque presto da Noemi, mandata a prendere e ora affidata alle cure solerti e curiose della moglie Jeannette.

Sornione, il colonnello indaga: «Davvero un'impresa. Ma non sei tu il capo del gruppo? Immagino che gli altri seguano te, dato che sei così esperto» ("di uccisioni e di stupri" sottopensa intanto). E l'altro di slancio risponde che sì, lui dovrebbe essere il capo, ma ci sono degli invidiosi, dei mestatori, che pretendono di essere in continuo contatto col generale Kemal, di avere la sua confidenza, e così lo mettono in ombra. Eppure lui è un personaggio importante, è figlio del giudice Hinziroglu, ha un'eredità familiare da portare avanti, e sa bene qual è il compito *vero* di ogni leale cittadino.

Qui si interrompe improvvisamente, ma il colonnello ha un'ultima domanda, non casuale, perché deve assolutamente trovare almeno un altro dei colpevoli: «Quei due che erano qui, lo sai che erano pronti a denunciarti? C'erano anche loro quando hai colpito la donna?».

«Sì, certo. Kadir *Effendi* vorrebbe sempre mettersi in mostra.» E aggiunge incattivito: «Lui poi era davanti a tutti, e l'ha presa per primo, la donna! Quel Kadir è un grosso commerciante di tappeti, ma nessuno sa come ha cominciato l'attività.» (Le ossa di chi potrebbe raccontarlo giacciono nelle profondità del fiume Eufrate.) «L'altro invece è un vigliacco che sa soltanto parlare.»

Soddisfatto, il colonnello lo fa accompagnare in prigione e gli fa perfino servire il pranzo.

Nel frattempo, Miss Brown e Madame Jeannette ascoltano la voce di Noemi, che dopo anni di silenzio non riesce a smettere di parlare: e racconta, racconta, tenendosi vicina la sua piccola, ma anche il bambino che ha avuto dal giudice, e che ora ha tre anni. Lui tace serio, col pollice sempre in bocca. Sembra aver capito che è lui, la sua presenza fisicamente incancellabile, che conferma la vergogna ma anche il destino della madre: lui, della stirpe degli oppressori, che ha succhiato il latte ed ereditato il sangue dei vinti. E Noemi sa che è la sua mera presenza che le garantisce, qualsiasi cosa succeda, la casa e i beni che il suo povero signor Dikran aveva con tanta diligenza costruito e messo da parte.

C'è una perversa giustizia in questo, misteriosamente beffarda; e Miss Brown non per la prima volta riflette sul ruolo che lei stessa sta interpretando in questa lenta inarrestabile catastrofe che è la fine dell'Impero ottomano, e non per la prima volta intuisce che proprio qui, in questo momento, la sua esistenza e le sue azioni sono significative e appaganti come non saranno mai più in tutto il tempo che le resta da vivere.

L'intensità fremente degli occhi di Noemi, la creatura avvilita e atterrita che proprio lei, l'insignificante Evelyn

Brown, infermiera e umile missionaria, ha contribuito a risvegliare dalla sua prostrata sottomissione, le danno un fremito potente di soddisfazione personale, appena temperato da un'orgogliosa preghiera.

Anche il colonnello è soddisfatto, e si sente contento di sé, e di aver fatto contente tutte quelle graziose signore che circondano sua moglie: e così, conclude la giornata facendo imprigionare anche il mercante Kadir.

I due compari, Baskin e Kadir (ci sono altri complici, lo sa bene, ma non è opportuno cercarli), dopo una brevissima seduta giudicati colpevoli, saranno impiccati all'alba di due giorni dopo, con un bel cartello esplicativo sul petto, a monito e memoria che i francesi non tollerano così barbari comportamenti.

La popolazione musulmana, colta di sorpresa, non ha reagito; e questo sarebbe proprio il momento di convocare ciò che resta in città del potere ottomano, di tentare un compromesso con gli armeni rientrati, di identificare e isolare gli uomini del vecchio governo, i maggiori responsabili degli eccidi e delle violenze. Di inventare un compromesso e di andare avanti.

Ma né il colonnello, variopinto e volatile animale militare, poco portato alla pazienza civile, né Miss Brown, né – a maggior ragione – i due poveri medici armeni, né nessun altro, hanno capacità e forza di provarci; e il colonnello, che pur sarebbe in quel momento il rappresentante di quel poco di autorità rimasta in città e nella provincia, alcuni giorni dopo riceve istruzioni segrete che gli fanno dimenticare l'episodio e mettono tutta la situazione in una luce purtroppo sinistra.

Non lo dice neanche a Jeannette, alla quale la serata di beneficenza riuscita benissimo ha fatto subito venire l'idea di un'altra festosa occasione, un picnic di primavera sulla riva del lago, poco fuori città, in cui ogni signora porterà qualcosa (un pasticcio, una torta, raffinati panini, *vol-au-vent* farciti, Saint-Honoré con lo zucchero filato, *savarin*), e tutto verrà venduto a fette ai gitanti.

Jeannette sta facendo i suoi piani a cena, e cerca di coinvolgere il marito, il quale finalmente l'ascolta e, addolorato, le dice: «Non oltre il 20 aprile, mi raccomando» con una voce così bassa, e quasi apatica, che Jeannette sente un brivido nel cuore e non ha neanche il coraggio di chiedere perché.

Il perché arriva invece in fretta a Nazim, che ha stabilito un fruttuoso contatto privato con il dragomanno, un armeno protetto dal colonnello che lo segue da anni dappertutto e che si occupa della sua posta ufficiale.

Ogni sbirciata che il dragomanno Puzant dà ai messaggi che il colonnello riceve viene adeguatamente compensata, e Puzant è molto accurato nel suo lavoro, perché è sempre in apprensione per la sua famiglia e per se stesso: la fortuna potrebbe girarsi, e sarebbe orribile incappare nel destino di tutti gli altri armeni proprio adesso che la guerra è finita. Questo turco, Nazim, benevolo e ricco di contanti, gli sembra un segnale celeste.

Ma quando Puzant sbircia nell'ultimo plico, che è arrivato un po' spiegazzato, l'enormità della situazione gli balza subito all'occhio: al colonnello è dato l'ordine di prepararsi alla ritirata dalla città, con i sudditi francesi e i più stretti collaboratori di nazionalità ottomana, "ma con molta parsimonia", è scritto, e "senza allarmare la popolazione civile, soprattutto gli armeni".

Una ritirata silenziosa, possibilmente notturna. Il presidio francese scompare, e chi resta s'arrangi. Ovvio che "chi resta" sono i turchi e gli armeni: ed è su questi che inevitabilmente si abbatterà di nuovo la vendetta, quella del generale Kemal, che sogna la sua Grande Turchia patriottica, nazionalista e compatta per razza e religione, senza più disturbanti minoranze cristiane, e degli abitanti turchi della città, che hanno visto di malissimo occhio il ritorno degli armeni.

Anche quelli più onesti e meno coinvolti, dopo sette anni dai fatti, vorrebbero metterci una bella pietra tombale sopra, e vivere tranquilli.

Puzant e Nazim richiudono il plico con cura. Scotta nelle loro mani, e senza bisogno di ricordarsi l'un l'altro la necessità di un assoluto silenzio, si eclissano nella sera: Nazim va a rimuginare e a far piani da una parte, Puzant dall'altra.

Si ritroveranno l'indomani, come per caso. Cosa fare? Quando se ne andranno le truppe francesi? I due uomini sentono di avere nelle loro mani il destino di troppe persone, la loro povera astuzia non li soccorre di fronte a questo Male infinito, a questa Idra che ancora e di nuovo si erge a travolgere tanta povera gente.

"Oh" fantastica Nazim pensando al prete Michael, ad Aris che sta per trasferirsi alla Masseria delle Allodole, con la famiglia, e vuole portarci anche i due ragazzi di cui si sente paternamente responsabile, "avere un po' di fucili, un po' di gente addestrata, come saprei farne buon uso!"; e "Oh" fantastica Puzant, "potersi finalmente ribellare, e non dover ringraziare ogni giorno umilmente il colonnello che mi ha salvato la vita, invece di ricordare e piangere le centinaia di persone del mio villaggio, i miei fratelli, le cognate, i nonni, i bambini che marciavano allontanandosi in silenzio senza neppure guardarmi con invidia. Oh, poter cancellare dal mio cuore questa visione, che mi dà gli incubi ogni notte!"

Il sogno della vendetta, l'essenza di ogni storia popolare che si rispetti, non impedisce tuttavia che il buonsenso di entrambi sia all'erta: solo che non sanno a chi rivolgersi, né chi avvertire, né dove andare.

Finalmente a entrambi viene in mente che solo Miss Brown, come è già accaduto, può incutere rispetto al colonnello e farsi raccontare come stanno le cose; e poi, provvedere. Ma bisognerà lasciare tutto, di nuovo. E questa volta per sempre.

(*"Addio, monti sorgenti dall'acque, ed elevati al cielo..." viene in mente alla bambina mentre scrive queste cose; e le pacate, riflessive frasi manzoniane allentano la tensione del cuore, calmano come un sonno improvviso la sua pena.*

"Nessuno, paziente lettore, è più tornato nella Piccola Città" ha scritto come conclusione del Libro della Masseria, *e ora capisce davvero perché l'ha scritto: agli armeni, come soprappiù di pena, il ritorno è negato per sempre.*

E ora bisogna affrontare l'ultimo strappo, l'ultimo addio. Perché la Grande Storia, ancora una volta, annulla le piccole storie degli uomini qualunque.)

Da quel momento le cose si mettono in moto vorticosamente, e l'unica che viene risparmiata, e coccolata come la ragazzina che è ancora, è la vezzosa Jeannette.

Prima di tutto, bisogna che Nazim parli con Miss Brown; solo lei può far capire al colonnello che la notizia è filtrata e si sta diffondendo. Ma come raccontarle le novità, senza rivelare che la fonte è il dragomanno Puzant? Nazim non ha bisogno di pensarci su molto; ancora una volta, sono solo i suoi vecchi compagni, i mendicanti, che lo possono aiutare. Loro vanno e vengono, e si industriano a sapere ogni cosa perché, come dice il proverbio, "l'uomo che sa, sa come muoversi".

Ancora una volta – ma promette a se stesso che sarà l'ultima – Nazim chiama il figlio e con l'aiuto di una bella moneta d'oro si veste coi suoi stracci. L'appuntamento è quello di ogni sera, nel cortile diroccato dietro la residenza del colonnello; ma stasera ci sono facce nuove, arroganti e giovani, sicché Nazim subito pensa che è meglio essere prudenti, e sta già per scivolare via quando il vecchio Turgut, che lo ha subito notato, arranca veloce verso di lui, seguito da uno dei nuovi, e gli dice in fretta: «Per te, amico, ci sono novità importanti. Ascolta questo altro mio amico che viaggia molto».

L'amico che viaggia molto, ora Nazim capisce, è un contrabbandiere, uno di quelli che guidano le carovane di cammelli dall'interno fino alla favolosa Smirne, la bella infedele, o ad Ayvalik, il porto più a nord, di fronte all'isola di Mitilene. Il suo gruppo si è fermato nella Piccola Città, e come sempre vende informazioni in cambio di cibo, e di una sosta sicura.

Ma stavolta le notizie sono davvero importanti, e sono le stesse che Puzant e Nazim conoscono già dal messaggio inviato al colonnello: le truppe di occupazione francesi si ritirano, il generale Kemal sta cominciando a chiudere la trappola fatale in cui ha attirato l'esercito greco, e i vincitori di ieri, francesi, inglesi, italiani lo lasciano fare, chiudono gli occhi e lo aiutano in vario modo, quando non lo riforniscono addirittura di armi.

«E i vostri armeni, qui? Ce ne sono ancora? Certo possono fruttare bene, perché dovranno scappare. Basta dirglielo in tempo» sussurra lo straniero, allargando la faccia in un sorriso beato, e tutti annuiscono soddisfatti.

Il vecchio Turgut si guarda intorno con circospezione. Vuole parlare a Nazim a quattr'occhi, pensa che lui sia la persona giusta, che conosce gli armeni e nella sua nuova veste di fattore può trattare con loro da pari a pari. Come tutti i mendicanti, che sono di solito analfabeti, ha un'eccellente memoria, e ricorda benissimo il discorso che Nazim ha fatto a tutti loro quando ha rivelato di essere ritornato.

Ora, mentre i contrabbandieri mangiano di gusto, il vecchio vuole parlare di affari. Già si è assuefatto, Nazim, a questo nuovo capovolgimento del suo destino, e pensa con filosofia se tornare ad Aleppo o andare da Ismene e Isacco, e finalmente vedere Smirne, una città ricca e tranquilla, così almeno si dice. E non c'è più bisogno di coinvolgere nel discorso Puzant, così timoroso, un vero armeno, pensa Nazim, che ha profondamente venerato Shushanig, la sua protettrice, la sua *Validé Hanum*, ma nel profondo del suo cuore trova che gli uomini armeni si sono lasciati massacrare davvero con troppa facilità.

«Bisogna stabilire un piano coi fiocchi, in tutta segretezza, e avvertire gli armeni ad uno ad uno» dice Turgut, che pensa avidamente al grosso guadagno; e Nazim capisce al volo, e risponde, ammirato:

«Tu stai pensando a farli scappare tutti, insieme ai francesi?».

«Quello stesso giorno. Anzi, la notte prima. Così ci libereremo di tutti i *ghiavur*, gli infedeli!» esclama il vecchio fregandosi le mani, e Nazim, pur con una punta di angoscioso rimorso nel cuore, non può che dirsi d'accordo. È un piano grandioso, e in fondo si sente fiero di farne parte, e che il vecchio capo abbia richiesto la sua approvazione prima di quella di tutti gli altri. "È finito un sogno" riflette non senza amarezza, "ma c'era da giurare che non durava! Non c'è più spazio, qui, per gli armeni; e che Dio gli dia prosperità dovunque vadano, a quella povera gente. Tanto da questo postaccio me ne vado anch'io."

Il vecchio Turgut, assicuratosi l'appoggio di Nazim, torna dai contrabbandieri. Devono consegnare merce e cammelli a un gruppo di greci che porteranno tutto fino al mare, dove la merce verrà imbarcata per l'Europa da un porto sicuro. Sono traffici e commerci che funzionano da sempre, e che la guerra ha solo relativamente intaccato; ora poi, in questi anni del confuso e torbido dopoguerra, basta che coi turchi trattino dei turchi, e coi greci dei greci.

Torneranno fra due settimane coi cammelli, ma senza merci; si accamperanno fuori città, come sempre, e là aspetteranno il gruppo dei fuggitivi, che pagheranno metà ai mendicanti e metà a loro. Le loro cose – poca roba – saranno caricate sulle bestie, e loro andranno a piedi.

«Portateli al mare sani e salvi, e lasciate in pace le donne» conclude autoritario il vecchio Turgut. «Pagheranno salato per questo servizio, ma per la vita e l'onore, hanno già sofferto abbastanza. Noi non siamo dei senzadio, come quelli del vecchio governo, noi facciamo solo i nostri affari.»

Così, Nazim può andare tranquillamente da Miss Brown e raccontare tutto. Non c'è più bisogno di rivelare i traffici del tremebondo Puzant.

L'americana è furibonda e avvilita, e vorrebbe intervenire con le autorità con tutto il suo peso. Ma le bastano poche ore per capire che non c'è più autorità né civile né militare in questo paese sconvolto da anni di guerra, esterna e interna, in cui tutti si sentono insicuri, sospettosi e diffidenti, e che quella fittizia apparenza di normalità restaurata crollerà in brevissimo tempo, e armeni e turchi saranno di nuovo di fronte, soli. Sta vacillando anche la fragile, precaria Repubblica d'Armenia, nata in Transcaucasia dopo la fine della guerra, che il potere sovietico in espansione assorbirà di lì a poco; e certo, sopravvivendo lui stesso a stento a fame e malattie, lo staterello armeno non è in grado di aiutare quei poveri illusi, accecati dal sogno del ritorno a casa, che sono dispersi per tutta l'Anatolia.

Miss Brown riflette e si rigira nel letto, poi piomba nel sonno, stanchissima. E il sonno, come sempre accade alla sua equilibrata e generosa natura, la quieta e la riempie di energia positiva. La mattina dopo corre dal colonnello e lo sorprende con le stesse notizie che lui dovrebbe tenere segrete.

«Oriente!» bofonchia lui, che è perfino sollevato per il fatto di non dover più scappar via tacendo, un'azione che poco gli piace. "Ma se tutti sanno, allora non c'è bisogno di fare le cose di nascosto" riflette fra sé, desideroso com'è, in fondo, di portare a termine questa delicata missione anatolica con il plauso dei superiori ma senza infamia, e di tornare in Francia con la bella Jeannette a godersi la villetta di Antibes che la defunta prima moglie gli ha lasciato in eredità.

Dopo un pensiero riconoscente alla prima signora Delaroche, il colonnello lentamente si alza, prende le mani della giovane donna, e le dice con gravità e candore:

«Cara amica, dobbiamo fare un piano. E tenere all'oscuro la mia Jeannette, se è possibile». Teme i pianti nervosi e le facili agitazioni della moglie: la ammira e le gira intorno come a un fiore raro, che si sciupa a toccarlo, che serve soltanto a spandere gioia intorno a sé.

Ma Miss Brown non ci pensa neppure. Sta organizzando le cose: come e dove sistemare i bambini dell'orfanotrofio, i suoi malati, il personale dell'ospedale che non si può lasciare indietro; conta mentalmente i soldi conservati nella cassaforte del suo studio, e ringrazia Dio che il plico coi dollari americani, appena arrivato, è ancora sigillato.

Padre Michael, Aris e Nazim intanto fanno consiglio. La notizia della partenza dei francesi Nazim l'ha data a loro per primi, e ora deve consolare loro, oltre che se stesso. Padre Michael è disperato. Se anche qualche armeno continuerà a vivere in città, non sarà certo proclamando la sua fede: se qualche artigiano o contadino resterà, dovrà convertirsi e potrà praticare solo una fede familiare, chiusa entro le mura di casa. Non è più tempo di chiese e di monumenti, di pellegrinaggi festosi ai monasteri annidati nelle valli più remote, traccia visibile della fede ardente degli avi, con le feste e i canti, o dei romantici cimiteri disseminati di croci scolpite, i meravigliosi *khatchkar* fioriti di grappoli e di melagrane; d'ora in avanti serviranno da cave di pietra, e più di un viaggiatore cercherà di decifrare i misteriosi caratteri armeni scolpiti nelle antiche pietre inserite nelle mura esterne di umili case anatoliche.

Padre Michael si sente profondamente inadeguato e umiliato. Cosa avrebbero fatto, al suo posto, i grandi patriarchi guerrieri dei secoli antichi? Quali parole fiorite e tonanti sarebbero uscite dalla bocca d'oro di quei forti, che convertivano le aquile e i lupi, come dicono le leggende?

Sta seduto, nella sua logora tonaca azzurra, e guarda la sua chiesa ricostruita a metà, i cumuli di pietra che ha faticosamente recuperato con le sue mani, la carriola, la pala e la cazzuola appoggiate al muro, e fantastica dei Cavalieri normanni che – suo padre, prete come lui, glielo raccontava sempre – in tempi lontani arrivarono fino alla Piccola Città dalla dorata Costantinopoli e lì trovarono asilo, rifugio e nascondiglio dai loro arroganti principi crociati, sposarono le belle armene dagli occhi come laghi di fuoco e diventarono contadini cortesi.

"Nessuno verrà ora a salvarci" pensa con amarezza, "questa evidentemente è la volontà di Dio, che non ci vuole più su queste terre e ci manda lontano" e ricorda con malinconia i preti della sua famiglia, generazione dopo generazione, di padre in figlio, chiamandosi ora Michael ora Khachadur. La sua famiglia ha servito la comunità con umiltà e onore, e ora lui è l'ultimo parroco, non ha più i bei calici e i paramenti ricamati; il bell'edificio della scuola elementare è diroccato, il coro possente che la gente veniva ad ascoltare dai paesi vicini non esiste più. Chi si azzarderebbe oggi a levare alta la voce nelle lodi del Dio dei cristiani?

Padre Michael appoggia le mani sulle ginocchia e sente all'improvviso che tutta la stanchezza del mondo sta pesando sulle sue spalle, e che solo la minestra calda della moglie di Aris e una bella partita a tric-trac innaffiata da una brocca di vino generosamente riempita potranno indurlo ad affrontare il suo gregge impaurito e provare a risollevargli il morale.

"Potrei pregare, certo" si dice, "ma non si può chiedere a nessuno di pregare da solo, in queste circostanze; domani pregheremo tutti insieme."

Ma quando entra in casa, trova Aris altrettanto disperato, seduto in un angolo il più lontano possibile dalla moglie, che lo sta aspramente rimproverando e, alla vista del prete, include anche lui nel discorso. «Voi due, buoni a niente! Perché mi sono lasciata trascinare in questo buco in mezzo alla campagna, ad affrontare questi diavoli di turchi, con la sola compagnia di un marito fanfarone e di un prete incapace!»

Nazim, piuttosto che affrontarla, se n'è andato per qualche suo traffico. Aris e padre Michael si guardano e, di comune accordo, si siedono a tavola senza aprire bocca. E così Talin, quando sbircia indietro e li vede seduti e silenziosi, senza smettere di parlare arriva con la pentola e riempie tre scodelle. Il pane è già in tavola, e padre Michael lo benedice ispirato, come se fosse la prima volta, si prende una fetta e la sbocconcella adagio, rimestando col cucchiaio la zuppa densa.

Prima di tuffare il cucchiaio guarda Aris, il capofamiglia, che dice piano, con convinzione: «Ma una minestra come questa tu la sai fare dappertutto!» e poi tutti e tre tacciono lavorando di cucchiaio, immersi nella gioia e nel calore del cibo.

E così, racconsolati dalla minestra, tutti insieme decideranno di aspettare a partire ancora un po' di giorni, per vedere come si mettono le cose; e comunque di partire per ultimi, padre Michael perché pensa che sia il suo dovere di parroco, Aris e la moglie perché si fidano di lui e, in fondo al cuore, con lui hanno fatto famiglia.

Come formiche operaie quando gli si scoperchia il nido, travagliati dalla nostalgia, dall'ira, dal rimpianto, gli armeni della Piccola Città prendono a muoversi agitati in ogni direzione. Non tutti vogliono andarsene: gli affari si sono riavviati, i campi cominciano a produrre le frutta fantastiche, i meloni più dolci del miele, matura il grano nelle valli feconde, il vecchio mulino ha ripreso a girare.

Ma Aris e Nazim devono scrivere a Yerwant, in Italia, e a Zareh, ad Aleppo, la lettera più difficile, l'annuncio del fallimento. Sanno che non arriverà in tempo per avere una risposta prima della loro partenza, e sanno che l'intera responsabilità della fuga imminente ricade sulle loro spalle; sanno che il sogno roseo del futuro tranquillo, della pace serena nel vecchio paese era una tragica illusione. Per sua fortuna Nazim non scrive, quell'incombenza tocca ad Aris, ma neppure Aris trova le parole, e così si rivolge per aiuto a padre Michael.

E padre Michael, che neppure lui è uomo di lettere, fa quello che può. Ricorre ai Santi Padri che sa a memoria, alle antiche parole liturgiche, e alla fine consegna la faticata missiva, che parte per fortuna con la posta francese.

Yerwant la riceverà dopo un paio di mesi, in una fosca mattina di giugno, l'afoso giugno veneto, mentre un temporale lontano orla di grigio acciaio le nuvole all'orizzonte. Ma stavolta non è al Dolo, non può rifugiarsi nel parco immenso della villa; è in ospedale, a Padova. La prima distribuzione della posta arriva molto presto, in città, e Letizia sa che lui la vuole vedere subito, tutta, anche quella destinata alla moglie e ai figli.

Il Professore vorrebbe controllare tutto, ma alla fine non controlla niente, perché i figli sono d'accordo con l'autista Simone, che le loro lettere gliele mette da parte, le buste rosa o azzurrine delle ragazze, e quelle color malva, profumate, della procace Loredana, che ogni tanto Wart, il maggiore, va a trovare di nascosto.

Ma insieme a quella di Aris e Nazim, Yerwant ne riceve una dalla Siria. Zareh, il fratello, gli scrive con insolita serietà, e brevemente gli racconta come un nuovo fiume di profughi si stia riversando in Siria, nei paesi cristiani poco lontani dalla frontiera e nelle grandi città. Aleppo trabocca di nuovo, ma molti proseguono verso Damasco e verso l'Egitto.

La guerra va male per i greci, i *Rumi*, ma tutto va male per gli armeni, gli *Ermeni*. La Repubblica d'Armenia nel Caucaso è collassata, e si è messa nelle capaci mani del potere sovietico. Sopravvive, ma non può più nulla per gli armeni di Turchia. Il generale Kemal passa vittorioso di conquista in conquista, e comincia a parlare come un capo di Stato.

Yerwant legge le sue lettere nella quiete dello stanzino adibito a deposito dei ferri chirurgici, dove una vecchia sedia di legno laccata di bianco lo aspetta negli intervalli fra le operazioni. Siede, affaticato, e si pulisce nervosamente gli occhiali d'oro, poi taglia le buste col suo piccolo tagliacarte tascabile, e legge la fine di tutte le sue speranze, il tracollo degli armeni d'Anatolia. Questa volta non piange, contempla un destino e là si ferma, guardando fisso la finestrella che dà sul cortiletto interno dell'ospedale.

Come in un sogno, vede il cortile affollarsi di fantasmi, ode voci attenuate da una distanza infinita, ma nette, precise, infinitamente dolorose, supplicare, gemere, gridare. Sente l'antica lingua dei padri soffocata nelle bocche insanguinate, nelle urla che man mano si spengono nel silenzio.

Come in un incubo, la calda luce dell'inizio di giugno padovano si offusca in strisce d'acciaio che sembrano circoscrivere dall'alto il quadrato di cielo sopra il cortile, mentre la folla, sotto, si accartoccia, oscilla e si fonde in un unico urlo di agonia.

Tutto questo dura un momento infinito, e gli penetra nel cuore, e Yerwant non può muoversi, solo guardare e sentire.

«Professore» entra suor Domitilla, l'unica che sa sempre come prenderlo, con le sue parole garbate e perentorie in ottimo italiano, «la tonsilla è pronta, venga» e lui si alza obbediente, si lava le mani e la segue nella sala operatoria.

Ma nel tardo pomeriggio, quando il temporale si è sfogato per bene e la città scintilla di luce gioiosa (è il 12 giugno, il giorno prima della grande festa del Santo), Yerwant convoca i suoi figli, Henriette e il piccolo Nubar nel suo studio. Poi, come ricordandosi di qualcosa, manda a cercare anche Teresa, ma la contessa, gli dicono, è uscita, in visita da uno dei suoi tanti fratelli: e così non saprà mai esattamente che cosa ha detto suo marito quel giorno, e che cosa hanno detto i suoi figli. Wart ha ventitré anni, è laureato e ha già pubblicato la sua tesi; Khayël ne ha quasi diciannove, e studia, controvoglia, medicina. Sono stati chiamati come testimoni, ma non resteranno in silenzio: quando Yerwant racconta le notizie e legge le lettere, capiscono al volo che i quattro cugini, ora, sono totalmente privi di risorse e affidati al buon cuore dello zio.

Henriette si mette a piangere desolatamente. Le lagrime le scendono giù ai lati del naso un po' schiacciato, e lei le inghiotte senza parlare; ma Nubar ha ormai dieci anni e ha conservato il suo visetto rotondo e l'umore curioso. Negli ultimi tempi Henriette gli ha spesso raccontato della Piccola Città e della Masseria delle Allodole, e di come presto ritorneranno laggiù, e lui sarà il capo di casa, e lei la sua fedele sorellina, la sua alleata. Riapriranno la farmacia, e ogni cosa tornerà al suo posto.

Così s'illude la povera Henriette, che ogni notte combatte per allontanare il ricordo di quel giorno terribile, la sensazione di annegare nel sangue di Sempad, suo padre. Ma Nubar non si turba facilmente. Ha un cuore affettuoso, ed era così piccolo quando tutto è successo! Le memorie che ha sono dolci e lontane, i baffi di Sempad, il calore di Shushanig, ma soprattutto l'odore di Ismene sono come un rassicurante ricordo.

Stare in Italia gli piace. Si è adattato benissimo alla vita in casa dello zio, sa come evitare Teresa e i suoi bronci, Yerwant e le sue assenze improvvise, quando gli fa domande sulla scuola e poi non ascolta le risposte. Alla zia porta sorridendo qualcosa, una mela, un biscotto; e il cuore ansioso e permaloso di Teresa si addolcisce un poco. Allo zio corre ad abbracciare le ginocchia, appoggiandogli fiducioso la testa sulle gambe e sussurrando piccole sciocchezze in armeno. Nessuno dei suoi figli lo ha mai realmente abbracciato: Yerwant si intenerisce, e il bambino lo sente benissimo, anche se lo zio non glielo dirà mai apertamente, e questa consuetudine segreta si perderà con la fine delle scuole elementari, quando il piccolo sarà mandato al collegio armeno di Venezia. Lui sì deve imparare la lingua, così ha stabilito lo zio.

Ora Nubar tace e sorride, poi vede Henriette che piange, e le prende la mano, ma senza smettere di sorridere. Sono i due cugini, Wart e Khayël, che invece si mettono a parlare, pronti a generose offerte. «Ma ci siamo noi, papà» esclamano insieme, quasi mettendosi in posa. In realtà, nessuno dei due ha il senso del denaro, ai soldi pensa il padre. Loro sono ambiziosi, intelligenti, e raffinatamente educati, e credono con sincerità negli alti ideali e nei gesti eleganti: con la loro prodigalità non molto avveduta negli anni a venire dissiperanno allegramente le cospicue sostanze dell'eredità paterna.

Ma questa è un'immagine del futuro; in quel pomeriggio di giugno la loro offerta di aiuto precede di un soffio il ponderato discorso su cui Yerwant ha rimuginato tutto il giorno. Un discorso cauto e severo, venato appena di una malinconia segreta, e del furore che in seguito Yerwant non si permetterà più di lasciar riaffiorare: «Ritornare laggiù è stato un disastro. Ora bisognerà ripartire da capo. Questa avventura mi è costata davvero cara. Ho deciso che le due ragazze grandi, appena preso il diploma, andranno da Rupen in America: loro lo desiderano, e la vostra santa zia Teresa sta già preparando il corredo. Tu, Henriette» aggiunge a voce più bassa, «resterai con noi e sarai la nostra consolazione, la figlia che non abbiamo avuto; tu, Nubar, andrai al collegio a Venezia, e poi, quando sarai grande e laureato in medicina, tornerai in Oriente, in Siria, da Zareh. Aleppo è una bellissima città, e un buon medico vi può far fortuna».

Non pensa che li separa di nuovo, questi nipoti sventurati; in realtà, in fondo al suo cuore sofferente e irritato, Yerwant non le vuole più attorno, le creature che sono la prova vivente che la vita, laggiù, esisteva davvero, che Sempad, il fratello dal semplice cuore, laggiù è sepolto, in fondo alla buca scavata per il *lawn-tennis* nel grande prato dietro la Masseria delle Allodole, che Iskuhi la principessina, la sua mamma dalle gote di pesca, riposa nel cimitero antico, e lui non rivedrà mai più la sua croce con i delicati arabeschi e le rose rampicanti (non sa Yerwant, e il cugino Aris non glielo dirà mai, che le pietre tombali nell'antica lingua sono state tutte divelte e frantumate, e i grandi alberi abbattuti per far legna nei terribili inverni di guerra).

Solo Henriette egli vuol tenere con sé. Teresa si è affezionata a questa ragazza silenziosa e bruttina che prenderà il diploma di maestra, e può diventare un'ottima dama di compagnia, la cugina povera beneficata, non c'è nulla di meglio. Basta lasciarla in pace quando le vengono i suoi mal di testa, feroci giorni di libertà all'interno di una camera oscurata, che Henriette combatte con pezzuole imbevute di aceto e tante pastiglie di Sàridon.

(*La piatta scatoletta rettangolare di metallo grigio del Sàridon con la scritta in corsivo azzurra, e il coperchio che scivola di lato, sempre nelle tasche della zia e di papà Khayël, è uno dei primi ricordi della bambina, che si è sentita molto adulta quando, alla sua prima emicrania, dopo che ha vomitato dietro un cespuglio, e ha sentito che la luce le feriva gli occhi come una lama di ghiaccio, la zia ha dato solennemente anche a lei le due pastiglie col bicchier d'acqua.*

«Noi abbiamo spesso mal di testa» le ha detto Henriette, «perché siamo delicati. La tua mamma non ce l'ha mai.»

"E in effetti la mia spavalda e sportivissima mamma Vittoria" pensa la bambina, "è troppo bella per avere questo orrore che è il mal di testa. Però lei è robusta e io sono delicata, come la zia e il papà.")

La festa della vezzosa Jeannette è una festa d'addio, anche se lei non lo sa. E tutte le signore armene che durante il giorno hanno freneticamente, per l'ennesima volta, cercato di decidere cosa tenere e cosa portar via con sé dalle case appena rimesse in ordine, ridipinte e riaggiustate, e hanno dolorosamente contemplato i loro orti e i loro giardinetti curati, arrivano da lei nei vestiti buoni, coi cappellini spazzolati, il mazzolino di fiori alla scollatura. E sorridono.

I loro mariti le seguono, austeri e un poco a disagio. E mentre i camerieri, giovanotti robusti ingaggiati per l'occasione, passano e ripassano i vassoi colmi di deliziose specialità orientali e nel cortile un cuoco sorridente impugna il coltellaccio per tagliare il porcellino allo spiedo, e distribuisce con garbo le fette fumanti sul pane *lavash* pronto sulla tavola davanti a lui, nel cortile retrostante, nell'ombra, figure silenziose vanno e vengono.

Puntuali, sono tornati i contrabbandieri, e il gruppo dei mendicanti è pronto. Le balle da caricare sui cammelli sono accatastate nella casa diroccata dietro il cortile, e tutti vanno e vengono spediti, ma senza affrettarsi, tanto ognuno sa cosa fare, e hanno antica esperienza nel muoversi in gruppo.

Le famiglie che Nazim ha contattato hanno fatto tutto per bene, anche i soldi sono pronti nelle sue capaci tasche. La carovana dei cammelli, una volta caricate le bestie, si allontanerà dalla città, nella direzione di Smirne. Le famiglie seguiranno a notte alta, prima dell'alba, quando la festa sarà finita.

Velocemente saranno riposti vestiti e cappellini, presi per mano gli anziani e i bambini, e nel grande spiazzo oltre la fortezza tutti si riuniranno per partire.

Non c'è un immediato pericolo, ma in tutti è affiorato il ricordo dei giorni terribili della deportazione del 1915, dell'inganno, della disperazione di quell'estate funesta. Affiorano dall'acqua cheta della memoria i visi, gli sguardi, i sorrisi di tutto il popolo degli scomparsi; e ognuno si guarda intorno confuso, rivivendo quell'altra partenza, e domandandosi per quale perversa ostinazione è ritornato indietro.

Padre Michael ha celebrato messa per tutti, quella mattina, e poi ha stivato con cura nella sua vecchia sacca di stoffa i paramenti nuovi che la comunità gli ha regalato un anno fa, nel momento in cui un fragile ottimismo sembrava prevalere, il calice ammaccato e la croce che ha recuperato fra le rovine, appena arrivato, quando scavava con l'aiuto dei soldati francesi e uno di loro,

Jeannot il Bretone, li aveva dissepolti, pallido in viso, da sotto un mucchietto di ossa bruciate.

Alla riunione nella notte, il parroco però non c'è. «È rimasto indietro» dice qualcuno. «Vuol vedere se ci siamo tutti, e verrà domani» aggiunge qualcun altro. Ma Nazim ha capito. Vede la moglie e i figli di Aris silenziosi vicino a un cammello, ma non vede né Aris né il prete.

Per un momento pensa di tornare indietro, di mettersi con loro a fare qualche cosa di audace e impressionante, che dia voce al furore silenzioso che pervade tutte quelle anime perse che rabbrividiscono nella notte, affidate a questi angeli oscuri, i mendicanti e i contrabbandieri. Qualcosa che sigilli violentemente questa disastrosa avventura del ritorno, che lasci una traccia nella memoria, nei racconti di quelli che adesso erediteranno il paradiso, la pianura dorata, quelli che sono della giusta razza e religione.

Ma Nazim è scettico e saggio. Ripete con calma a se stesso un altro dei suoi proverbi: "Un mendicante che attira l'attenzione è un mendicante morto", e si dedica abilmente a smussare i terrori delle donne e a organizzare i contrabbandieri. Dà loro una parte della somma pattuita e li invita ad avviare i cammelli nel buio, che siano arrivati all'alba il più lontano possibile.

È così che partono per l'ultima volta gli armeni della Piccola Città, e nessuno li accompagna nella via dolorosa, nessuno ascolta il ritmo pesante dei loro cuori che ripetono: «Per sempre, per sempre, stavolta è per sempre». Il castello e le colline sono affondati nel buio, e per fortuna non c'è neanche la luna: si sente, piano, qualche bambino che piange, qualche donna che sospira, e la moglie di Aris che brontola trascinando i piedi: ha dovuto lasciare indietro il carretto e i suoi mobili, perfino il letto che con tanta fatica si era portata dietro da Damasco, il suo letto di sposa. E non lo confessa neppure a se stessa, stringe le labbra per non dirlo, ma questo le pare un gran brutto presagio.

Aris le ha promesso di raggiungerla presto, coi due ragazzi adottati; i suoi figli, invece, sono con lei. Avrebbero voluto rimanere col padre, ma la madre si è imposta, e ora se li trascina dietro, riluttanti e imbronciati, anche se presto la novità di questo camminare notturno li quieta. Non è il loro paese, questo: loro sono nati a Damasco, la splendida, hanno seguito il padre nell'avventura che finisce con questa strana fuga notturna, e sono eccitati all'idea di un nuovo viaggio e di una nuova città.

«Forse stiamo ritornando a Damasco?» sta chiedendo alla madre il più grande, quando improvvisamente si sente uno scoppio lontano, e poi un altro più forte. Un grido subito represso, e un sussurro ansioso attraversano tutta la carovana. Gli uomini in testa si arrestano, e altrettanto fanno lentamente i cammelli e poi tutto il convoglio. Le teste nel buio si voltano verso la città, illuminata da un fuoco che si sta diffondendo dall'interno, e cresce velocemente.

«Madre venerata, proteggici» sussurra una donna, e le altre fanno eco.

«Che cosa brucia laggiù, cosa è successo in città?» è la domanda che tutti si pongono, ma certo nessuno può tornare indietro a informarsi. E una sottile soddisfazione si diffonde, quasi sussurrata a mezza bocca, e attenua la loro rabbia. Così la carovana riprende il cammino, e gli uomini percorrono le fila consigliando a tutti di accelerare il passo. «Qualsiasi cosa sia scoppiata laggiù, non è certo un buon segno, e dei soldati a cavallo farebbero presto a raggiungerci.»

Nazim si affianca silenziosamente a Talin e ai bambini, e una frase gli brucia sulle labbra, ma – prudentemente – tace. Lui, sa, lui capisce.

Padre Michael e Aris hanno confabulato a lungo, nei giorni scorsi; e lui li ha visti, con l'aiuto dei ragazzi grandi, portare dentro la cattedrale diroccata fascine di legna, tavole, mobili rovinati, tutto il legname che hanno trovato: e tutto di sera, muovendosi piano, senza farsi vedere da Talin, che appena finito di cenare si serra dentro casa con i bambini. E altro ha visto Nazim. Una cassetta rettangolare, evidentemente molto pesante perché la trasportavano in quattro, che veniva collocata al centro della chiesa, dietro l'altare appena restaurato, accuratamente nascosta sotto una tovaglia ricamata; e quando ha incontrato padre Michael con un grande rotolo di filo sospeso a una spalla, con un sorrisetto gli ha chiesto a cosa gli serviva.

Il prete ha bofonchiato qualcosa, ed è corso via. E Nazim non ha più chiesto niente. Ha capito la desolazione e il furore inespresso che si sono impadroniti dei due armeni, il loro bisogno di fare un gesto clamoroso, che li riscatti, che riscatti almeno un poco quell'immagine di gregge senza speranza, di pietosa e indifesa massa umana che le stragi e le deportazioni hanno impresso su tutto il loro popolo.

Così il prete e il mercante, e i due ragazzi, che hanno orgogliosamente ripreso il loro nome armeno, hanno lavorato sodo, per recuperare legna e ammucchiarla all'interno della cattedrale, lungo le pareti. Un paio dei ragazzi di strada loro amici sono arrivati con la notizia che sapevano dove trovare esplosivo e munizioni abbandonate dall'esercito turco in ritirata nel 1918. Un altro ha scovato il grande rocchetto di filo, spolette, micce e congegni vari per detonatori. Padre Michael è come impazzito, non fa che accarezzare le belle lastre squadrate di pietra color del miele, i delicati infissi (o quel che ne resta), la gigantesca croce di pietra col grande fonte battesimale: e il giorno dell'ultima funzione, quando la chiesa si riempie di gente, sta col cuore sospeso, ma è convinto che gli Angeli Vendicatori stiano di guardia dai buchi vuoti delle vetrate infrante.

Alla sera, quando tutto il suo gregge si è avviato, e anche Aris ha spedito via la famiglia, furiosamente i due uomini e i due ragazzi collegano fili, verificano contatti, spostano tavole infiammabili in angoli predisposti. Il gruppo dei ragazzi di strada siede quieto nel cortile, fumando mozziconi di sigaretta.

E finalmente padre Michael accende la miccia all'entrata, e Aris quella in fondo alla chiesa, dove la parete è diroccata. Una vampa si alza, un'altra risponde, la fiamma corre lungo l'intrico di fili preparati lungo tutto il perimetro della chiesa, si avventa sulle tavole imbevute di petrolio, e raggiunge la cassetta nascosta dietro l'altare. La tovaglia che lo ricopre si infiamma subito, e per un momento il grande Angelo ricamato si solleva nell'aria, danzando, quasi benedicendo.

Poi tutto scoppia. Le fiamme si diffondono ovunque, la legna brucia veloce, un odore corre per l'aria, gradevole, aspro, come l'eco di una lontana festa nei boschi: e una specie di felicità si impadronisce di tutti loro, che si prendono per mano e danzano davanti alle fiamme, mentre le munizioni scoppiano allegramente. La città tace, immersa in un'oscurità sinistra, e perfino i soldati francesi preferiscono non vedere e non sentire, come se fossero già partiti (e infatti partiranno l'indomani).

«Se ci arrostissimo un agnellino? Io so dove trovarlo» suggerisce a questo punto Hratch, il capo dei ragazzi di strada. Avrà quattordici anni, è piccolo di statura e molto magro. Nessuno sa da dove sia venuto, il suo sguardo è cupo e febbrile, e ha sempre le tasche piene di cibo. Ma questa volta supera se stesso, l'agnello è già pronto, fatto a pezzi, nel sacco che gli altri portano a turno, e in un baleno lo spiedo è pronto, e davanti alla chiesa che continua a bruciare si accende un altro fuoco più amabile e familiare, e l'odore di arrosto si diffonde insieme a quello delle tavole stagionate che bruciano all'interno.

Mangiano insieme, come in un rito funebre, come celebrando la fine della città degli armeni, sacrificando agli dei, versando il sangue dell'agnello; e lanciano le ossa spolpate una dopo l'altra nell'immenso braciere della cattedrale, finché non resta più nulla.

Ma tutto intorno, nel buio esterno, decine di occhi li fissano. Senza fretta, aspettano nell'oscurità amica, fissando gli armeni e il loro magro banchetto. Solo Hratch se ne accorge, la bestiola braccata che è sopravvissuta nei boschi: guardandosi intorno per lunga abitudine, mentre lancia nel fuoco l'ultima costicina rosicchiata, intravede degli occhi scintillanti, lancia un grido gutturale di avvertimento, e scarta di lato, velocissimo.

Tutti gli altri lo seguono pigramente con gli occhi, intossicati dal cibo e dal vino che è girato abbondante, poi di colpo si riscuotono, ma è già troppo tardi.

Gli occhi sono usciti dall'ombra. Sono un gruppo di uomini armati di asce e coltellacci, seguiti dalle loro donne che urlano maledizioni, le ampie vesti che si agitano nell'incerto chiarore del fuoco. Gente che ha occupato le case degli armeni, si è impadronita dei loro beni, e per un po' di tempo ha avuto paura. Sono guidati dal macellaio e dal figlio di Nazim, non hanno osato affrontare il gruppo partito coi contrabbandieri, gente non facile da cogliere di sorpresa (e in più c'era Nazim stesso che vigilava, attentissimo, e il figlio non voleva farsi scorgere), ma adesso sono decisi a eliminare almeno questi ultimi rimasti indietro, che osano perfino far festa. E vogliono vendicare anche la morte del figlio del giudice.

Invano gridano, Aris e padre Michael; invano invocano la Vergine e i Santi, e gli Angeli. La porta misteriosa si apre per loro fra urla di agonia e disperati lamenti, ma oltre la soglia c'è luce e silenzio e frescura di prati verdeggianti, e tutti li accoglie la pace infinita del Paese Perduto.

L'indomani all'alba, su un somarello rubato, Hratch raggiunge la carovana dei fuggiaschi, trova Nazim, e solo a lui racconta, impassibile, la fine della chiesa, del parroco, di Aris e dei suoi compagni. Non racconta il peso che gli grava sul cuore, di averli portati tutti alla morte, lui così orgoglioso della sua prontezza e della sua abilità, lui che ha trovato l'agnellino e ha proposto la festa, lui che era il capo della banda, e i suoi ragazzi sono ora tutti perduti.

Nazim lo guarda e capisce. Capisce anche il desiderio di morte che ormai si è impadronito di quegli occhi guardinghi, la bramosia di morte. Lui stesso è straziato. Perdere Aris e padre Michael, insieme, dopo anni di vita condivisa, è come perdere di nuovo Isacco e Ismene, i suoi primi compagni, quelli che gli hanno permesso di perdonarsi; e la sua *Validé Hanum*, Shushanig, lui lo sa, certo ormai se n'è andata via, e ora sta col suo amato Sempad, e non ha più bisogno di lui.

Così Nazim e Hratch si guardano a lungo, e stringono un patto senza parole. Nazim sa che non deve abbracciare il ragazzo, che ha bisogno di tutta la sua forza, e si limita a stringergli una spalla; Hratch gravemente gli consegna il coltello di Aris, che teneva in mano nel momento del massacro.

E insieme riprendono la strada di Smirne.

I fuochi di Smirne

Estate 1922.

È serata di gala al Teatro di Smirne. Si dà la *Carmen* di Bizet. Il teatro è pieno, da ogni palco si sporgono dolci scollature profonde, sete e velluti e ricami. Il loggione mastica semi di girasole e mandorle salate, serbando un silenzio carico di attesa. C'è chi ha tenuto il posto e fa cenno agli amici, chi si stringe vicino un bambino incantato, chi prova il binocolo.

Tutti conoscono già la storia della bella gitana, e hanno ascoltato almeno una volta la celebre aria che canta la libertà zingaresca della ragazza che non riconosce leggi a cui obbedire; e tutti sentono, oscuramente, che in quella tragica storia si riflette anche il destino della loro bella città, la città infedele.

È lecito davvero provare a governarsi da soli, a darsi le proprie leggi? Sopravviverà ai venti di guerra che la circondano la città-farfalla sempre in movimento, attiva e festosa, con i suoi traffici infiniti e le sue canzoni sfrenate, il Casinò e le legazioni, i cinema e i teatri, i club stranieri, le belle donne e i marinai da tutto il mondo?

L'aria, intorno, negli ultimi mesi è cambiata. Cupi scenari si avvicinano, con la tetra forza della necessità: una nuova Turchia si affaccia all'orizzonte col suo esercito efficiente e ben guidato, e una ventata di nazionalismo asfissiante comincia a togliere il respiro alla città.

Piano piano, i più furbi e ricchi tra i greci e i levantini si preparano ad andarsene, e liquidano i loro beni. Vendono con calma, realizzano, trasferiscono il denaro nelle sicure banche egiziane o libanesi: e tacciono. Ma la grandissima maggioranza della popolazione ha fiducia nell'esercito greco, che da tre anni combatte e vince, ed è convinta che Smirne sia intoccabile, garantita dalle grandi potenze.

E tuttavia, gli spettatori della *Carmen* stranamente sono commossi già prima dell'inizio dello spettacolo, toccati da vaghi presagi di sventura che riflettono e potenziano le ansie di ognuno: un vento di malinconia e di fine di un'epoca soffia inavvertito fra palchi e poltrone, si diffonde nell'ampio loggione, predispone tutti a un'intensa emozione.

E così accadde che in Carmen la bella sigaraia si identificò quella sera l'anima dell'intera città, che seguì con passione la sua avventurosa storia e i suoi amori, e pianse alla sua tragica fine. L'intero teatro ondeggiava e lagrimava alle arie selvagge della bella gitana, e a molti, nel cuore profondo, venne da chiamarla Smirne, come l'amata città, presagendo il pericolo che si avvicinava.

Nella prima fila del loggione, appoggiati alla balaustra di velluto, Ismene e Isacco, con Theodora la piccola greca del Ponto, vestita di rosso e con un nastro giallo fra i capelli, ascoltavano intenti, tenendosi per mano dietro le spalle gracili della bambina.

E man mano che la storia di Carmen proseguiva diritta verso la sua conclusione, e amore e morte si intrecciavano in un luttuoso abbraccio, Ismene sentiva dentro di sé un ribollire di forze: una luce interiore che si faceva sempre più chiara, e la memoria del sogno di Chio si riaccese in lei. Così, come rientrando nel sogno, Ismene chiuse gli occhi e rivide la scala che scendeva verso il suo misterioso segreto, ma questa volta non c'era paura nel suo cuore, solo attesa paziente.

La voce potente di Carmen la accompagnava e le infondeva coraggio, e i passi di Ismene si facevano più imperiosi, la sua volontà più sicura. Il buio in fondo alla lunga scala di pietra si illuminò allora improvvisamente, quasi come un sipario sollevato dalla calda voce di don José, che sulla scena raccontava il suo disperato amore: e Ismene vide un sarcofago spoglio, poggiato su cavalletti di legno, e aperto.

Dentro giacevano composti, con le dita intrecciate a una coroncina di fiori secchi, di quelle che si attaccano a Capodanno alle porte delle case greche, Hagop e Sylvia, bianchi come il latte, vestiti a puntino, coi capelli ravviati; e in mezzo a loro, quasi deposto nel nido dei loro due corpi vicini, il bambino che desideravano tanto, e che non erano riusciti ad avere, piccolo, cinereo in viso: e le sue manine scomparivano in quelle dei genitori, come se tutti e tre si fossero messi in ordine, pronti a salire sulla barca dei morti.

E Ismene, mentre le voci sul palcoscenico si alternavano nel calore della passione, ne udì una, più tenue ma chiarissima, che ordinava: «Venite, voi tre bambini sofferenti. Venite presso il cuore di Dio, io vi darò consolazione e ristoro nei verdi campi del cielo». E vide Hagop sollevarsi e delicatamente prendere per un gomito la piccola Sylvia, e lei prendere in braccio il bambino, riavvolgerlo amorosamente nel panno su cui era appoggiato, e attaccandosi al braccio del marito avviarsi verso un'altra scala, luminosa e in salita, dove tutti e tre scomparvero, come una minuscola, patetica, Sacra Famiglia infantile.

Allora Ismene capisce: la mia storia finisce qui, questo è il capolinea del mondo, per me e anche per Hagop e Sylvia. Alberi fiori paesaggi persone ricordi che mi appartengono finiranno in un momento ardente. La mia coscienza si spegnerà improvvisamente, il mio futuro è adesso tutto qui, in un attimo breve. E si dice: "Ma com'è possibile? C'è così tanto da fare" e, confusa, angosciata, sta per alzarsi. Ma Isacco che, come sempre, intuisce la presenza del Male anche se non lo capisce, la trattiene per il braccio, e Theodora si volta e le sorride nel buio.

Ismene annusa il suo odorino acidulo di bambina accaldata e quello forte di Isacco vicino a lei, e di nuovo capisce. Non le resta che sopportare il peso del messaggio che ha ricevuto: a queste due creature innocenti che sono con lei non c'è bisogno di dire niente. Sono sfuggite entrambe a una morte reale, che avevano davanti agli occhi, devono la vita a una scelta bizzarra, che sembra casuale: e allora sono già pronti, e per questo sorridono facilmente – e cantano. Passeranno dalla vita alla morte con lieve passo di danza, arresi e pazienti.

A Ismene tocca un destino più duro. La lamentatrice di Chio, la forte greca delle isole deve combattere, e morire combattendo. E anche salvare qualcuno, chissà. Tutto adesso è nelle sue mani.

Ma intanto lo spettacolo continua, l'opera arriva al suo culmine, e poi finisce nel sangue, in quel pugnale che don José immerge nel candido corpo di Carmen, un'immagine e un brivido che portano il pubblico al massimo dell'emozione e al pianto liberatorio.

E così le signore si asciugano gli occhi con i minuscoli fazzolettini di pizzo, e gli uomini tossicchiano imbarazzati, come destandosi da un sogno lontano, e tutti tornano a casa contenti e ignari. Il presagio, se c'era, è passato nell'onda della musica e si è fatto ritmo, movimento, destino: ma nessuno più legge nella fine di Carmen la bella gitana quella di Smirne la bella infedele.

È nei giorni successivi che voci inquietanti cominciano a spargersi in città fra i greci, gli armeni e gli altri cristiani, e che ogni spazio disponibile inizia a riempirsi di gruppi di contadini dell'interno, con i carretti colmi di masserizie, i bambini e le bestie. Le cassette di melanzane accanto al comò del nonno e alla specchiera della nonna, le fotografie incorniciate del re e della regina di Grecia in un angolo, coperte e pignatte e materassi alla rinfusa danno ai cittadini sbigottiti l'idea di una fuga, più che di una partenza.

«L'esercito greco è in rotta, arrivano i turchi, e vogliono vendicarsi!» La notizia rimbalza di bocca in bocca, arricchita di particolari terrificanti, di storie sussurrate di violenza, rapimenti, stupri, uccisioni: e, cosa ancora più infausta, nell'immaginazione popolare è vivida la memoria collettiva del reclutamento forzato, durante la guerra, dei giovani di etnia greca nei Battaglioni di Lavoro, i terribili *Amelè Taburu*.

«Ma dove sono i nostri soldati? Dov'è finito l'esercito greco? Forse qualcosa è andato male, ma possono ritirarsi dentro Smirne, la città appartiene ormai alla Grecia e da questo non si può tornare indietro. Ci difenderemo tutti insieme. Passeremo l'inverno, e poi faremo l'*Enosis*, l'unione definitiva con la madrepatria. Smirne e la sua terra sono greci per sempre.»

Così si fa coraggio la gente, ma a ogni ora che passa l'afflusso di profughi è più intenso, c'è popolo di campagna dappertutto, che si piazza coi carretti in ogni slargo possibile, tira giù le sedie, mette comoda la nonna e si prepara qualche cosa da mangiare. I bambini cominciano a correre in giro, e il bizzarro spettacolo sembra quasi una pacifica invasione dei greci dei villaggi che sono venuti a festeggiare nella grande città.

Eppure, nessuno vede i soldati. Dove sono i soldati greci? Dov'è l'esercito vittorioso, festeggiato da tutta la città nel glorioso maggio del 1919? E Sterghiadis, il governatore di Smirne, che cosa dice?

Gli amministratori greci tacciono. Essi sanno. L'esercito in rotta si sta imbarcando disordinatamente, e nella fuga precipitosa dopo la sconfitta di Afyon Karahissar si è lasciato dietro le armi, le già scarse vettovaglie, i carriaggi, le munizioni, ogni cosa. Non è stata una ritirata organizzata, non c'è niente da salvare, nessuna resistenza è possibile. Nella mente dei soldati greci, dopo anni di fame e di inumana fatica, ogni patriottismo è morto e c'è un solo imperioso desiderio: «Torniamo a casa, via, via da questo inferno anatolico».

Il generale Kemal ha atteso paziente il momento opportuno per piombare sui greci e farli a pezzi: e intanto, abilmente giocando fra le contrastanti cupidigie degli ex alleati, comprando armi, promettendo future alleanze, istigando l'avidità degli italiani di allargarsi sulla terraferma, da Rodi che già possiedono, contro i sospetti degli inglesi e dei francesi, per non parlare della sotterranea guerra per il petrolio, ha trasformato gli sconfitti, umiliati resti dell'armata turca, in un esercito moderno, ben armato, flessibile e disciplinato, pervaso dal bisogno di vendetta e di riscatto dalla tragedia della guerra perduta, un bisogno così forte e urgente da trasformarsi in un'ebbrezza collettiva.

Lo sbarco dei greci del 1919 è stato sentito come un'offesa mortale; e i turchi sono stati doppiamente umiliati dal fatto che per loro i greci d'Anatolia sono sudditi, cittadini di seconda categoria, imbelli mercanti e contadini cristiani, appena un po' meglio degli armeni. Mai guerrieri.

Smirne, *ghiavur* Smirne, per loro è un'infetta piaga nel corpo di una nazione che si va ricostituendo sotto un capo carismatico, il generale Kemal. Su Smirne bisogna convergere in armi, e non ci sarà pace finché la città sopravviverà com'è ora, libertina gaia e ribelle, incline alle beffe e alle mascherate, piena di scuole e di accademie, ma anche di donne scostumate, di teatri, di bische, di bordelli, di canzoni: un grande porto del Mediterraneo, Marsiglia o Napoli non sono poi così diverse.

E Smirne non si smentisce. La città danza sull'orlo del vulcano. L'agosto non è mai stato così bello, settembre è iniziato sotto i più lieti auspici: una ricca vendemmia si annuncia, già si sente il profumo dell'uva sultanina, dei fichi grassi, dell'autunno ventoso.

Ma notizie pesanti come avvoltoi calano da ogni dove, e ancora la città non si arrenderebbe, se non fosse per questo silenzio di morte che la avvolge, sempre più fitto.

Sera dell'8 settembre. L'Alto Commissario che ha governato la città dal maggio del 1919, Aristides Sterghiadis, s'imbarca e fugge in mezzo ai boati della folla che finalmente capisce che viene abbandonata, che le forze greche, civili e militari, sono tutte scomparse: lui è l'ultimo simbolo dell'autorità greca che si dissolve. Dov'è finito il sogno dell'*Enosis*, dell'unione romantica dei *Rumi*, i greci d'Anatolia, con gli *Éllines*, i greci della madrepatria? Dove i proclami, le orazioni eleganti, le belle signore, le bandiere al vento?

Un silenzio di morte avvolge la città. Cristiani, ebrei, musulmani, tutti si tengono quieti nelle loro case, ma l'ansietà e l'angoscia crescono di ora in ora fra i greci, e nel quartiere armeno, pieno di sopravvissuti e rifugiati, che conservano vivide le memorie della tragedia del 1915.

La mattina del 9 settembre la cavalleria turca, in ordine perfetto e in eleganti uniformi, sfila sul lungomare di Smirne, e Nureddin Pascià, il comandante in capo delle truppe, emette un'ordinanza per tranquillizzare i cittadini. Subito molte botteghe e magazzini riaprono, e la gente comincia a uscire dalle case.

Ismene Isacco e Nazim si sono ritrovati da pochi giorni. Nazim ha attraversato l'Anatolia guidando il suo gruppo con polso fermo, e a quelli che volevano fermarsi per strada, magari perché pensavano di andare da parenti o amici, ha fatto capire con mezzi spicci che non c'era salvezza che arrivando al mare. L'Egeo come un miraggio: e poi, spiega Nazim, io ritroverò a Smirne degli amici fidatissimi, e a voi, vi consiglio di imbarcarvi al più presto, andate nelle isole greche, andate in Francia, ma toglietevi subito dai piedi, qui la vostra vita non vale più un soldo.

E la moglie di Aris, piano piano e spesso piangendo, cucina per tutti, sempre tenendosi stretti i bambini.

Arrivati in città, il gruppo si è diviso. La maggior parte ha ascoltato Nazim. Sono andati, coi contrabbandieri, al porto di Ayvalik, dove si sono accordati per essere traghettati nelle isole, o altrove. Qualcuno ha trovato rifugio da amici o parenti in città.

Da Ismene e Isacco, sono venuti solo loro, il gruppetto di famiglia, e la prima sera, che era poi il 31 agosto, hanno festeggiato fino a tardi, davanti ai ragazzi incantati: hanno bevuto e mangiato i grossi cocomeri di Ismene, e danzato per buona parte della notte. Solo la moglie di Aris è andata a dormire presto, racconsolata e più serena, coi suoi bambini; tutti gli altri affondano i denti nelle grosse fette di anguria, tirano su dal pozzo i meloni dolcissimi e freschi, e vi bevono sopra il vino rosso gagliardo di Aydin, fumando assorti negli intervalli. E non mancano pistacchi e ciotole dell'uvetta piccolina che Ismene ama tanto, e qualche sorso di ardente liquore di *masticha*.

Ma già il giorno successivo Nazim e Yussuf lo sciancato, che si sono ritrovati in un battito di ciglia, vanno insieme nel quartiere turco. Là si dividono e cominciano ad aguzzare le orecchie, ognuno per suo conto, Yussuf negli stracci del mendicante, Nazim come un agiato commerciante dell'interno, giunto a Smirne per i suoi affari.

Quello che sentono li spaventa. Nel quartiere, molti si preparano alla vendetta, tutti aspettano Kemal il Liberatore. Lo slogan ricorrente, sussurrato senza posa, è "La Turchia ai turchi", e Kemal viene già rivestito dei panni di Padre della Patria. Ogni speranza è riposta in lui, e nessuno spende una parola, se non di furore, per i tre anni di occupazione greca, "l'infame servaggio", il "vergognoso inganno" che la città infedele, l'ambigua e folleggiante femmina che per loro è Smirne, ha teso ai suoi cittadini turchi, e musulmani. I gendarmi greci, molto più affidabili dei soldati in fuga, che traversano i quartieri periferici cercando di non farsi notare, e corrono disordinatamente a imbarcarsi sulle navi greche in attesa nel porto, non osano più farsi vedere nel quartiere turco: troppi di loro sono silenziosamente scomparsi nel nulla, con la gola tagliata.

Yussuf poi, più pratico della città e del quartiere, si accorge a un certo punto di uno strano affollamento di persone, quasi tutti giovani dall'aria decisa e perfino, gli sembra, minacciosa, che entrano l'uno dopo l'altro nella bottega di un panettiere. Ci si avvicina pian piano, accentuando la sua camminata storta, ma davanti alla porta viene mandato via con decisione da un omaccione baffuto che gli dice, mentre lo spinge indietro: «Non è cosa per te, che non puoi combattere. Ma se sei un buon patriota, al momento giusto puoi seguirci, e allora vedrai, ci sarà polpa anche per te. Prima di tutto, la finiremo con gli armeni, quella razza maledetta».

Yussuf si allontana umilmente, ma poi si accovaccia dietro una porta sfondata, un paio di case più in là. Ed è il posto giusto, perché dall'apertura buia dov'era la porta cominciano dopo un po' a venir fuori gli stessi giovanotti che erano entrati nella panetteria, e ognuno di loro porta fieramente un'arma, un moschetto o un revolver o una pistola alla cintura. E sorridono, parlottando fra loro. Da dietro la porta, Yussuf ascolta.

Sono i ragazzi del quartiere che solerti agenti del generale stanno armando, per avere dei fidati alleati dall'interno, al momento dell'arrivo in città. Il generale infatti, che sa di non aver più nulla da temere dall'esercito greco in rotta, i cui imbelli comandanti non sono nemmeno riusciti a ripiegare decorosamente, sicché la ritirata è diventata un fuggi fuggi generale, un si salvi chi può, dove soldati e ufficiali facevano a gara a chi scappava più in fretta, teme le decisioni dei capi delle flotte alleate schierate nella rada di Smirne.

Pensa, logicamente, che non vorranno cedere senza

combattere, o almeno senza pesanti trattative. La città è ricca, piena di tesori, edifici, consolati, scuole francesi e inglesi e americane, è la base operativa di moltissime ditte, di industrie, fabbriche, uomini d'affari di tutto il mondo: niente di più probabile, riflette fra sé, che inglesi, francesi, italiani e americani vogliano contrattare ogni concessione, in vista dell'ingresso dell'esercito turco, cioè la riconquista, simbolicamente importantissima, della seconda città dell'Impero.

Il generale ha perciò attivato le sue spie in città, mandando armi, preparando la piazza. Ma egli sa anche molto bene che l'avidità che ha accecato le potenze vincitrici della guerra le ha messe l'una contro l'altra, e che esse molto si stanno rallegrando dell'ingloriosa fine del sogno folle dei greci, la loro *Megali Idea*, la riconquista di Costantinopoli. Conosce la loro riluttanza a impegnarsi in un'impresa umanitaria destinata alla sconfitta, la difesa della città.

E quindi gioca con freddezza una partita truccata, perché ha già tutti gli assi in mano, ma la gioca spietatamente, perché Smirne è il simbolo vivente del vecchio mondo, di tutta quell'ambigua società levantina, in bilico fra soggezione e astuzia, che si è proposto di distruggere. Che la città sprofondi nel fuoco, che l'incendio faccia piazza pulita di questa parte del paese, la purifichi nel ferro e nelle fiamme. Che l'apocalisse di Smirne mostri l'efficienza spietata e determinata del nuovo uomo forte della nuova Turchia: questo è l'inflessibile proposito di Kemal.

Il quale, a modo suo, ha ragione: ciò che si estirpa col ferro e col fuoco, spargendo sale sulle rovine come fecero i Romani a Cartagine, non ricrescerà più.

Nazim ha invece scoperto qualcosa di ancora peggiore: i preparativi per il Grande Fuoco, come gli ha spiegato un muscoloso facchino che ha assoldato con la scusa di fargli portare i sacchi di fichi secchi e uva passa che sta andando a comperare. Convenientemente innaffiato di birra, il facchino ha parlato volentieri. «Cosa compri a fare, amico?» gli ha detto. «Si vede che sei poco furbo. Aspetta qualche giorno e avrai tutto gratis, comprese le belle ragazze. Tutti avremo il diritto di servirci di quello che ci piace o ci fa comodo, e poi, un bel fuoco sistemerà tutto.» E gli ha spiegato come faranno.

«E ora?» sussurra Yussuf, quando si ritrovano, bevendo un meritato caffè. «Sì, cosa possiamo fare, noi due?» risponde Nazim, irato con se stesso per essere ancora, di nuovo, coinvolto con gli armeni; e sospetta, il naso glielo dice, che questa volta ci andranno di mezzo anche i greci.

«Un povero mendicante dovrà cominciare a scegliere da chi accettare elemosine, o sembrerà un traditore» sbuffa Yussuf; ma Nazim gli stringe un braccio con violenza, e dice, strattonandolo: «Ma a chi vuoi che potremo più chiedere la carità? Non ci sarà più nessun cristiano da mungere, te lo dico io. Non hanno più scampo. In un modo o nell'altro, sottoterra nel fuoco o sul mare, se ne andranno tutti».

Riflessivamente, e attenti a che nessuno li ascolti, i due cominciano a far piani. Sanno che, se vogliono salvare Ismene e Isacco, si dovrà trovare una via d'uscita per tutto l'orfanotrofio, Vartuhi compresa. Sanno che tutti intorno li conoscono, e che probabilmente c'è già qualcuno incaricato di occuparsi proprio di quel gruppo.

«Quella lingua lunga di Ismene, sono anni che parla» sospira Nazim; e quanto a Isacco, col suo Piccolo coro armeno si è fatto conoscere in tutta la città.

Alla fine, non decidono niente. Comunque, bisogna aspettare. Le truppe turche non tarderanno, ma per il momento ci sono ancora i greci, a comandare in città. Tuttavia, nei giorni successivi, provviste scelte con cura vengono ammassate in cantina, e Nazim si occupa personalmente, coi ragazzi più grandi, di trovare bidoni capaci e di riempirli di acqua. Il discorso del fuoco lo ha molto colpito, sicché va in giro, annusa, si informa: e finalmente, dopo qualche giorno, prende per mano Ismene, la fa sedere in cortile con un bel caffè davanti, e tanta acqua fresca, e le racconta tutto quello che sa, tutto quello che sospetta. E tutto scende nel cuore di Ismene, che finalmente, esitando appena un poco, racconta anche a lui il suo sogno di Chio.

E allora scende nel cuore di entrambi una grande pace. Si guardano, Ismene e Nazim, e si capiscono fino in fondo.

«Quando tutto sarà finito, allora potrai finalmente andare alla Mecca» dice Ismene con un sorriso coraggioso; e Nazim le prende le mani fra le sue e improvvisamente le bacia, prima l'una e poi l'altra, e dice solennemente: «Puoi morire in pace, Ismene. Il tuo compito finisce qui, ma il Dio in cui credi – e anche il mio – ti conoscono, e manderanno un angelo a prenderti, perché tu non ti perda nelle strade dei morti e attraversi il fiume nero senza fatica».

È un lungo discorso per Nazim, e subito dopo tossicchia imbarazzato e ritorna al suo tono usuale: «Ma forse nessuno ti vorrà, vecchia pazza che ti sei perfino sposata, e mi toccherà portarvi entrambi con me alla Mecca, travestiti da mendicanti, magari» dice a mezza voce. E Ismene sorride.

In quelle notti dolci d'inizio settembre, nessuno assapora la stagione, nessuno va più a dormire. Le voci più inquietanti si accavallano, le chiese sono piene di gente, nei consolati, nei club, nelle scuole straniere ognuno cerca informazioni e rassicurazioni, e nessuno le ottiene. Il nervosismo dell'attesa contagia tutti. Tutti cercano di rinfrescare il proprio francese, o inglese, o tedesco, e di trovarsi improbabili antenati europei, ma in ogni cuore dilaga sordo, martellante, il senso della fine.

"La storia presenta i suoi conti, e noi abbiamo trascurato i segnali" riflette Ghevont Libaridian nella sua bottega sul lungomare, che ha da poco rimessa a nuovo, fiducioso nei greci, contro il parere della moglie, che insiste da anni per fuggire più lontano. "Lontano dai turchi e da questo paese maledetto, in America, in America."

Ghevont vende di tutto, alla maniera antica, come nel bazar della cittadina anatolica da cui fortunosamente è fuggito travestito da moglie di cammelliere, in cambio di tutto quello che aveva. Quello che non ha, s'ingegna a trovarlo. Gli affari vanno bene. E così negli ultimi mesi ha pensato di allargarsi, e ha comprato anche la bottega di barbiere vicina alla sua, che è rimasta sfitta. «Ora abbiamo un vero *magasin*, moderno come neanche i francesi» ripete agli amici, fra un sorso di *raki* e una partita, fregandosi le mani e contemplandosi nelle pareti rivestite di specchi e stucchi alla buona, color crema, che riflettono gioiosamente il sole di settembre.

La moglie, che porta il gentile nome di Yazmin, è però tutt'altro che dolce come un gelsomino, e continua a masticare frasi amare, per le spese affrontate e perché ormai la famiglia sarà costretta a restare in città.

Ma nel giorno infausto dell'8 settembre tutto si capovolge in un attimo. Mentre Sterghiadis s'imbarca alle dieci di sera, l'avanguardia dell'esercito turco si accampa senza troppo chiasso alla periferia della città. Ancora Kemal non è convinto che la presa di Smirne sarà così facile, e si aspetta qualche trappola, qualche inganno dell'ultima ora da parte dei rappresentanti delle potenze alleate. Il paragone con la presa di Costantinopoli e col Sultano Maometto II glielo fanno tutti, intorno, ma Kemal vuole la sua preda intatta, e avanza col soffice, inesorabile passo del leone.

Smirne è vuota di ogni autorità, è la preda offerta al vincitore: ma bisogna controllare molto bene le strade, le ferrovie, i porti. Tappati nelle case come topi, gli armeni e i greci intanto aspettano e temono.

In quella notte silenziosissima e cupa, Ismene, ben intabarrata in un ampio *ciarciaf* musulmano, e Nazim fischiettante con aria spavalda, vanno alla bottega di Ghevont. Lui è là, con la moglie in pianto, che si torce le mani e sospira. Ismene e Ghevont si sono conosciuti appena arrivati in città, e si sono dati una mano fraternamente, due esuli che cercano un luogo dove far casa. Poi, siccome Ghevont e Yazmin non hanno avuto figli, si sono affezionati agli orfani: anzi, stanno pensando di adottarne un paio, solo che non sanno scegliere: uno gli piace perché è biondo, un altro perché va bene a scuola; un maschietto è quello che ci vuole, ma anche le bambine sono così carine...

Infine, l'aggrondata Yazmin dal rimbrotto facile e dal cuore d'oro ha finito per scegliere la piccola Lori, timida e silenziosa, ma bravissima a ricamare. Sotto le sue mani veloci fioriscono gli intrecci eleganti dei punti più ricercati, appaiono come per magia boccioli di rosa e delicati gigli reclini.

Ma nessuno pensa al ricamo, la notte dell'8 settembre.

Si tratta di giocare di nuovo al vecchio gioco del topo e del gatto. Nelle favole educative e morali il piccoletto è più furbo e ha mille risorse di fronte alla veloce zampa felina; ma nella realtà degli armeni, nella loro povera vita vissuta, loro, miseri topi, hanno avuto a volte soltanto la scelta del tipo di morte.

Tuttavia, Ghevont e Ismene non disperano: e poi, c'è Nazim e c'è il suo furbo compare, Yussuf lo sciancato. «Tutte queste menti brillanti insieme» ha detto Isacco, che naturalmente è rimasto a casa a badare ai bambini, «troverete qualcosa, io ne sono sicuro» e sorride coraggiosamente: ma a ogni buon conto accende un paio di ceri alla santa Paraskevi nella Cattedrale.

Nella bottega di Ghevont, tutti attingono a una bottiglia di vino speciale, che lui aveva tenuto da parte per la festa dell'adozione, e sgranocchiano meditabondi pistacchietti e lupini. Ma è quando Ghevont si stiracchia le membra intorpidite e si alza dicendo che va a rifornire la ciotola vuota dal sacchetto, che improvvisamente Ismene lo guarda riflessiva, e lui guarda lei con un immediato sorriso. «Il cibo! Ecco la via!» esclama Ismene raggiante. «Tu vendi cibo, e sei diventato un fornitore dei consolati, perché fai buoni prezzi e tieni i conti in sospeso con buona grazia. E hai anche affittato da poco un grande magazzino nuovo vicino al porto, o mi sbaglio?»

Naturalmente Ismene non si sbaglia. E il cliente più importante di Ghevont è il consolato americano, perché il console Horton l'ha preso in grande simpatia, e lo chiama il commerciante filosofo, quello che ha i pistacchi più buoni della città e un conversare piacevole.

«Non se ne farà niente, vedrete. I bambini sono tanti, e tutti insieme siamo ancora di più» è l'acida riflessione di Yazmin, che mette tutti di cattivo umore.

«Ma è proprio qui che sta il segreto» interviene allora Nazim, infervorato, irriconoscibile. Egli sente che Dio lo chiama di nuovo contro il Male, si sente ancora una volta il cavaliere di Harun-al-Rashid, sa che Shushanig, la sua *Validé Hanum*, lo vede e approva dall'alto.

E così descrive il suo piano. La città – racconta – è condannata. Lui ha visto le armi e sa del fuoco. «La gente» osserva poi, «si rintanerà nelle case con acqua e cibo, contando sul fatto che Smirne è grande e importante, e che le potenze interverranno.» E aggiunge, cupo: «Ma non succederà».

Chiusi nelle loro belle case che tutti i turchi di Smirne conoscono, armeni e greci saranno anzi più esposti, come facili bersagli. Le truppe regolari magari no (lui però non ci crede, pensa che il generale Kemal voglia dare un premio a tutti), ma comunque gli irregolari, e i turchi di Smirne non aspettano altro. Già domani, pensa, comincerà il saccheggio. Tutti saranno stanati, uno dopo l'altro; e poi, il fuoco. «Lasciate fare al fuoco. Basta che ci sia il vento di terra» conclude appassionatamente.

Nazim non ha mai parlato con tanta lucidità, non si è mai esposto così, e tutti lo ascoltano senza interromperlo, e immediatamente riconoscono in lui il capo.

«Dicci tu cosa fare» Ismene parla a nome di tutti.

«L'orfanotrofio è al centro dello *Haynots*, il quartiere armeno, e quella zona non è più sicura. Dobbiamo andarcene al più presto. Questa notte stessa, in silenzio e senza dirlo ai vicini, portiamo tutti i ragazzi al magazzino sul porto.»

«E Madame Berdjouhi, non vorrai mica lasciarla indietro?» dice Ismene inorridita.

«Va bene, ma solo lei e la figlia» acconsente Nazim. «Isacco può correre a prenderle. Le portiamo con noi, due donne in più possono essere utili. Tutti i ragazzi, insieme a voi, devono essere al magazzino prima dell'alba. Portate o procurate più acqua che potete, e naturalmente un fornello e del pane. Ma soprattutto l'acqua sarà necessaria. Spiegate tutto ai ragazzi, ormai sono grandi. Fatevi aiutare da loro, e prendete tutto quello che potete del cibo e dell'acqua che abbiamo nascosto in cantina. Tu, Ghevont, preleva quanta roba puoi dal negozio, tanto domani o il giorno dopo sarà saccheggiato. Mi dispiace per i tuoi bei cristalli» e ride, Nazim, contagiosamente, strizzando l'occhio a Yazmin, che in un frangente così disperato non ha più il coraggio di brontolare e accenna un sorriso in risposta, quasi caloroso.

«E sul magazzino dovete issare una grande bandiera americana, ma questa ce la procureremo io e Yussuf.»

Spronati dall'ansia, ma un po' rassicurati perché hanno un piano, tutti si sparpagliano nella notte tiepida e materna, piena di densi odori tranquillizzanti, di fiori, di cibo, di casa. Un'insidiosa quiete, lievi rumori familiari, sembrano cullare il sonno della città addormentata, per darle l'illusione che tutto continuerà come prima, che anche il nuovo potere, la nuova Turchia avranno bisogno del grande porto e della sua gente efficiente, dei suoi marinai e dei suoi mercanti.

Ma è pura apparenza, niente è più effimero e falso: come quando si colpisce un antico cristallo, basterà un colpo deciso per infrangere il delicato equilibrio su cui si regge la città: nella notte profumata, gli uomini di Kemal svelti e furtivi si posizionano dappertutto, e una rete invisibile si annoda saldamente. Ma Isacco Ismene e Nazim ancora una volta hanno fortuna, scivolano indenni nella notte e arrivano a capo dell'impresa. A loro pare di rivivere la grande avventura di Aleppo: ma laggiù, in Siria, ci si doveva far strada in mezzo all'odore di morte e ai lamenti dei moribondi, alla fame, alle malattie; qui, più sorniona, è la paura che copre come un manto velenoso l'intera città, anche se nel buio molti si muovono per i loro traffici, leciti e no.

Il trasporto delle botti d'acqua e del cibo dal cuore del quartiere armeno al magazzino si compie senza troppa difficoltà, e anzi i ragazzi più grandi, guidati da Hagop e Sylvia, fanno addirittura due viaggi; e poi Hagop si assicura che butti acqua una fontanella antica che sta dietro il magazzino, seminascosta, dove il vicolo retrostante si perde e muore fra le ultime due case. La facciata del magazzino è moderna e anonima, ma dietro le case si sostengono l'una con l'altra, e sono molto vecchie, piene di anditi oscuri, di finestre chiuse e di porte tarlate. Lì, nell'angolo dove c'è la fontana, Hagop e un suo amico, il robusto Sarkis, fanno rotolare le botti piene e tutti i recipienti vuoti trovati all'orfanotrofio. I ragazzi, maschi e femmine, aiutano, silenziosissimi ed efficienti: l'esperienza della paura ormai ce l'hanno nel sangue, e così la prontezza nel percepire pericoli e minacce.

Ismene, Vartuhi e le ragazze si occupano poi di coperte e materassi, vestiti e vasi da notte. Il grande pentolone dove di solito cuoce il *bulgur* viene caricato su un carretto dalle ruote fasciate.

Affannato, Isacco raccoglie gli spartiti, qualche barattolo di conserva, e mette in un sacchetto gli specchietti delle ragazze, che raccoglie accuratamente vicino a ogni letto, e un grosso barattolo di Cipria Parmentier, che un suo amico farmacista gli ha regalato l'anno prima. Uno specchio e un po' di *poudre* per il viso saranno utilissimi, pensa, per far passare il tempo.

Nel magazzino di Ghevont, Ismene velocemente provvede, aiutata da Sylvia e dalla figlia di Madame Berdjouhi. Prelevata quasi a forza – lei non si voleva muovere – vestita e messa in fretta sul carretto del *bulgur*, la signora tace affranta. Il suo mondo si è capovolto, se le tocca condividere quel destino armeno che la gente di Smirne ha finora miracolosamente evitato.

La figlia invece è grata e sollecita, e si sente protetta. Così con alcune provvidenziali lanterne cieche, e un piccolo riflettore, proprietà di Hagop che la tiene carissima, in un paio d'ore una parvenza di normalità è ristabilita, e ognuno ha una specie di letto, ognuno si può tenere vicine le sue cose. Ma gli occhi degli orfani sono tutti spalancati nel buio, e nessuno dorme.

Come un film mille volte ripetuto, rivedono le scene terribili che li hanno privati di tutto, che li hanno resi orfani e soli, rivedono i volti di mamme e sorelle scomparse, di zii coraggiosi, di padri amorevoli, e tornano indietro, alla disperazione cieca dei primi tempi, all'inferno di Aleppo, alla vita di strada, alla solitudine dei reietti.

Un sospiro profondo percorre lo spazio del magazzino, come un'onda che lo attraversa, e subito ricomincia, come se sospirare insieme rimanesse l'ultima cosa permessa, nel buio e nel silenzio cui sono costretti.

Isacco sa che sarebbe il momento di cantare insieme; ma appunto, questo sarebbe particolarmente pericoloso. Bisogna non far sapere di esserci, là, sembrare inesistenti. Una tenda di stoffa pesante viene tesa vicino all'ingresso, e qualche sedia messa proprio davanti, con un tavolino e due tazzine di caffè, dà l'impressione che là ci siano solo merci e un paio di uomini a custodirla. Ma come difenderle, queste merci, quando arriveranno i saccheggiatori?, si domandano inquiete le donne.

In quel preciso momento arrivano trafelati Nazim e Yussuf con un grosso pacco, seguiti da due *marines* americani armati e dall'aria imponente.

«Ce li ha dati il console» annuncia soddisfatto Nazim, e i due soldati, a cui Yussuf ha già promesso la visita di due generose odalische, svolgono alacremente il pacco, da cui saltano fuori due bandiere americane nuove fiammanti, e un grande tappeto.

«Il tappeto è per Ismene e le altre donne» dice solennemente Yussuf, «per farle stare più comode.»

«E le bandiere bisogna metterle fuori appena albeggia, e ci vediamo un po'» aggiunge Nazim, che avrebbe voluto farsi bello lui del tappeto, con le donne.

Ma le donne hanno compreso benissimo: mettono subito a bollire un caffè ben zuccherato, tirano fuori un vassoio di dolci e servono per primo, cerimoniosamente, Nazim.

Verso mattina, tutto è pronto. Sventolano le due bandiere e i due robusti soldati americani, ben muniti di liquori e sigarette, sono seduti comodi dietro la porta; Nazim e Yussuf, in abiti da mendicanti, stanno fuori, fumando, con le loro ciotole in bella vista per terra. Tutti gli altri si accalcano silenziosi dietro la tenda.

Nelle prime ore della mattina non succede niente, tutto sembra tranquillo, a parte qualche vecchia che va per le sue faccende rasentando i muri, sicché Yussuf viene mandato a cercare notizie. Al ritorno, due ore dopo, tutto è cambiato. Vorrebbe appartarsi con Nazim, ma non è possibile, perché tutti gli girano intorno e gli raccontano eccitati le novità. La cavalleria turca è entrata ordinatamente in città, sfilando proprio sul lungomare, seguita dalle truppe di fanteria e dagli abitanti del quartiere turco di Smirne, festanti. Tutto sembra svolgersi tranquillamente, e gli ufficiali con le uniformi in perfetto ordine, a cavallo, rassicurano gli spettatori cristiani che si accalcano nervosamente negli angoli, cercando di scomparire nei vicoli.

«Siamo vissuti come fratelli con voi cristiani per secoli, e nella Turchia finalmente riunita dal Generale ci sarà posto anche per voi, la guerra è finita, il paese è in pace ormai» grida un ufficiale con particolare calore, e l'ansia è tale, tale il desiderio di credere, di fidarsi dell'autorità, tale la fiducia nel destino speciale della città, che molti cominciano a rilassarsi e ad applaudire.

Ma Yussuf porta ben altre notizie. Il saccheggio comincerà a breve, e forse – dice – ci vorrebbero un altro paio dei loro amici della Confraternita. Anzi, aggiunge poi in fretta, si è permesso già di sceglierli: e infatti un cencioso zingaro col suo violino e la sua provocante compagna stanno arrivando in quel momento dal fondo della strada, lei agitando i tamburelli, lui aprendo la custodia dello strumento.

«Ben fatto, amico» concede Nazim, «digli di venire da me.» La bella Firmina si avvicina ancheggiando, scuote i capelli selvaggi e sussurra: «Cosa c'è per me in questo affare?». Nazim in quell'attimo ha un'intuizione perfetta, e sa che gliel'ha mandata Shushanig.

«C'è un passaggio per l'America, per te e il tuo compagno, se è quello che desiderate, come io credo» risponde flemmatico. Gli occhi di Firmina si accendono solo un momento, ma Nazim vi ha letto la vita dura, la necessità di piegarsi sempre, sorridendo, gli *zaptié* che vogliono il loro compenso per ogni assenso, per ogni permesso, e una stanchezza profonda: è l'eterno sogno di ogni derelitto, ricominciare da capo aldilà dell'Oceano.

Intanto è arrivato anche il violinista, e Nazim fa a tutti e due la sua richiesta e la sua offerta: mettersi a suonare e ballare fuori dalla porta del magazzino, sulla destra, dove già sta Yussuf, e là distrarre la folla e i soldati turchi che arriveranno, a qualunque costo; se diventano pericolosi e vogliono entrare nel magazzino, fare chiasso con tutte le forze, gridare e lottare.

«Siete armati?» chiede poi Yussuf, ed entrambi fieramente tirano fuori due coltelli e un revolver; Firmina ha anche, nascosto nel corsetto, un micidiale pugno di ferro, e il suo compagno, che si chiama Fikrì, tiene in uno scomparto della custodia del violino un *lazo* che, assicura, sa lanciare perfettamente.

«Una volta ne ho presi sei, tutti insieme» annuncia fiero, lisciandosi i baffi sottili.

«Soldi non ne abbiamo da darvi» mente sereno Nazim, «ma un biglietto per l'America, questo sì. Prendere o lasciare, ci sono tanti altri disgraziati in giro che sognano solo di andarsene.»

Firmina e Fikrì accettano quasi senza protestare: chiedono solo di avere anche il cibo, ma hanno capito che c'è qualcosa di misterioso nella faccenda. Perché è così importante difendere quel particolare magazzino? Cosa c'è dentro? Ma non ci mettono molto a capire, dai rumori soffocati che vengono da dietro la tenda e dal viavai di donne che ne escono. C'è gente, dentro. La preziosa merce da proteggere sono esseri umani.

E allora Ismene, che li ha osservati da lontano, gli si pianta improvvisamente davanti e li saluta nella loro lingua, da pari a pari. Poi passa al greco e in fretta spiega tutto: che lei ha fatto un voto con Nazim e il prete Isacco, che è suo marito, e che deve salvare gli orfani, i ragazzi e le ragazze di cui ha promesso di occuparsi.

«Scommetto che sono armeni» dice Firmina. «Voglio un po' di soldi, sono merce pericolosa. E poi, li voglio vedere.»

E fu così che Firmina e Fikrì andarono dietro la tenda, e guardarono gli occhi spalancati e fissi dei piccoli e la loro vita sospesa, e sentirono il sospiro profondo che come un'onda rimbalzava avanti e indietro dalle pareti del magazzino, come se sospirare insieme fosse l'ultima forma di vita a loro concessa, prima del buio e del silenzio. E allora si guardarono, sorrisero appena e si scatenarono in una danza selvaggia.

Il violino gemeva e strideva velocissimo, la gonna di Firmina si alzava e si abbassava come un fiore palpitante di colori, di movimento, di forza, e lei girava su se stessa come respingendo lontano, fuori dalle pareti spoglie del magazzino, l'angoscia, la paura, il peso dei ricordi: e fu così che in quell'unica ora, nelle strade deserte di Smirne abbandonata al saccheggio, al fuoco, alla distruzione, fiorì la speranza: e Ismene seppe che i suoi bambini si sarebbero salvati.

Poi, si scatena l'inferno. Da lontano cresce un po' alla volta un brusio sempre più forte, come di vespe eccitate: e poi tonfi, urli, l'eco di qualche colpo sparato. «Arrivano!» gridano le donne, e il brusio diventa voci, grida, rumori eccitati, avvolgenti. Magazzini, negozi, caffè alla moda, depositi di merci, fondachi e abitazioni vengono svuotati sistematicamente con soddisfatte urla di giubilo, e le merci caricate su camion che se ne vanno in fretta.

La cosa sembra molto ben organizzata. La folla miserabile dei turchi di Smirne si accontenta di qualche briciola, e della sensazione inebriante di avere il potere di vita e di morte sugli orgogliosi infedeli. Chi si oppone, o protesta, o si lamenta viene ucciso sul posto; è permesso solo accasciarsi in qualche angolo a piangere, e questo intossica i saccheggiatori come un liquore inebriante.

Trascinando con sé qualche sedia scheggiata e un pover'uomo pazzo di paura, che ha bottega di orefice un po' più avanti, la folla avanza veloce. Ma di fronte all'ingresso del magazzino di Ghevont, la gente si arresta, perplessa. La bandiera americana sventola allegra e i due colossi si fanno sulla porta, mitraglietta in pugno. I due mendicanti turchi, da dietro i soldati, fanno cenni misteriosi e minacciosi, e qualcuno si ferma incuriosito; ma su tutto s'impone, eccitando la folla impressionabile e cambiandone repentinamente gli umori, la voce bassa e potente della danzatrice tzigana.

Seduce, ammalia, quasi ipnotizza, e la danza disperata con cui si accompagna, e i suoni tremuli e bizzarri che il violino di Fikrì lancia nel cielo, infondono nella folla eccitata una specie di superstiziosa inquietudine.

E allora un paio dei facinorosi, improvvisati capipopolo, quelli che brandiscono le sedie rotte come trofei, alzando le spalle si rimettono in marcia, e l'onda della devastazione prosegue, i catenacci e le grandi porte massicce sono forzati dappertutto, la folla dilaga dovunque.

Nei due giorni seguenti, tutto ciò che appartiene a greci e armeni sarà saccheggiato, e nei grandi depositi sul porto, svuotati, i testimoni diranno che non ci è rimasto neppure uno spillo, solo qualche tavola ridotta a pezzi, troppo pesante per essere trasportata.

Al magazzino di Ghevont, grazie alla mossa di Nazim, è stata garantita l'immunità, come avviene per i consolati e gli stabilimenti che sono proprietà di stranieri occidentali, o per quelli del Near East Relief, che ha aiutato imparzialmente greci armeni e turchi, nel turbine della guerra con la Grecia. Qualche incendio scoppia qua e là, nei quartieri armeno e greco, nei giorni successivi, fra domenica 10 e martedì 12 settembre, ma vengono prontamente soffocati, e tutti li attribuiscono ai saccheggiatori imprudenti, a un qualche personale malanimo, chissà. Ma Nazim e Yussuf, che sanno, fiutano il vento che viene dal mare, e cominciano a preoccuparsi quando la direzione del vento cambia, nella notte del 12 settembre.

«C'è vento di terra» dice Ismene a Isacco, risvegliandosi da un sonno pesante, come malefico, la mattina del 13 settembre.

«C'è vento di terra» sussurra Nazim a Yussuf, a Firmina e a Fikrì. In questi giorni di passione li ha messi a parte di tutto, e anche Hratch, che si dà molto da fare, sempre affannato, cercando di non fermarsi a pensare: lui sta sempre nel cuore del quartiere turco, dove ha già formato una banda.

Come i due ragazzi adottati da Aris, e scomparsi con lui nell'incendio della cattedrale della Piccola Città, Hratch è sopravvissuto nascondendo lingua, pensieri e parole di armeno in un recesso interiore, insieme alla memoria del suo Paese Perduto. Qualche volta neppure si ricorda di essere armeno, e inveisce come gli altri contro gli infedeli.

Ha ricevuto anche lui armi e istruzioni. Appena il vento cambierà (e i barili di petrolio sono già pronti), via all'incendio dei quartieri cristiani, così finalmente la città sarà purificata. E chi meglio dei ragazzi di strada, che conoscono ogni quartiere a palmo a palmo, può aiutare e guidare i soldati, fargli vedere i luoghi, le vie e gli incroci più acconci per appiccare il fuoco in più punti, e renderlo indomabile?

Il vento soffia gagliardo, è vento di terra, vento di nordovest. Trasporterà le fiamme vigorose, nutrite e rinforzate continuamente, ad avvolgere per primo il quartiere armeno ormai deserto dopo i saccheggi, dove resistono solo poche famiglie, chiuse nelle cantine o sui tetti, che verranno stanate e uccise come topi, inseguiti mentre abbandonano la nave che affonda, le case che li hanno traditi.

E poi attaccherà allegramente il quartiere greco e quelli europei, i bazar e il lungomare e la Rue Franque, il maestoso Hotel Kraemer, il Teatro, lo Sporting Club e le belle case signorili ottocentesche.

Tutto, tutto precipita nell'abisso di fuoco e di fiamme: i tre incendi scoppiati contemporaneamente si uniscono, e un unico fronte di fuoco si allarga fino al mare e ruggisce, estendendosi su tutto il fronte del porto, divorando ogni cosa. Le case sono ridotte a facciate cieche da cui sibilando erompono colonne di fumo acre.

Da ogni vicolo, da ogni strada, fiumane di gente si riversano verso il mare, cercando lo spazio aperto e la salvezza che, tutti si illudono, certo verrà dalla grande flotta alleata schierata in rada.

Come far fronte a questo nuovo inganno della sorte? Isacco sconsolato geme e prega: sente avvicinarsi lo stesso fiato di morte che incombeva su quel giorno tremendo della strage alla Masseria delle Allodole, e – come allora – la sua reazione immediata è accovacciarsi per terra, a piangere e pregare, cullando la sua paura. Ma anche pregare è un'attività seria, e va presa sul serio, così tutti lo lasciano in pace. Fa il suo mestiere, pensano.

Gli altri, tutti insieme, tengono consiglio. Nonostante la fontanella sul retro, l'acqua è poca, ed è stata quasi completamente consumata negli ultimi giorni. Non c'è modo di isolare il magazzino, non c'è modo di evitare le fiamme che si avvicinano. La strada del lungomare, davanti, è piena di gente che continua ad arrivare, che grida, prega, chiama i parenti, invoca tutti i santi.

Voci incontrollabili si diffondono in un attimo, e tutti guardano l'acqua, dove l'incendio si riflette oscillando, pauroso. Guardano le grandi navi degli alleati, pensano che stiano avvicinandosi, e ogni gruppo, ogni famiglia cerca a spintoni di conservarsi quel po' di spazio duramente conquistato, aprono i binocoli, li puntano sulle navi. La *Edgar Quinet*, l'ammiraglia francese, sembra proiettare l'ombra protettrice della Francia materna e compassionevole sugli sventurati ammassati sul molo; più in là ci sono le altre navi francesi, gli italiani, gli inglesi, gli americani. C'è perfino una fregata giapponese, che ha appena finito di caricare la merce, soprattutto frutta secca e uva passita, e sta aspettando di salpare verso il Pireo.

Ma le navi non si muovono, non accostano, oscillano solo leggermente sulle ancore al forte vento di terra. Da alcune proviene musica – ballabili o canzoni – sulle altre regna un'attesa silenziosa, e solo i potenti riflettori pigramente perlustrano l'acqua del porto e la riva. Là la gente urla, chiama, agonizza lambita dal fuoco, spinta in avanti dai nuovi arrivati dai quartieri in fiamme, che fanno pressione nel disperato tentativo di avvicinarsi al mare.

Nella sera che incombe, una quiete irreale regna sulle navi alla fonda, mentre un'infernale agitazione sposta in su e in giù la folla disperata sulla riva. Dal loro sicuro rifugio a bordo, alcuni ufficiali e marinai riprendono o fotografano la scena, altri fumano pensierosi, altri scendono sottocoperta a mangiare.

Tre giorni dura il fuoco di Smirne. Tre giorni per distruggere una città e la sua memoria, la sua storia e il suo unico carattere: resteranno solo le cartoline illustrate, a ricordare il porto modernissimo e le carovane di cammelli, la folla vivace e poliglotta nella Rue Franque, i bazar e i teatri, i cinema gli alberghi il mercato dei fiori.

"Tutto è rovina e lutto" ripete fra sé Ismene, ricordando un verso della famosa poesia di Victor Hugo, *L'enfant de Chio*, che la nonna le ripeteva sempre, la poesia del suo sogno di Chio. Chio, così vicina, coi suoi boschi e l'acqua misteriosa della Nea Moni – e lontana per sempre.

Allora Ismene corre da Nazim. C'è poco tempo ormai, e non ci sono più giochi, o piccoli inganni: ci sono cinquanta giovani vite che non si possono affidare alla sorte, né portare con sé a traversare il fiume dei morti.

Il fronte delle fiamme ormai è poco distante, il calore cresce e le gole si seccano, si riesce appena a parlare. Si sentono ruggire le travi dei tetti che crollano nel mare di fuoco, e i vetri delle case brillano un istante in trasparenza e poi fondono con un sibilo.

In quel momento – è notte fonda e il vento sembra calmarsi per un breve momento – Nazim apre l'altro fagotto, più piccolo, che aveva portato insieme alle grandi bandiere americane che ormai pendono flosce, pronte a essere divorate dalle fiamme.

Nel fagotto ci sono cinquanta bandierine a stelle e strisce, una per bambino. Queste non gliele ha date il console, è Hratch che ha trovato la stoffa e la sarta, la zoppetta Madame Lenore, che in gioventù fu artista di caffè concerto e sarta di scena. Ora anche Madame Lenore, col suo vecchio viso ansioso sempre decorato di un vistoso rossetto, si è unita alla compagnia, e distribuisce diligentemente le bandierine, una a ogni bambino. Poi si mette in coda, reggendo l'ultima bandierina insieme all'ultima bambina, la piccola Theodora, la greca del Ponto.

I due *marines*, paesani dell'Ohio, si divertono come bambini ad aggiustare le bandierine nelle mani un po' rigide degli orfani, pensano di fare la cosa giusta, e si sentono molto importanti.

Nazim ha già unto un paio di mani, in precedenza. E così, mentre la folla sul molo continua a guardare pietrificata verso il mare da dove la salvezza non arriverà, le porte del magazzino si aprono piano, la tenda viene scostata in un baleno, e ne escono cinquanta bambini nella loro linda uniforme dell'orfanotrofio, agitando cinquanta bandierine americane. Seguono attenti, in fila, il primo soldato, e sono seguiti dall'altro. Davanti, subito dopo il soldato, l'erculeo Jonathan, camminano calmi e composti Firmina e Fikrì, a testa bassa, cercando di non essere notati, poi Madame Berdjouhi a braccetto della figlia e di Vartuhi la bionda, che sostiene con l'altro braccio Lenore la zoppetta, e Hratch che tiene intorno a sé, come pulcini, la moglie di Aris coi due figli.

«Silenzio, composti, camminate piano» ripete Ismene andando su e giù per la fila con Hagop e Sylvia, mentre Nazim e Yussuf scivolano abilmente in coda al gruppo.

Sono diretti al *Simpson*, il vascello americano che è all'ancora poco distante, e sta imbarcando il personale del consolato – l'edificio è stato distrutto dalle fiamme – e i cittadini americani. Grazie a Nazim e alla sua preveggente generosità, la folla intorno si apre silenziosamente; così fa anche la compagnia dei *marines* che controlla i passaporti, e i primi bambini cominciano a salire a bordo.

Ma l'aria è irrespirabile, le pietre del lungomare sembrano riverberare calore, scoppi e rumori di spari si intensificano. Innervositi, i bambini cominciano a correre, e invano Ismene corre su e giù, li chiama per nome, li sgrida: atterriti, accelerano il passo, la fila composta si rompe, e la gente d'attorno, come uscendo da un incantesimo, si precipita in massa verso quella possibilità di salvezza, per seguirli a bordo della nave: e tutto sarebbe perduto se Ismene, frugandosi in tasca, non tirasse fuori velocemente monete, perle, gioielli, il tesoretto che in questi anni, ricordando Shushanig, ha un po' alla volta ricostituito. Li getta sulla folla che per un momento oscilla, presa da una bramosia improvvisa.

Colto dallo stesso pensiero, Nazim fa altrettanto, dall'altro lato della fila degli orfani, svuotando le sue immense saccocce, mentre il soldato Jonathan impugna la mitraglietta e la fa ruotare minacciosamente. È in quel momento che Ismene si accorge che Isacco non c'è.

«Dov'è Isacco?» grida frenetica a Sylvia, che le sta vicinissima sulla destra, mentre sulla sua sinistra c'è l'altro angelo, Hagop. Come per un capriccio, quel giorno si sono vestiti entrambi di bianco. Isacco non c'è. Assorto nelle sue preghiere e nelle sue paure, il prete Isacco è rimasto al magazzino.

Allora Ismene si volta verso i bambini, sorride al soldato Ethan, che chiude la fila e sta prendendo in braccio la piccola Theodora con la sua brava bandierina sempre in mano, e gli fa cenno, imperiosamente, di andare. Lei ha altro da fare, e – senza accorgersi di Hagop e Sylvia che la seguono da vicino – si immerge a ritroso nella folla che preme con forza disperata, e presto si ritrova davanti alla porta scardinata del magazzino. Anche Nazim rapidamente la raggiunge.

Le fiamme sono ormai vicine, e illuminano l'interno ardente. Isacco è là, abbandonato in un angolo come un mucchio di stracci, le mani intorno alle ginocchia, immerso nella preghiera, che chiede all'Altissimo di accettare la sua povera offerta, umile riscatto per la sua viltà durante la strage alla Masseria delle Allodole.

«La mia vita per questi orfani, degnatevi di accettarla, tu, Cristo Pantocratore e tu, Madre della Desolazione delle Sette Spade.» Isacco ripete e ripete quest'unica frase, e non si accorge che Ismene è lì, accovacciata insieme a lui, che lo circonda con le sue braccia. Ma subito dopo Hagop e Sylvia, come due angeli bianchi con le spade fiammeggianti (sono i loro bastoni che stanno prendendo fuoco), aiutati da Nazim, li trascinano fuori entrambi dal magazzino in fiamme.

Intanto la *Simpson* ha chiuso i boccaporti e sta accingendosi a partire, stracarica, alla massima velocità possibile. Yussuf, finito l'imbarco, è silenziosamente scomparso in mezzo alla folla.

Ma Ismene li ha ancora con sé questi due, gli sposi bambini che sono i figli del suo cuore. E allora tenta per un'ultima volta di portarli in salvo, ritornando indietro, provando ad attraversare il cordone di soldati che circonda la folla disperata e la trattiene fra il mare e le fiamme, e impedisce che rifluisca verso l'interno o verso nord, verso il quartiere della Punta che non sarà raggiunto dal fuoco.

(*Ora voi sprofondate nel fuoco di Smirne, Ismene, dolce sorella, Isacco, fratello; e con voi sprofondi Nazim l'astuto, il mendicante dai molti raggiri.*

Sprofondate nel gorgo, travolti dal Male, oscuro e oc-

chiuto compagno delle menti degli uomini. Le vostre anime leggere sospinte da un vento che non dà tregua volteggiano, come farfalle perdute scendendo giù nell'abisso.

Ma ecco l'angelo ardente sguaina la spada luminosa dalla punta accecante e vi riprende ad uno ad uno dal vuoto turbine, portandovi Altrove, ai Prati Eterni, verdeggianti.)

E così, lettore paziente, finisce la storia di Ismene la greca e del prete Isacco, di Nazim il mendicante, di Hagop e di Sylvia, gli sposi bambini che ritrovarono il calore della vita nelle braccia l'uno dell'altra: scompariranno tutti insieme nella notte più buia del fuoco di Smirne, e sui loro poveri destini nessuno canterà ballate.

Ma ora noi, paziente lettore, li possiamo piangere insieme.

Ringraziamenti

Questo libro non esisterebbe, se prima non ci fosse stata la *Masseria delle allodole*, se nell'estate dorata del 2002 non mi avessero parlato Sempad e Shushanig, Ismene Isacco e Nazim, il nonno Yerwant dal pizzetto arrogante, Zareh e la cuoca normanna, Teresa vestita di viola e la fida Dolores, zia Henriette, la bambina che non crebbe – e tanti altri insieme a loro, voci dal deserto siriano e dalla campagna veneta, flauti di ossa, memorie perdute.

Sono loro che io devo ringraziare per primi, perché sono ritornati, e mi hanno raccontato come sono andate a finire le cose, e sussurrato le storie di questo libro: Aris e padre Michael, Yeghisapet la gigantessa dal tenero cuore e Miss Evelyn Brown, il ritorno nella piccola città e infine il fuoco di Smirne, in cui si consumò il destino dei *Rumi*, i greci d'Anatolia, una civiltà sprofondata nelle fiamme, soffiata via in quei pochi terribili giorni della tarda estate del 1922 .

E poi dirò grazie a tutti coloro che in questi anni esaltanti, nei quali con la *Masseria* ho camminato e camminato, mi hanno seguito e ascoltato per tutta l'Italia, accogliendo nel loro cuore, fraternamente, il destino degli armeni d'Anatolia e la loro tragica fine: custodisco nella memoria i loro nomi, pegno di fiduciosa speranza, ma voglio ricordare la gentilezza di Antonio Boschetti, amico sorridente ed efficace, che se n'è andato da poco in silenzio.

Un grazie molto speciale ai piccoli amici nascosti che mi rallegrano la vita, e sono bizzarri e capricciosi, ma fedeli, e a O.P.T., orso e cagnone dotto e intelligente dalla voce carezzevole, che si è aggiunto da poco al gruppo, ma corregge bozze e medica spalle in modo mirabile; a Siobhan, geniale amica e metodica lettrice, a Levon, compagno di scoperte e di vagabondaggi armeni – e alla cara Valentina dalla splendida voce.

Grazie a Paolo, lettore impareggiabile, e a Cecilia, perché ci sono e mi amano; ai miei vagabondi fratelli e nipoti, al cugino Ara, che con sua moglie, Carmen dal bel sorriso, mi ha fatto ritrovare a Parigi tanta famiglia, alla cugina Anna e ai suoi splendidi marzapani libanesi; a Fabio, che governa il sito con mano leggera, al gruppo di Campel Alto e a quello di Santa Giustina, in quel di Belluno, e a tutti gli amici sparsi per il vasto mondo, aldiqua e aldilà del mare, che mi hanno aiutato in mille modi, arguti e seriosi, allegri e malinconici, finché non ho trovato il timbro giusto, la parola diletta. Per questo, sono particolarmente grata a Maria Grazia Ciani e a Paola Mazzucchelli.

E non posso dimenticare i luoghi di Grecia, la mia seconda patria: Samo e Chio e Creta – l'altopiano di Lassithi e l'alta città perduta di Latò – il Mani, Skiathos e Sparta, Andritsaina e la rocca di Monemvasia; né la splendida Armenia, la patria ritrovata, tutta, fino ai bambini dell'ospedale di Ashotsk, alto sulle montagne, circondato dalle nuvole.

Ho un grande debito, infine, con gli studiosi e i testimoni della tragedia armena e dell'incendio di Smirne, da Marjorie Hovsepian Dobkin al console George Horton al dottor Garabed Hatcherian, fino al recente, documentatissimo libro del 2005 di Hervé Georgelin, *La fin de Smirne. Du cosmopolitisme aux nationalismes*, senza dimenticare la letteratura, con le potenti pagine di *Middlesex* di Jeffrey Eugenides, del *Colosso di Marussi* di Henry Miller, di *Freddy Nettuno* di Les Murray, o le fondamentali testimonianze greche, come *Addio Anatolia* di Didò Sotiríu, *Terra d'Eolia* e *La grande pietà (Il numero 31328)* di Ilias Venezis e la recente trilogia romanzesca di Nikos Thèmelis, tutti tradotti in italiano.

Mi hanno insegnato tanto, e se qualcosa l'ho detta male, la colpa è soltanto mia, perché, vorrei sommessamente ricordare, un romanzo è l'opera di un cantastorie innamorato: non indaga la Storia, ma amorosamente racconta le verosimili storie dei suoi personaggi.

a.a.

Indice

Finito di stampare nel mese di gennaio 2009 presso
il Nuovo Istituto d'Arti Grafiche - Bergamo

Printed in Italy